DEL LADO DE LA MEMORIA

Luis de la Paz (La Habana, 1956) Premio de Ensayo Museo Cubano, Premio Lydia Cabrera de Periodismo Cultural y Accesit Premio de Poesía Luys Santamarina-Ciudad de Cieza, España. Conduce *Viernes de Tertulia*, y es colaborador de *El Nuevo Herald*. Fue miembro del consejo de editores de la revista *Mariel* y director de *El Ateje*. Ha publicado los libros de relatos: *Un verano incesante*, *El otro lado*, *Tiempo vencido* y *Salir de casa*. La recopilación de entrevistas *Soltando sorbos de vida*. En poesía, *De espacios y sombras*. Compiló *Reinaldo Arenas, aunque anochezca: textos y documentos*, *Teatro cubano de Miami* y *Cuentistas del Pen*. Sus monólogos *Feliz cumpleaños mamá* y *El «laundry»*, han sido estrenados en el Festival Latinoamericano del Monólogo de Miami.

Luis de la Paz

DEL LADO DE LA MEMORIA

De la presente edición, 2018

© Luis de la Paz
© Editorial Hypermedia

Editorial Hypermedia
www.editorialhypermedia.com
www.hypermediamagazine.com
hypermedia@editorialhypermedia.com

Dirección de la colección Mariel: Juan Abreu
Edición: Ladislao Aguado
Diseño de colección y portada: Herman Vega Vogeler
Imagen de cubierta: Steve Johnson
Corrección y maquetación: Editorial Hypermedia

ISBN: 978-1-948517-19-5

A PROPÓSITO DE LA COLECCIÓN «MARIEL»

Hay una Cuba de antes de 1980 y una Cuba que comenzó a nacer a partir de 1980. En esa Cuba de antes de 1980, los que huían de la isla, se consideraban exiliados. En la Cuba posterior, sobre todo a partir de la década de los 90, eso fue cambiando y surgió la figura del emigrante del castrismo cubano. Algo que a mí siempre me ha parecido insólito, de una dictadura se huye no se emigra.

Los libros que he agrupado en esta colección, pertenecen, literariamente hablando, a esa Cuba anterior a 1980: sólo pueden haber sido escritos por exiliados de la dictadura cubana. No quiero decir que sean mejores ni peores, sólo señalo que pertenecen a una época y a una Cuba que ya no existe, o de la que ya queda muy poco, y que comparten cierta mirada sobre los tiempos que a los autores les tocó vivir, amén de una saludable furia.

Algunos de los escritores que agrupo en esta colección, que se publica gracias a la iniciativa y al interés de Editorial Hypermedia, salieron de la isla durante el Éxodo del Mariel, otros lo hicieron un poco antes o algo después del gran éxodo marítimo. Pero todos pertenecen a esa Cuba que producía exiliados políticos, fugitivos, y no emigrantes. A mi entender, estas obras se alimentan, enriquecen e iluminan unas a otras, y ayudan a definir y a comprender el tiempo que a sus autores les tocó padecer. Por eso las he reunido aquí.

Juan Abreu

CUENTOS DE LAS TIERRAS DEL NORTE

LLEGÓ DANIEL

Fue un toque tan suave que ni el perro lo escuchó. Luego el golpe de los nudillos sobre la madera se hizo más audible, suficiente para que el animal parara las orejas, tensara la cola a todo lo largo y mirara con actitud vigilante hacia la entrada, pero todavía sin ladrar. Como al tercero o cuarto intento reaccionó. Daniel fue hacia la puerta.

Al abrir, un hombre joven, con camisa azul de mangas cortas y corbata de rayas transversales, se encontraba cauteloso y atento unos pasos atrás, casi en el jardín. Un Testigo de Jehová, se dijo Daniel, pero le pareció una visita inusual, tempranera, pues no era domingo, ni la hora acostumbrada, aunque por la cuaresma y la proximidad de Semana Santa, podía concebirse este tipo de visita intempestiva. Pero el muchacho estaba solo y sin otra cosa en la mano que un pequeño papel que nerviosamente tecleaba con los dedos.

El contacto inicial se puede decir que fue prolongado. No dio las buenas tardes, ni articuló palabra alguna. Extraña actitud en quien llega y llama a la puerta de una casa, pensó Daniel que por un momento se puso a la defensiva, cubriendo con rapidez los lados, por si alguien más estuviera en los alrededores, pero lo hizo por rutina, por instinto, ya que la vestimenta y el proceder no despertaban sospecha. El recién llegado miraba con cierto retraimiento marcando una pausa larga. En ningún momento le sostuvo la vista. Tampoco le sonrió. Todo fue muy plano, sin registros de ninguna clase.

—¿Es usted el señor Daniel del Valle? —preguntó ocultando un rostro tímido y peinándose con la mano, con un movimiento rápido de derecha a izquierda, cubriendo la superficie de su pelo y desapareciendo detrás de la nuca.

Resultaba raro que alguien de veinte y tantos años preguntara por otro que le duplicaba la edad, pensó mientras advertía el nerviosismo que intentaba controlar el visitante.

—Yo me llamo Daniel y vengo a verlo de parte de Aurora —dijo todavía sin alzar la cabeza.

Los escasos datos no aportaban mucha información. Aunque la costumbre es hablar parados en la puerta, con reserva y distancia, hasta que todo estuviera definido con claridad, Daniel se apresuró, invitándolo a pasar sin esperar a cumplir el protocolo de supervivencia que dictan las sociedades civilizadas, es decir, ser temeroso y prudente. El hombre entró, se sentó en el sofá aún sosteniendo el papel en la mano, donde seguramente tenía escrita la dirección, se notaba que lo aguantaba con fuerza, como si fuera su único asidero, mientras de soslayo detallaba la sala decorada con artesanías precolombinas.

—Bueno Tocayo, a qué se debe tu visita. Me dices que Aurora te dio mis señas, pero la única persona con ese nombre que yo conozco vive hace muchos años en París.

El rostro del joven sufrió una agitación involuntaria, como dudando por un momento, manifestando cierto desajuste en su accionar. No hubo respuesta, sólo un recogimiento de hombros con características infantiles, pero que en realidad irradiaba timidez.

—Mi madre se llama Aurora, vive en San Juan y Martínez y me dijo que viniera a verlo —explicó con premura tras una prolongada pausa.

La situación tomaría a partir de ese momento otros rumbos. Aunque Daniel había andado mucho por ese poblado en Pinar del Río, en realidad no recordaba a ninguna Aurora. El tiempo transcurrido desde su última visita a San Juan sumaba más de dos décadas, unos pocos meses antes de salir de la isla durante el éxodo del Mariel en un barco que naufragó en medio del Estrecho de la Florida. Pero un nombre no lo olvidaría, porque éste casi siempre viene acompañado de un rostro y de sucesos que despiertan la memoria; de hechos capaces de transportar a un sitio específico y rodear el ambiente de gente, música, comida y sensaciones: Ricardo, Chucho, Paco, Fernando, Ñoco y otros tantos con los que había cabalgado por los montes y bañado en el río, mientras bebían Guayabita del Pinar o cerveza que intentaban enfriar dentro de sacos de abono. Recordaba las noches en que sigilosos se adentraban en las arroceras del gobierno y las cargas clandestinas de viandas, frijoles y en algún que otro momento mazos de tabaco, que con gran riesgo transportaban a La Habana. Ese era el San Juan y Martínez que desenterraba la memoria de Daniel, el que lo enlazaba también con María, Dulce, Mayuya, Elena, Cuqui y Luisa, entre otras mujeres de esos campos duros de trabajar y difíciles para vivir.

Desde luego que Daniel conocía mucho del otro Daniel, pero por alguna razón no hablaba con claridad, aunque a cada momento daba señales de sentirse más seguro de sí mismo, pero siempre contenido. Por mucha vuelta que se le diera a la situación ya Daniel intuía que su vida se complicaría a partir de este encuentro. No sabía exactamente por qué, ni en qué consistiría, pero en el ambiente había un escenario en ebullición.

—Mi mamá se llama Aurora pero le dicen Mayuya.

Daniel comenzó a reflejarse en ese rostro joven que se estiraba la corbata mientras hablaba. La frase definía el sentido expreso de la visita.

—Entonces... —dijo con dureza, aunque intentando en todo momento mantenerse relajado e inexpresivo, mientras esperaba que fuera el muchacho el que dijera lo que ya podía imaginarse.

—Ella me dijo que usted es mi papá.

Todo era posible y lo más probable sería que en realidad lo fuera. Daniel quedó enmudecido y tan abatido que no supo qué decir. La frase sembró un silencio que se mantuvo un buen rato.

—Me imagino que de la misma manera que te ha costado trabajo llegar hasta aquí, comprenderás que yo estoy también sorprendido. No sé qué decirte. Sí, yo conocí a Mayuya, pero nunca me dijo nada...

Hubo un nuevo silencio. Daniel fue al refrigerador y trajo dos cervezas. Mientras regresaba a la sala lo miró pretendiendo identificarse con él, buscando algo que físicamente le recordara a Mayuya o a sí mismo. El joven era fuerte, musculoso, alto, con un pelo negrísimo pero sin brillo, algo que a veces ocurre con la gente del campo. Un bigote pequeño le daba un aire más adulto. Se tomaron las Coronas y le preguntó directamente qué podía hacer por él, mientras miraba el reloj, pensando que si seguían en la casa la situación se complicaría todavía más en cualquier momento.

El muchacho no se mostraba conversador, cada vez estaba más retraído. Daniel pensaba que la visita no tenía sólo la intención de hacerle saber que un hijo estaba conociendo a su padre muchos años después, cuando ya era un adulto. Daniel sentía pena, incredulidad ante lo que estaba ocurriendo. Se propuso ponerse en su lugar. Se preguntaba qué hubiera hecho en una situación semejante. Supo que haría exactamente lo mismo, indagar, encontrar a su padre. Quizás hasta hubiera exigido explicaciones, pero se notaba por la actitud que no pretendía hacerlo. Aunque no quería involucrarse mucho, sino más bien dejar que fuera el joven quien llevara las riendas del encuentro, le preguntó por su madre, si tenía más hermanos, qué edad tenía, cuándo había llegado a Estados Unidos, cómo supo dónde encontrarlo. Aspectos que servían de enlace y ofrecían una visión lo más acertadamente posible de lo que pasó en San Juan.

—Tu madre era una hermosa y agradable muchacha. Yo no sabía que había quedado embarazada de mí... Lo que tú me cuentas ahora es totalmente nuevo para... Me imagino que comprenderás que comenzar a ser padre de un hombre de tu edad no es fácil —dijo para aliviar la tensión.

Ambos rieron. Era la primera sonrisa que brotaba de unos dientes perfectos. Aunque a Daniel le molestaba la poca expresividad de su hijo, comprendía que era algo normal. El muchacho dio a entender que su madre le había dicho que Daniel nunca supo de su embarazo, algo que de alguna manera aliviaba la tensión, ya que no habría motivo para reproches o reclamos. Daniel apenas hizo preguntas, pidió escasos detalles sobre las visitas a San Juan. Hablaron de otros personajes, unos habían muerto, otros marcharon a otros pueblos. Era una manera de distraer la atención del centro que era Mayuya, Daniel y el muchacho.

Cada vez que sonaba el teléfono Daniel iba a otra habitación, con la clara intención de que no se escuchara lo que hablara. Lo hacía de manera ostensible, quería evidenciarle eso a su repentino hijo, mandarle un mensaje para que él lo leyera con precisión.

El muchacho intentaba un primer encuentro con su padre y se notaba la inseguridad ante un hombre que veía por primera vez en su vida. Por su parte, Daniel quería darle un aire de naturalidad, a una situación que no la tenía. Era inútil una confrontación o un debate sobre el pasado, del cual él encarnaba la consecuencia, pero no el motivo. Daniel miraba frente a él a un hijo que ya era un hombre y eso lo avergonzaba por todo lo que significaba, pero tampoco tenía respuestas para lo que había pasado.

—Si quieres te llevo a tu casa. Veo que no tienes carro —dijo de alguna manera invitándolo a que se fuera.

—Tengo. Es que como no encontraba la casa parqueé al doblar.

Daniel volvió a mirar el reloj, con la suficiente discreción como para que no se sintiera presionado, pero a la vez para que prudentemente anunciara su partida.

—Quieres algo en específico, puedo hacer algo... —dijo el padre de manera directa, mirándolo por primera vez fijamente a los ojos, con cierta ternura y como hasta pidiendo perdón por lo pasado. Pero Daniel no quería nada. En realidad no aspiraba a nada.

16

—Dime tu teléfono y dirección para mantener el contacto.

—Daniel Ramírez, 305…

Daniel dejó de escribir. No levantó la vista, pero hubo una evidente pausa en la escritura. Esperó por la explicación.

—Es que mi madre se fue con Paco, el hijo mayor de los Ramírez… Dice mi madre que él lo sabía todo desde el principio.

Daniel le extendió el papel para que él mismo escribiera la dirección y teléfono. Eso le permitiría ver su letra, que en realidad era bien redondeada y clara. Lo iba a acompañar al carro, pero no quiso. Abrió la puerta y salió sin mirar atrás y prometiendo que se mantendrían en contacto.

A los pocos minutos, desde la ventana, Daniel vio pasar el carro de su hijo. En el interior iba una mujer y en el asiento trasero una niña… pero todo fue muy rápido, perdiendo la oportunidad de precisar los detalles.

Las horas siguientes serían muy complicadas para Daniel, pero tenía que mantener la calma, reflexionar y sobre todo, no evidenciar que algo le preocupaba cuando Félix regresara del trabajo.

SOUTH BEACH

Tuvo que esperar al menos once largos cambios de luces antes de poder hacer una izquierda en el semáforo. Además del acostumbrado congestionamiento de los fines de semana, varios carros de la policía reducían aún más la fluidez del tráfico. Al principio el inusual despliegue de patrulleros sugería un accidente, sin embargo, no se veían por ningún lado los vehículos de emergencia, y ni siquiera se escuchaba el escándalo de las sirenas. En realidad no había accidente alguno, todo no era más que uno de los frecuentes operativos policiacos para hacer dinero fácil, en este caso con los choferes que no usaban el cinturón de seguridad. Finalmente logró pasar el semáforo, y de golpe todas las frustraciones acumuladas hasta ese momento por la espera se desvanecieron, cuando vio abrirse, larga, estimulante y vital, a Ocean Drive.

Aquella estrecha calle se había revitalizado de una manera sorprendente en poco tiempo, y de hecho se había transformado en el corazón de Miami Beach. Casi todos los turistas, tan pronto llegaban al aeropuerto de Miami, preguntaban cómo llegar allí, ansiosos por entrar en contacto con el mundo paradisíaco que les habían vendido los agentes de viaje, y deseosos de fundirse con la impresionante fauna local, que muchas veces era reconocible por estar enfundada en estrafalarias vestimentas.

Precisamente el derroche de juventud, y en muchos casos de indiscutible belleza provocadora, proporcionaba un aire nuevo a ese distrito que, escasos años atrás, se encontraba literalmente en ruinas, habitado en su mayoría por ancianos retirados, que decidían acabar su vida lejos de los fríos del norte, pero que temían sentarse después del oscurecer en los portales de los paupérrimos moteles donde vivían, por temor a los permanentes asaltos y los continuos tiroteos.

Aquella calle, aquel vecindario que evocaba el estilo artdecó, constituía el símbolo actual de la playa y en gran medida, muchos lo consideraban así, de todo el sur de la Florida.

Era, sin duda alguna, la ruidosa vida nocturna que se desenvolvía en ese sector de luces de neón, el alma de una ciudad que, en sí misma, no parecía aportar realmente mucha vitalidad. A René aquella calle de fachadas recién remodeladas y portales repletos de gentes, muchas veces lo estimulaba hasta el paroxismo, aunque en ocasiones la falsedad, el gentío, la bulla, y la mediocridad que destilaba aquel ambiente, también lo aplastaba.

Hoy, sin embargo, mientras conducía despacio por la abarrotada calle de doble vía, a la vez que miraba de reojo a los policías que no cesaban de detener carros al azar, escudriñaba las terrazas, exploraba las aceras, penetraba con la mirada los angostos pasillos pobremente iluminados, pero sugerentes. Cuando rebasó el riguroso cordón policiaco sintió un alivio, y se dejó atraer, ya sin temor, por el febril hormigueo que sin cesar entraba y salía de los bares. Observó divertido los restaurantes atiborrados, las tiendas donde los artículos ostentaban precios disparatados, y los hoteles adornados con impresionantes lámparas de lagrimones, pero de plástico.

Turistas europeos comían en las mesas al aire libre. Algunas mujeres locales, jóvenes, bronceadas y despampanantes, caminaban sonrientes de un extremo a otro de Ocean Drive, repitiendo el mismo recorrido una y otra vez. A René todo esto lo excitaba como nunca, no había nada que replantearse, simplemente todo lo retaba, todo lo provocaba. No podía controlar unos deseos furiosos de sentir esa noche contra su cuerpo, la piel suave, la frescura y el sexo húmedo, de una de esas muchachas que con aire juvenil pasaban por su lado.

De pronto creyó encontrar un parqueo disponible frente a un restaurante cubano, pero ya otro carro esperaba a que se desocupara. La indecisión de si el espacio lo podía usar o no, lo obligó a hacer una maniobra que lo apartó por fracciones de segundos de la carrilera por la que conducía, para luego de inmediato incorporarse a su camino y continuar buscando dónde estacionarse. El resultado de la inseguridad —que de paso le permitió descubrir recostada a un poste a una mujer no muy joven, pero con un cuerpo impactante—, fue una multa de tráfico por «violación del derecho de vía», lo que le representaba cuatro puntos a su licencia de conducir, o lo que es lo mismo: un sólido incremento del veinticinco por ciento en la póliza de seguro por los próximos tres años. Además, lo que más despreciaba, lo que más le hacía perder el control: recibir en su buzón, por las próximas dos semanas, las tentadoras ofertas de abogados que aseguraban, por unos cien dólares, ganar el caso en la corte, cosa que desde luego conseguían. Finalmente, encontró un parqueo casi al final de Ocean Drive. Depositó en el parquímetro las monedas que tenía en el bolsillo, y salió caminando a toda prisa hacia el lugar donde le habían puesto la multa, en busca de la mujer que se le había quedado mirando sonriente y coqueta, al menos eso le pareció a René, mientras el policía escribía la multa. No la encontró.

Antes de entrar en un bar al aire libre para tomarse una cerveza, miró de arriba abajo a una muchacha, que al principio creyó poder conquistar sin mucho esfuerzo. Pero ella no le hizo el más mínimo caso, por el contrario, René recibió como respuesta un gesto extraño, que se negó a interpretar, porque conocía perfectamente la carga que llevaba.

Con dificultad logró abrirse espacio en la barra, en una sección muy disputada con vista a la calle, junto a una amplia fuente de la que brotaban chorros de agua, iluminada de azul pálido y que curiosamente no estaba llena de monedas. Desde allí podía tener un buen control de las gentes que caminaban por la acera. A su lado varios turistas alemanes, haciendo ostentación de sus tatuajes, bebían cerveza. Una de las mujeres que los acompañaban, a cada momento, levantaba los brazos y balanceaba lentamente la cintura, mientras le daba a las manos un movimiento circular, algo árabe, buscando infructuosamente acoplarse al compás de un ritmo caribeño, muy de latones, que evocaba las llamadas steel bands de Jamaica, o de alguna de las otras islas de habla inglesa. Mientras la mujer se movía, dejaba ver un imponente amasijo de pelos en las axilas que expelía un insoportable olor. Sin embargo, pese a los inconvenientes la alemana resultaba sexi, y lo que hasta esa misma noche, prácticamente hasta ese mismo instante le causaba una tremenda repugnancia, ver esa pelambrera bajo el brazo de una mujer, súbitamente adquirió cierta fascinación. Se la imaginaba bailando, con las manos entrelazadas en la nuca y se veía a sí mismo intentando atrapar con los labios el vello recién humedecido por el sudor y su lengua. Una nueva y sorprendente fuente de goce, comenzó de inmediato a cobrar acelerada fuerza, y a rondar a René al que le costaba trabajo, y desde luego no lo deseaba, detener sus fantasías.

La música no cesaba. Más bien cuando se vislumbraba el final de un tema, ya de por sí largo, comenzaban a dispararse los acordes de uno nuevo. No había tregua para los músicos que sudaban a raudales, ni para ella tampoco, a la que parecía no hacerle mucho daño el calor. Y mientras observaba atento el espeso mechón de vellos de las axilas, se llevó la mano a las entrepiernas y se frotó con suavidad. No podía apartar los ojos de los senos que le saltaban firmes bajo la ancha blusa. Comenzó a llamarle la atención, como si se tratara de un elemento que contribuía a una necesaria armonía, el color rubio del cabello, que apenas comenzaba a caerle sobre los hombros. Por otro lado la piel excesivamente blanca de la mujer, sin el más mínimo asomo de celulitis, y unos ojos azules intensos, inyectados por el alcohol y la música, mantenían embelesado a René, que comenzó a acomodarse con discreción el sexo, que ya abultaba en el pantalón. A pesar de que la mujer en general tenía alguna gracia, no era para provocar una erección, pero en el inusual estado en que se encontraba —precisamente ese día, en ese instante—, cualquier cosa adquiría una carga de hermosura que él de inmediato engrandecía y le daba sentido.

Una vez más divisó a la mujer que lo estuvo observando mientras le ponían la multa. Estaba allí en la acera. No supo cómo llegó. De repente estaba allí, ése era el hecho concreto, de la misma forma que un rato antes había desaparecido sin dejar rastro. La reconoció por la cartera comando que le colgaba del hombro y que de adorno tenía una n minúscula, dorada, como cierre. Poco antes, mientras el policía lo tenía retenido y ella lo observaba recostada al poste, René se puso a asociar la letra n con Nancy, que trabajaba con él, luego recordó a Nidia, con la que tuvo una de sus primeras experiencias sexuales de adolescente. Más tarde, para ocultar un poco el mal humor que le provocaba el policía, se propuso seleccionar al azar nombres que comenzaran con n; pero muy pocos acudían a su mente: Nora, Nereida, Niurka, Noemí, Nayda, Norma, no muchos más. Al verla pasar frente a la barra, cerca de dos horas después del primer encuentro, la llamó a gritos por todos esos nombres, pero no había manera que lo escuchara. Ella caminaba despacio, se detenía brevemente, miraba a su alrededor y de nuevo se movía como buscando a alguien. Se adentraba entre las mesas. Los tacones altísimos la hacían más provocadora y eso ella lo sabía, lo explotaba al máximo, sacándole partido a cada una de sus pisadas. Se alejaba y René no lograba que el cantinero le acabara de cobrar las cervezas que se había tomado. Luego perdió bastante tiempo saliendo del bar, ya que tenía que desplazarse por una pasarela que bordeaba la fuente, hasta llegar a la acera. Por segunda vez se le esfumó la mujer y René no podía controlar su furia, no podía entender que hubiera desaparecido de esa manera.

De nuevo emprendió otra búsqueda febril, pero no precisamente de la mujer de la n. Había asumido una suerte de resignación, miraba hacia los lados como invitando a un encuentro a cualquiera que le correspondiera. Se detuvo en una esquina bien iluminada. Se puso a observar a las parejas que pasaban abrazadas o tomadas de la mano; a otros que como él, pero más jóvenes, buscaban compañía para el resto de la noche. Un grupo de patinadores hizo su aparición, con todo el atuendo de rigor: cascos, rodilleras, coderas y manoplas, además de las inseparables mochilas a la espalda. Pasaron veloces frente a él, haciendo piruetas, enseñando sus pechos recién afeitados. Algunos se desplazaban de espaldas y chiflaban para llamar la atención. Otros, como su meta era lograr el interés de los transeúntes, se tomaban de la cintura hasta conformar una cadena de varios patinadores que a gritos y silbidos clamaban por la mirada de la gente que en general los ignoraba. Uno de ellos, bastante gordo para mantener el equilibrio, intentaba demostrar sus habilidades como patinador, y a pesar de su voluminoso aspecto, lo conseguía casi a la perfección. Al parecer eso le producía una satisfacción especial, pues su rostro sudoroso y sonriente definitivamente transmitía gozo.

Pero René sólo aspiraba esa noche a una muchacha, mientras más joven mejor, se decía. Una de ésas que se estremecen ante el más insignificante roce, que tan pronto comienzan a sentir el aliento en el cuello, la lengua penetrando en el oído, las manos hurgando en los senos, salen huyendo.

De repente un vehículo de la policía rompió la armonía de la esquina, encendiendo las luces azules y rojas intermitentes, para detener a un carro convertible. El resplandor de las luces de la patrulla se integraba a la decoración de algunos comercios y hoteles cercanos que utilizaban los mismos colores. Otra víctima, se dijo René, otros clientes para los abogados de tránsito, que son más fáciles de conseguir que, digamos, uno laboral. Más dinero para la ciudad de Miami Beach y desde luego para las compañías de seguro, pensó. Casi por instinto, o más bien por asociación, miró su reloj y comprobó que el tiempo en el parquímetro hacía rato debía haber terminado, pero como no tenía más monedas y estaba convencido de que ya le habían puesto la multa por time expired, no le dio importancia.

Si tenía alguna duda de que esa noche poseía connotaciones especiales —extraordinarias—, él mismo las disipó cuando decidió ir a caminar por la orilla de la playa. Casi nunca hacía eso porque no le gustaba que los zapatos se le ensuciaran. Al principio avanzó despacio, atento a cada una de sus pisadas, pero luego, tan pronto sintió la arena en los pies, olvidó todos los cuidados, y se puso a escudriñar los rincones, las empalizadas de madera, donde los amantes se refugiaban y a escondidas se hacían el amor. A pesar de la hora, algunos jóvenes todavía se lanzaban al mar, gritaban y reían vitales. Caminó hasta el final de la pasarela que se adentraba muchos metros sobre las aguas, observando de reojo a las escasas parejas. Desde allá atrás la playa era diferente. El resplandor de la ciudad encandilaba la vista. Se llevó la mano a la portañuela y bajó con cuidado el zíper. Comprobó que nadie se aproximara por el puente y se sacó el sexo, que comenzó a batuquear lentamente, sin prisa. Desplazaba la mano hacia delante, luego hacia atrás más rápido, y simultáneamente con el movimiento, dejaba que el dedo gordo de la mano, haciendo un giro circular, tocara el glande, hasta sentir escalofríos. Respiraba profundo, aspirando el aire sin abrir mucho la boca, lo que producía un sonido suave, como un silbido. Al poco rato, la soledad total del mar y el sonido de las olas rompiendo quejosas contra los soportes del puente, lo hicieron desistir, lo obligaron a salir huyendo.

Antes de marcharse del puente observó cuando el marine patrol, comenzaba a acosar a los bañistas por nadar tan tarde. Los potentes reflectores de la lancha costera penetraban en la arena y se podía ver con bastante claridad a los amantes desnudos o semidesnudos vistiéndose apresurados, escabulléndose. Como no se podían definir rostros, ni sexos, ni edades, la mezcla del efecto real y sobre todo del sugerido, lo excitaba y a la vez le causaba gracia a René, que no podía dejar de pensar en esas manos acariciándose, en esas bocas fundiéndose, en esos dedos explorándose.

Regresó a Ocean Drive aún más resuelto a llenarse con una de las mujeres que andaban por allí. Ya el bulto no se le marcaba, pero todavía se sentía lubricando. Caminó de nuevo a todo lo largo de la calle, apresuradamente, abriéndose paso entre la multitud que se le antojaba más numerosa, ahora llenando las terrazas, los portales, agrupándose en las esquinas. Se cruzó con una mujer, sin duda alguna era ella. Por primera vez la tenía cerca. Con la palma de la mano le rozó intencionalmente una nalga, pero ejerciendo cierta presión contra la carne. Hubiera deseado apretársela con todos los dedos, enterrarlos y agarrar la masa, pero no se atrevió a confrontarla de ese modo. Temía un escándalo. Ella se viró sin detener su andar, ni prestarle excesiva atención y continuó contoneándose, maniobrando sus altísimos tacones y ajustándose la cartera al hombro. Nancy, gritó, pensando que sería el nombre más apropiado, pero ella no se volteó; ni siquiera, cuando René hizo otro intento llamándola Nereida. A esa hora de la noche la mujer se proyectaba más erótica, sin embargo no hizo nada por atraparla, no la persiguió por los portales, ni la tomó del brazo para decirle algo definitivo. No hizo el más mínimo intento por detenerla. Simplemente la dejó escapar.

Pasó una vez más frente a la barra, iluminada con luces azules y descubrió horrorizado a la alemana todavía contoneándose al compás de la misma música. Pensó en el desagradable olor que debía estar brotándole de las axilas y volvió sin proponérselo, a sentir rechazo, un asco profundo, por esos mismos pelos, que horas antes estuvo dispuesto a lamer con satisfacción.

Se encontraba ya muy cansado y hasta frustrado por su inexplicable actitud ante n. Sudaba a mares, se sentía sin fuerzas cuando comenzó a calcular la distancia que lo separaba de su carro estacionado al final de Ocean Drive. Unas cuatro cuadras a lo sumo. Mucho, se dijo, llevándose la mano a la portañuela, para con la punta de los dedos agarrar tela y testículo a la vez, y de un halón, mientras flexionaba una de las piernas, sentir las entrepiernas más libres, menos pegajosas y más cómodas. Simultáneamente descubrió a un adolescente observándolo extasiado, mirándole fijo a las entrepiernas. El muchacho levantó los ojos y le sonrió malicioso.

René recogió la multa que le aguardaba en el limpiaparabrisas y sin leerla, ya conocía de sobra el monto y la causa, la dobló y se la metió en el bolsillo de la camisa. El adolescente se encontraba ahora a unos pasos, junto al farol. Arrancó el carro, le dio unos pocos acelerones para que se calentara y comenzó a sentir como su sexo se expandía con rapidez. Estuvo seriamente tentado a estirar el brazo derecho, correr el cerrojo y dejar entrar al muchacho que de pronto se le antojó de una belleza extraordinaria, y que ansioso aguardaba la oportunidad para poder meterse en el auto.

Al llegar a la casa después de conducir a exceso de velocidad por autopistas desoladas y calles poco iluminadas, donde no se veían ni siquiera los vagabundos de rigor, se dejó caer en la cama. Sin hacer mucho ruido se volteó, primero para contemplar, después para acariciar a su mujer que dormía profundamente, semidesnuda, atractiva y tentadora. Luego se levantó, se metió bajo la ducha, entibió el agua, y mientras se enjabonaba, comenzó a masturbarse.

LA NOCHE EN EL ABISMO

Para Juan Francisco Pulido y otros más... vivos

Colocó el evocador rectángulo de papel de brillo sobre la superficie de cristal, cuidando que los bordes hicieran ángulo recto con las orillas de la plancha de vidrio para evitar que la imagen apareciera ladeada. Cuidadosamente bajó la tapa y apretó el dispositivo azul. La luz se fue haciendo intensa y un tenue sonido indicó que el aparato estaba capturando la fotografía detalle a detalle. Humberto esperaba sin hacer muchos movimientos a que aquello alcanzara otro espacio y apareciera en el monitor de su computadora.

El lugar era la sala bastante amplia de una casa, con sus muebles negros y una decoración provocadora con cuadros de contenido erótico en las paredes y reproducciones de interesantes figuras precolombinas, pero dispuestas de manera desordenada, lo que les hacía perder parte de su atractivo. En distintos sitios, montañas de libros, revistas y periódicos sepultaban las lámparas y algunas de las piezas que debían armonizar con otros ornamentos. En general había bastante polvo sobre los muebles y la casa era un descuidado desastre.

Estaban todos. Arturo, torpe a más no poder, con su perenne frustración de chulo malogrado, intentaba infructuosamente abrir una botella de vino sin que se le rompiera una vez más el corcho. Rogelio, peligroso y atento observador miraba deseoso, pero sin atreverse a más que eso, el rostro iluminado y joven de Mario, que con un vaso en la mano y los ojos inyectados sonreía junto a Humberto, un tuerto raro, lujurioso y el más mentalmente degenerado de todos. Escuchaban las anécdotas que Hugo, grasiento y repugnante fumador, hacía de su juventud en La Habana de los años setenta, «una generación que fue golpeada, pero que no pudieron noquear», decía con aires victoriosos y cierto resentimiento por lo que significó. «Los que se plegaron, y los que se rindieron, quedaron fuera; los otros, con mayor o menor trabajo salimos airosos», sentenciaba.

Un coño molesto quebró el momento cuando, como era de esperar, la mitad del tapón quedó en el pico de la botella. Mario se levantó soltando una carcajada y para demostrar que alguien que hacía apenas cuatro meses había llegado de Cuba, era capaz de extraer los restos del corcho sin que se hundieran en el líquido y malograran un gran reserva que especialmente se estaba descorchando para celebrar su arribo al exilio. Comenzó a maniobrar con lentitud y habilidad el sacacorchos, al final lo logró y Arturo le dio un beso en la mejilla imitando el sonido del descorche. Su mujer, Migdalia, reía despatarrada sobre el sofá, con el pelo batiéndole al paso del oscilante ventilador. Parecía preparada para someterse gustosa a una orgía descomunal, que en realidad la circunstancia parecía pedir a gritos. Sin duda era lo único que faltaba para que aquella gente que de alguna manera daba indicios de desearse los unos a los otros, lograra despojarse de todo impedimento. Pero era también lo único que no iba a suceder, porque de pasar se perdería el misterioso encanto que allí armonizaba; el imprescindible distanciamiento, gracias al cual, se establecía un equilibrio y el sentido expreso de aquellas relaciones basadas en un discurrir entre una transgresión controlada y el abierto desenfado. Ana, la otra mujer del grupo, estaba sentada algo apartada, exhibiendo una mirada entre dulce, taladrante y calculadora, que helaba el ambiente. Su marido, Rogelio, actuaba coqueto, pero por ser bastante reprimido, siempre sucumbía a la fiscalizadora mirada de su esposa.

Sería finales de noviembre, ya había pasado Thanksgiving o estaba a punto de llegar el día festivo. Humberto intentaba acordarse del día exacto para fecharla, pero no lograba situarlo con exactitud. Se molestó consigo mismo porque una vez más olvidó escribir el día en la parte de atrás de la foto. Recordaba con claridad que ya las noches resultaban ligeramente frescas, aunque todavía no había entrado el primer frente frío de la temporada, por eso todos aparecían en la imagen en mangas de camisa y ropa ligera. Las ventanas estaban abiertas, señal de que se podían prescindir del aire acondicionado.

El último en llegar a la cita fue Humberto, lo cual lo colocaba en desventaja. Presentarse sobrio a un lugar donde el resto ya ha bebido en exceso no es muy agradable, permite hacer valoraciones distintas, desde afuera, en total control de los sentidos, y eso, salvo en situaciones muy particulares, no resulta aconsejable. Por eso se apresuró a tomar de cuanta bebida encontraba en su camino, cerveza, vino y ron, mezcla volcánica, que aceleraría el efecto y lo colocaría en poco tiempo en el mismo carril del resto del grupo. Tal vez por ello sus ojos en la foto son los más rojos, porque también fue el que quedó abatido de repente.

El encuentro se había planificado para que Humberto y Hugo conocieran a Mario. Alto, de estructura sólida, rostro herido por una juventud turbulenta y agria, que lo llevó a sufrir prisión política en los primeros años de su apresurada adolescencia, por la mejor de las causas para un rebelde vital: su libertad, abrirse su propio espacio; pero también la cárcel lo había hecho madurar más aceleradamente de lo que su mente podía asimilar. Humberto quería conocerlo. En ocasiones Arturo se refería a él «como una de las mejores esperanzas para la literatura cubana». Se había convertido en una especie de mito entre los amigos que cada vez que hablaban por teléfono insertaban anécdotas relacionadas con las andanzas de Mario por Miami o Minnesota, donde había ido a estudiar licenciatura en lengua inglesa y literatura.

Humberto se apuró en llegar a su casa del trabajo, se bañó rápido y salió para la cita. Aunque ya por teléfono sabía del progreso del encuentro y estaba al corriente de cuántos tragos se habían tomado y qué temas se habían abordado, tenía interés en conocerlo. Quería hacerlo, escuchar su voz, valorar su gestualidad, su manera de elaborar ideas y de expresarse, mientras conservara algún grado de lucidez. Pues ya sabía que el primer encuentro establecería las pautas futuras, «la primera impresión es la que vale», recordaba Humberto como un principio básico e invulnerable. Lo demás sería la continuidad de aquel primer choque y las revelaciones que una relación va proporcionando paulatinamente.

Se detuvo en el último semáforo y llamó por teléfono para decir que estaba a cuatro cuadras de la casa. Cuando llegó, los perros se pusieron a ladrar y todos salieron a recibirlo como si él fuera el invitado más importante. No lo era, pero por ser el único que faltaba, también se convertía un poco en el centro. Desde una distancia que permitía verlos fundidos en la puerta de la casa, distinguió a Mario. Sobresalía en el grupo, tenía una risa bonita, resplandeciente; camisa azul a rayas, pelo negro que dejaba ver una frente amplia, piel muy blanca y manos grandes, detalles que fueron perfilándose a medida que se aproximaba. Humberto avanzaba con paso firme, con una botella de vino en la mano, que levantó provocando una ovación, y aunque hablaba diciendo simplezas no dejaba de observar al invitado especial. «Olvídate de estas gentes y ven para acá», dijo Mario.

La primera vez que escuchó su voz, no pudo retener el tono, la modulación; fue algo que no esperaba en ese momento, por lo cual no estaba concentrado, rigurosamente atento como hubiera querido. Sólo prevalece en la memoria de Humberto el tono de unas palabras captadas al vuelo, de manera desordenada y en medio del barullo del grupo.

Humberto fue directo a Migdalia y Ana, les dio un beso de saludo alegando prioridades femeninas y después se dirigió a Mario que se crecía ante él y le extendía la mano. Se saludaron y se estrecharon en un abrazo. Humberto se sentía perdido primero entre aquella mano que trituraba la suya y luego en aquel cuerpo ancho, espeso y acolchonado. Intentó retener su olor, pero le resultó imposible. Lo demás fue el inicio de una relación difícil y lo más triste de todo, perdida de antemano.

Tanto el uno como el otro se esperaban, se conocían, Humberto había leído el libro con el que Mario había

ganado un concurso literario en la Isla y le pareció insólita la manera en que un muchacho de su edad abordaba
temas que usualmente requerían de otras vivencias, estar rodeado de experiencias que un adolescente no con-
fronta, ni debería afrontar nunca. Si se sumaba el tiempo
transcurrido desde la publicación del libro, el período
del concurso, la etapa de escritura y la de maduración
mental de las narraciones, Mario había iniciado aquel
camino cuesta abajo a los catorce o quince años.

Humberto se servía lentamente un vaso de vino. Todos hablaban al unísono, unos trataban de imponer su
voz para hacerse escuchar. Poco a poco entre pequeñas
paradas para hablar de aventuras sexuales, de enfrentamientos callejeros con la policía política en Cuba y sobre
el rol de la iglesia católica en la Isla y el exilio, siempre se
volvía al tema de la literatura y de la responsabilidad del
intelectual. Mario daba la impresión de estar en control
de sí mismo, pero aquel cuerpo de adolescente dentro de
una poderosa mente de hombre castigada y cansada de
tantos atropellos, se veía como de regreso de todos los
siniestros. Sin embargo parecía pedir a gritos protección
y amparo. Su expresión variaba con los temas y ante el
peso de las palabras soledad, compañía, amor, su rostro
se desencajaba, se le torcía la boca y miraba a su alrededor buscando un asidero. Humberto sentía una gran
pena, pero jamás se le ocurriría acercársele más allá de
lo convencional. Mario tenía todos los indicadores de ser
una compañía castradora y posesiva en extremo. Humberto escuchaba sus gritos, percibía sus reclamos, pero
hacía oídos sordos. La única solución posible pasaba por
él mismo, y eso no lo acababa de entender.

Como todos estaban borrachos, no había un orden.
La reunión era una catástrofe total. Mario se le tiraba

encima a Arturo, mientras Rogelio permanecía arrinconado y callado, recostado sobre Ana, señal de que ya estaba completamente borracho, esa actitud era su sello de identidad. Migdalia, precavida, buscaba separar a su marido de las insinuaciones del otro, atrayéndolo a su lado, que hablaba sin parar de incursiones armadas en Cuba para tumbar la dictadura y de heroicos enfrentamientos, sólo fruto de su imaginación literaria. Hugo estaba en control, haciendo pocas, pero contundentes contribuciones. Su trago era puramente decorativo. Por su parte Humberto cabeceaba en el sofá, mientras la noche se precipitaba hacia los abismos. Amaneció sin que Hugo pegara un ojo.

Muchas veces más se vieron Mario y Humberto. Salieron a comer, conversaron sobre una literatura donde había abundante alcohol y siempre rondaba la muerte vistiendo un ropaje suicida. También hablaban sobre música, porque al joven rebelde le fascinaba Pink Floyd y el Heavy Metal. Se hicieron revelaciones, se insinuaron deseos, y al final se caía en la muerte y la fe, en los más devastadores fantasmas que Mario arrastraba y que de alguna manera implicaban una retorcida relación masoquista, dependiente a más no poder, y que su inteligencia fuera de serie y su demostrada facilidad para el debate y el enfrentamiento no le permitían dominar.

Muchos detalles fueron apareciendo poco a poco en los encuentros que tuvieron, otros se mantuvieron ocultos. Eran tan íntimos y complicados, que ni siquiera después de la noche que Humberto pasó clandestinamente en la casa parroquial donde Mario vivía, pocos días antes de marchar al norte, sirvió para abrir las otras puertas, esas que tal vez de verdad pudieran haberles sido útiles, y conducido a sí mismo.

Durante un tiempo los emails fueron el enlace, capítulos de novelas, relatos, poemas, seguidos de algún que otro desorden aparentemente momentáneo, daban indicio de la efervescencia creativa de Mario y que estaba pasando buenos momentos. Una tarde Arturo llamó a Humberto a su teléfono celular con voz entrecortada, Mario le había dejado un mensaje en el contestador. También Hugo y Rogelio tenían los suyos. Todos similares. Ya no aguantaba más y se mataba. No hubo intento posible, no respondía al teléfono, su contestador se llenó de tardías palabras de aliento.

Al llegar a su casa, Humberto tenía un mensaje en su máquina. El aparato marcaba sólo uno y sólo uno era posible. El identificador de llamadas indicaba el número de Mario desde la helada Minnesota. Permaneció unos instantes frente al contestador, sintió rabia, impotencia. Luego apretó el dispositivo y el mensaje comenzó a borrarse sin ser escuchado. Qué importancia tenía ya saber lo que decía.

Poco después puso a todo volumen *Goodbye Blue Sky*, abrió un gran reserva como siempre hacía en ocasiones importantes, encendió una vela, colocó en la televisión una película porno y comenzó a masturbarse.

CONCIERTO PRIVADO

Aunque tuve que estacionar a una cuadra de distancia, parece que alguien estaba atento a los que llegaban tarde. Tan pronto estuve próximo a la casa, se entreabrió un portón de madera y un hombre de espejuelos, llevándose un dedo a los labios, me indicó que usara esa entrada para no interrumpir. Como pedía que permaneciera callado, le respondí con una sonrisa mientras accedía a la casa por el lateral. Al aproximármele hice una mueca con la que pretendía justificar la llegada a deshora y le di un par de palmaditas en el hombro.

Ya escuchaba, aunque aún difusas, algunas notas. Como era de esperar, un tema de Lecuona, del cual la pianista ha sido siempre una deslumbrante intérprete; sin duda alguna, como afirmaban los expertos, una de las mejores. Me quedé unos pasos detrás de un público que, por estar ya ocupadas todas las sillas disponibles, permanecía de pie, sirviéndome de refugio ante la vergüenza de presentarme con retraso. Con discreción me recosté a una pared para que el menor número de personas advirtiera mi presencia. Sólo los que estaban del otro lado del portal, quedándole de frente el cobertizo por el que había entrado, notaron mi escurridiza movida. Algunos contertulios continuaron ensimismados en la pianista que ahora tocaba *La danza lucumí*. Un señor mayor, al cual he visto en numerosas ocasiones en conciertos, teatros y presentaciones de libros, pero del que no sé su nombre, mantuvo conmigo por unos segundos más el contacto visual, algo que se me antojó como «nos hemos visto muchas veces en lugares públicos, pero me extraña verte en una casa privada, a donde se acude por invitación». Unas dos sillas a su lado, lejos del foco de atención principal, otro hombre, éste mucho más joven, me clavó literalmente la vista, como buscando un flirteo. Eran unos ojos redondos, oscuros, exaltantes, como escribió un poeta. Mi respuesta fue discreta, apartar la vista de inmediato, pero con la misma prontitud regresar al contacto directo, mantenerme firme unos instantes, lo más inexpresivo posible, para luego aflojar la expresión y voltearme a otro lado, aunque siempre dejándole saber que no pasó inadvertido el cruce de miradas y que el resto del tiempo estaría atento a su proceder.

Los aplausos relajaron la atmósfera. La pianista cruzó las manos a la altura del pecho, inclinó la cabeza, hizo una reverencia y se instaló de nuevo para ejecutar otra pieza, esta vez un nocturno de Chopin, que provocó una unánime exclamación de satisfacción.

Momentos después el hombre hizo otro lance, más arriesgado, más provocador. Los ojos pestañaron rápidamente, se tornaron un instante en blanco, luego torció la cabeza y dejó escapar una sonrisa. «Me gusta lo que haces para conquistarme, para seducirme, para enamorarme», como dice la canción de Chayanne, «iba causando efecto», me provocaba con maestría. Yo no perdí un solo detalle de aquellos malabares visuales, aunque no me di por enterado. La pianista cerró el teclado con determinación, la gente rió, pues sabía que esa era su manera de decir. «hasta aquí, ni una más». En realidad lo que hubo fue un intermedio. Traté de acercármele para felicitarla, pero una multitud la atormentaba con halagos, mientras ella intentaba abrirse paso y entrar en una habitación para descansar. Si no era en ese momento, tendría que ser al finalizar la segunda parte, pero tenía la obligación de verla, para agradecerle la invitación que me había extendido a su concierto privado y exclusivo, que bien lo era. En el público había políticos, profesores universitarios, músicos, conocidos actores de televisión, dueños de galerías de arte, directores de orquesta y en general bastantes personas mayores, la mayoría mujeres, entre ellas Ángela, una viuda bien entrada en años, muy refinada y vistosa, con la que coincido con frecuencia en un restaurante local. Sé su nombre por sus frecuentes apariciones en la crónica social del periódico, aunque la llamo doña Cayetana, por su porte aristocrático, parecido al de la Duquesa de Alba. La señora me miró algo extrañada, le hice una casi imperceptible reverencia y le sonreí. Con toda seguridad nuestro próximo encuentro daría lugar a una conversación.

—¿Quieres vino? —me preguntó el hombre extendiéndome un vaso que ya tenía reservado para mí.

Lo acepté. Le di las gracias y esperé por el próximo paso. La cercanía había cambiado algo el escenario. El hombre ya podía tener muy pronto un nombre propio y en cuestión de segundos me preguntaría el mío, de eso no me cabía la menor duda. El acceder a compartir la copa de vino indicaba que no me molestaba su presencia. Eran los términos del juego muchas veces jugado.

—Ella es fabulosa. Yo no me pierdo nunca sus conciertos.

—Sí, es un primor —le respondí sin añadir nada más, dejándole caer un vocablo que sabía muy bien le iba a gustar, y a su vez lo dejaría pensativo.

—Tú y yo somos amigos desde niños. ¿Estoy tan cambiado que no me reconoces?

Reí, pero en realidad no lo recordaba. Luego una mímica con los labios, que sólo le había visto hacer a Eduardo Márquez, me indicó que era Eduardo Márquez. Estuvimos juntos un tiempo en la escuela, hasta que sus padres se divorciaron y él se fue del vecindario.

—Desde el primer instante sé que eres Eduardo —dije mintiendo.

Quedó momentáneamente turbado, como preguntándose por qué entonces lo trataba con tanta frialdad, como si no lo conociera. Y justo eso me preguntó.

—Es que era yo quien pensaba que no me reconocías.

—Pero si te estaba mirando.

—No. Me estabas…

Lo llamaron por teléfono. Mientras respondía hizo un recorrido por la sala tratando de dar con quien estaba del otro lado de la línea. Lo localizó, lo localizamos al unísono.

—Dame unos momentos, ahora regreso —y caminó presuroso hasta el individuo, algo mayor que él, de cara redonda. Unos segundos después miraron hacia mí y se perdieron entre el resto de los asistentes.

No había pasado un instante cuando Ángela se para a mi lado. Le valió el saludo que le brindé, como una puerta ancha para iniciar una conversación, que tal vez en otra ocasión le aceptaría con curioso interés, pero no la noche del concierto y el reencuentro con Eduardo. La señora no dejaba de hablar. Llegó un momento en que lo único que podría hacer era poner la mente en blanco y dejar de escucharla. Pero mi mente no estaba en blanco. No. No podía estarlo. Recordaba a Eduardo en La Habana, cuando teníamos unos doce o trece años. La peculiar mueca que lo definía me llevó a toda prisa a esos años. De hecho no me puse a recordar el pasado como un todo, sino a regodearme en los detalles que a toda prisa se agolpaban ante mí, y me hacían sonreír, identificar calles, casas, escondites nocturnos. Todo a pesar de Ángela que no dejaba de emitir sonidos, concatenando anécdotas sobre su difunto marido, la hija que era pediatra y no sé cuántas otras tontadas, que no me interesaban para nada. Una de las huellas me llevaba a una calle sin asfaltar, poco transitada y oscura, que usábamos para cortar camino. Siempre nos daba ganas de orinar cuando nos acercábamos a una arboleda. El cine, el barrio, la escuela, su casa. Todo se agolpaba de repente.

Un sentido de autorregulación me ayudaba a darle continuidad al soliloquio de la señora, por eso pude responderle cuando me preguntó sobre algo que había dicho la pianista al iniciar el concierto.

—Es que llegué algo retrasado —alegué con cierto tono lastimoso.

—Bueno, tú sabes que ella habla mucho, pero habló muy bonito de la música cubana y sus compositores. Me conmovió —dijo mientras movía ligeramente la cabeza—. Abrió con la habanera Tú… ¡Imagínate la exclamación de la gente! Yo me emocioné mucho, porque conocí a Sánchez de Fuentes y a su familia… Yo era muy pequeña, verdad, pero recuerdo que mi padre me llevaba a su casa… Con quien sí tuve una relación personal encantadora fue con el maestro Gonzalo Roig. Fue un verdadero privilegio estar cerca de él. Yo lo conocí porque mi marido, que en paz descanse, era...

Yo lo conocí porque era parte de los muchachos del barrio. Pero él no nació allí como yo. Llegó al vecindario cuando su padre se casó con alguien de la cuadra. Creo que con una mulata, a la que Eduardo llamaba «mi mamá», pero que no lo era y tampoco lo fue por mucho tiempo, pues dos o tres años después se separaron y el padre se lo llevó para Luyanó, que aunque no estaba lejos, era otro barrio.

El tiempo de nuestra infancia transcurría rápido. Nada nos detenía. Nos conocimos cuando comenzábamos a salir de la niñez y entrar en la adolescencia. Él llegó más rápido que yo. Lo recuerdo en el colchón a donde íbamos a tomar clases de judo. Nos desvestíamos para ponernos el kimono y yo le veía vellos en las axilas cuando yo no tenía ninguno y los deseaba a rabiar.

Aparentando la mayor atención posible a lo que decía Ángela, escudriñé el salón buscando a Eduardo que había desaparecido. La mujer dejó atrás a Sánchez de Fuentes, a Roig y a Lecuona, pues de repente se refería a Chopin, Bach y Beethoven, que también había ejecutado la pianista unos minutos antes. Repliqué algo, para hacerle ver que estaba al tanto de los detalles del concierto.

—No sabía que fueras tan culto —expresó con asombro Ángela.

—No. Apenas cultura general, nada en particular —el comentario sirvió para que comenzara a narrar sus estudios musicales y las habilidades que tenía tocando el piano y el arpa. Extraño instrumento, pensé, pero no dije nada por temor a que comenzara una clase magistral sobre el arpa y sus virtudes.

El público se apresuró a tomar sus asientos, mientras la pianista se acomodaba para la segunda parte del concierto, que inició con danzones que animaron a la audiencia. Eduardo volvió a su sitio y estuvo largo rato sin mirarme. No pude localizar al hombre que lo había llamado por teléfono, pero con toda seguridad estaba por allí y lo observaba. Nos observaba. Esa era la causa de su repentino comportamiento. Pero con toda seguridad tanto él como yo estábamos pensando en su casa. La nueva, la de Luyanó, a donde se fue a vivir cuando su padre se separó de la mulata. Era una casa en unos altos, pero no recuerdo dónde. Tampoco puedo señalar las circunstancias, pero de repente él estaba parado sobre la cama, desnudo, excitado. Era mucho hombre para mí ese adolescente de unos trece años. Si antes me habían atraído las axilas, el mechón negro, formando una concha en torno a su sexo se me hizo irresistible. No es que nunca lo hubiese visto desnudo, sino que nunca lo había mirado con toda la intención del deseo. Lo toqué extrañado, hipnotizado por esa belleza que se me insinuaba.

Estoy seguro de que Eduardo no evocaba mi recuerdo. No podría hacerlo, eran dos visiones diferentes. Yo estaba, acostado en la cama, vestido por completo. Lo observaba de abajo hacia arriba, una imagen imborrable, imponente. Me saqué mi sexo que estaba comenzando a pasar de los caracteres de niño, para alcanzar más volumen, proyectarse amenazador, potencialmente poderoso y finalmente como el suyo. Recuerdo su mirada. Me miró asombrado, desconcertado cuando se dio cuenta de que yo aceleraba el ritmo con la mano, le clavaba la mirada y levantaba mi brazo como intentando alcanzarlo, hasta que de un salto di por concluida mi participación y salí corriendo para mi casa. Me gritó algunas cosas, intentó detenerme, pero yo tenía miedo y escapé.

Nos vimos unas pocas veces más en el barrio, a donde iba a visitar a «su mamá», pero nunca más salimos juntos. En cierta ocasión me dijo que yo no estaba preparado todavía para esas cosas. Como no sabía qué particular preparación se requería, no le dije nada, pero tampoco le pregunté nada.

El último segmento del concierto fue dedicado por la pianista a la música de Ernesto Lecuona. Los aplausos fueron atronadores. Los dueños de la casa le entregaron un enorme ramo de flores y las felicitaciones se sucedieron una tras otra. Cuando estuve cerca de ella la abracé, le dije algunas de esas cosas que suelen expresarse y que llenan el espíritu y me viré para Eduardo que estaba a mi lado secundado por su pareja. Le dije que me daba alegría verlo después de tantos años. Saludé al hombre y salí a toda prisa, huyendo de Ángela, que quería presentarme a sus amigas del club de viudas. Mientras caminaba para buscar mi carro, pensé en lo que me esperaba la próxima vez que me la encontrara en el restaurante.

OTRA FORMA EN EL TIEMPO

Si no hubiera sido porque el 18 de octubre del año en que cumplí los 23, me la encontré en un restaurante de segunda categoría en Hialeah, estoy seguro que nunca me hubiera acordado con tanta nitidez de ciertos momentos de mi vida, de mi adolescencia, que han regresado con más fuerza desde el mismo instante en que la vi. Había ido a ese lugar algo impulsado por el instinto, más que por el deseo, y por esa vieja, pero no extraña costumbre de comer pizzas.

Ella estaba allí, diría que como esperándome desde hacía mucho tiempo. Al principio no pude determinar si se encontraba acompañada o no, tampoco era mi intención averiguarlo. Sin embargo, más tarde pude descubrir que mientras ella tomaba una cerveza en el bar, intercambiaba palabras y gestos, con dos hombres bastante jóvenes, uno de ellos con la camisa abierta, y el otro ostensiblemente borracho, que jugaban en una mesa de billar.

Yo había ido a la barra a comprar una cajetilla de cigarros y de regreso pude verla mirándome con marcada insistencia. Mi primera reacción fue la de hacer como que no la había reconocido. No tenía deseos de hablar y mucho menos de verme obligado a compartir con sus acompañantes, sobre todo con el borracho. Si ella hubiese estado sola hubiera sido distinto. Al avistarla se desataron en mí una infinidad de reacciones encontradas. A los pocos minutos de haber regresado a la mesa, pude contar en el cenicero cinco colillas; demasiadas para mi costumbre de fumador, y sobre todo en un restaurante. Desde que me senté, no hacía otra cosa que echar humo y recordar, con detalles que alcanzan más allá de lo que uno se cree capaz de poder almacenar en el cerebro, todo aquel tiempo que duró nuestra relación.

Pensé abandonar el lugar y olvidar la orden pedida, para evadir así un casi inevitable encuentro, pero se me antojó un acto de cobardía innecesaria, y sobre todo inútil. Lo que pudiera suceder entre nosotros, resultaría insignificante, ante lo que ya había comenzado en mí. Yo estaba muy lejos de tener un verdadero control de la situación y sobre todo de mí mismo, aunque lo disimulaba muy bien. No dejaba de sentirme incómodo. Comía con normalidad, pero me costaba trabajo tragar. Miraba con apatía hacia otras mesas, pero en realidad no dejaba de observar la puerta que conducía al bar. Ella de repente apareció sonriente frente a mí.

Su valentía me desconcertó en extremo, me turbó su desafío. Me resultó muy extraño que abandonara a sus acompañantes, si es que en definitiva estaba allí con ellos, para acercarse a mi mesa. Algo inexplicable ocurría en ella, más después de haberme rehuido tantas veces. Llegué a pensar que había notado mi nerviosismo y que por eso se envalentonaba; pero dudaba, no la creía capaz de percibir mi descontrol interno, que yo procuraba no exteriorizar.

Sus ojos habían perdido la expresividad que les había atribuido durante años, una expresión de azoro, de búsqueda. El pelo le caía a la espalda más largo que en el recuerdo y le quedaba bien así. Estaba ojerosa, un diente parecía ennegrecido por una carie. También lucía gorda. Aunque ella era bastante mayor que yo, su actual estado físico la envejecía, le agregaba años que no tenía.

Pensé invitarla a comer, o si lo prefería, a tomarse una cerveza más, pero me abstuve, pues tal vez lo interpretaría como un intento por romper el silencio que nos separaba; además, no quería ser yo el primero en hablar, y tampoco tenía nada que decirle.

Fue durante el último año en la escuela que comenzaron nuestras salidas, las visitas al cine, sus deseos, y mis respuestas a esos deseos. Cuando terminaron las clases nos vimos unas pocas veces más hasta que se aburrió. Además la directora de la escuela primaria me prohibió volver. Sin embargo, yo la buscaba, dejaba de asistir a clases para encontrarme con ella, inventaba pretextos para subir a su aula. Al final, para deshacerse de mí, inventó una historia que me desequilibró, que me espantó y me hizo temer encontrarme de nuevo con ella.

Mientras la miraba, después de tantos años, comencé a recordar cosas que hicimos, o mejor que ella hizo conmigo. Yo todavía salía saltando de la escuela, subía al muro que la rodeaba e iba haciendo equilibrio por el estrecho borde. Pero ya para esas horas de la tarde había experimentado placeres enormes, ella le había suministrado caricias a todo mi cuerpo, y también yo había puesto mis manos donde ella me había pedido.

Si no fuera por esa estupidez mía de sentir pena por las personas, aun por aquellas que con sus acciones y miserias me han dañado, sobre todo con las que jamás esperé que me dañaran, estoy seguro que la hubiera sacado de mi mesa. Pero una vez más sentí una gran lástima. Recordaba que mi pasado con ella, no había sido enteramente desagradable. Sin embargo me sentía turbado, su presencia me molestaba, nuestro último día juntos pasaba por mi mente como lo que fue, algo desgarrador, pero los momentos anteriores me invitaban a tenerla cerca.

Por ella jamás sentí otra cosa que no fuera curiosidad, y, por otra parte, desde una perspectiva infantil, era una persona utilizable, pues gracias a ella (y esto yo lo consideraba una gran ventaja) podía entrar a los cines, donde las películas eran no aptas para menores de 12 años. Cuando comenzamos, su comportamiento era nuevo para mí, pero lo aceptaba. Creo que mi timidez no me hubiera permitido rechazarla. Tampoco creo que ése hubiera sido mi deseo.

Nada me pedía, no exigía nada, tan sólo un silencio total, una complicidad por algo que yo consideraba normal, una fuente de orgullo, de hombría prematura. Me pedía una discreción que yo no entendía, pero que tampoco me aventuraba a cuestionar. Ella me amenazaba con abandonarme si no la complacía en ese sentido. Y yo, desde luego, la complacía. No puedo negar que con ella descubrí la profundidad de un cuerpo, el olor de un sexo de mujer, la dilatación de los pezones por el tacto. Y esos son recuerdos claros y únicos, hermosos e inolvidables.

Cuando uno menos lo desea los recuerdos se agudizan. Mientras la miraba pensaba en el verano, en el atardecer de un verano en la escuela a finales del curso. Nosotros dos nos habíamos quedado en el colegio, con el pretexto de acondicionar el aula para la fiesta. Primero me pidió que me quitara la camisa, alegando que iba a sudar mucho. Sus manos acariciaron mi pecho mientras me ayudaba a deshacerme de la ropa. De esa tarde tengo el más viejo recuerdo de mi sexo deslizándose dentro de una mujer. Es un recuerdo vago, y tal vez hasta algo falso, pero lo he guardado como si respondiera a una realidad. Ella tomó mi mano y la llevó hacia su sexo para que yo lo acariciara. Sentí algo tibio. Recuerdo su mirada, sus labios abultados. Sus ojos entrecerrados por unos instantes. Su expresión me daba miedo; no sabía qué hacer. Escuché un jadeo que yo confundí con un quejido de dolor y retiré mi mano. Ella me miró con unos ojos grandes, muy expresivos, y me preguntó si no me gustaba tocarla «ahí».

Nuestros encuentros anteriores habían sido menos significativos, se limitaban a dejar que sus manos entraran por la portañuela del pantalón del uniforme escolar. Mi mayor participación había sido besarle los senos, unos pechos enormes y deliciosos. No creo que supiera esto hace tantos años, pero sí sé que yo los buscaba todos los días. Recuerdo con exactitud qué era lo primero que me brindaba cuando yo entraba en su aula, durante la hora de almuerzo. De repente, sin que me diera casi cuenta, quedé desnudo delante de ella; mis ropas habían desaparecido entre sus manos. Ella aprovechó ese día único para saciar todos sus deseos reprimidos; reprimidos por la urgencia del tiempo, por el temor a que alguien apareciera de improviso, no porque fuera capaz de inhibirse por mi edad o mi físico. Sus ropas también estaban sobre una mesa, y su cuerpo enorme me hizo temblar de placer y de miedo.

Todo lo demás se interrumpe en el orden de este recuerdo. No tengo consciencia de lo que ocurrió después, hasta que resurge de nuevo en el momento en que me hundí en ella; creo que me hundí. Me había acostado sobre una mesa, luego me haló por los pies hacia ella. Mis piernas quedaron colgando, mis nalgas casi no lograban sostenerse en el borde de la mesa. Después se subió sobre una pequeña silla y acercó su gigantesca figura hacia mí. Fue una sensación nueva, que nunca más he vuelto a experimentar como aquella vez. Si la considero tan especial es porque no es un recuerdo del todo erótico, más bien es un mezcla de placer y descubrimiento infantil. Yo no profundizaba en ella: era ella la que me succionaba. Puedo recordar con una exactitud que hace imposible la realidad, que yo me deslizaba hacia su interior fuera de todo control.

En el restaurante todo parecía normal, pero yo la miraba con furia. ¿Por qué con furia? Yo había disfrutado todo aquello, pero a su vez sentía que hubiera querido rechazarlo. Sin preguntárselo me dijo que su marido era el muchacho de la camisa abierta. No había hablado antes, sus primeras palabras fueron para anunciarme que no estaba sola, que se había casado. Una intuición me había avisado que alguno de aquellos hombres era su amante; tal vez la extrema juventud de uno de ellos, 18 o 19 años. Su predilección por los niños, o por los muchachos como los del billar que aparentaban menos años de los que debían tener, era muy bien conocida por mí.

Desde que me mencionó al muchacho que vivía con ella, no dejó de conversar sobre él, agregando con toda intención detalles íntimos que no venían al caso. Ella estaba procurando el tema «de nosotros», y, aparentemente, ese joven era el medio para lograrlo. Era más bien un monólogo, pues yo apenas me limitaba a responder con monosílabos, con alguna que otra nota irónica. Pero a qué se debía todo aquello, por qué estaba aceptando no sólo su tema de conversación, sino hasta su tono, sus miradas inquisitivas, su presencia que no deseaba del todo.

No sé si espontáneamente ella decidió hablar, o si fui yo el que cometió alguna imprudencia involuntaria, que le dio pie para no cesar de soltar palabras, de explicar la razón de sus preferencias sexuales. Me hizo una increíble historia de su pasado infantil, para llegar luego a detallarme su predilección por los niños en tránsito hacia la adolescencia. Tal vez intentaba justificarse conmigo; incluso llegó a decirme que allá me tenía miedo, que por esa razón luego se escabullía cuando yo estaba cerca. «Eras tan niño» —me dijo, y agregó—, «pero un niño tan lindo». Su sinceridad me turbaba a la vez que me hacía revivir momentos precisos, no de temor y huida, sino de placer y regocijo. Tomó un poco de cerveza e hizo un largo silencio, que yo acepté.

Sus manos estaban sudorosas. De vez en cuando se volteaba a mirar hacia la entrada del bar, donde los dos hombres continuaban en su juego sin notar la ausencia de la mujer. Entre ella y yo acabamos la caja de cigarros recién comprada. Tras la larga pausa, que ocupamos en tragar humo y sorbos de cerveza, ella volvió al tema de los adolescentes, con más desenfado, con mayor sinceridad. Sin mirarme, sin apartar sus ojos del vaso que tenía entre sus manos, recalcó: «Pero me gustan». Cuando habló de esos muchachos lampiños, de piel suave, sus ojos se tornaron lujuriosos, su voz entrecortada. El tema era escabroso, y si lo conversaba conmigo era porque yo había sido una de sus «víctimas», o más bien de sus «cómplices».

Ella sabía que su mundo no era desconocido para mí. Yo me había limitado prácticamente a escucharla, nada más interrumpía su descarga en los momentos en que la notaba indecisa. Una morbosidad inexplicable me mantenía atento a cada una de sus palabras. Las cervezas continuaban llegando a nuestra mesa, el cenicero era sustituido constantemente por una camarera, que no sé por qué me pareció conocida.

Para ella un joven de 11 a 13 años era la razón de su satisfacción. Dijo que cuando «estuvo conmigo» ya yo estaba interesado en el sexo. No le respondí, pero no creo que fuera cierto. Su voz se tornó grave, y agregó, con cierta ironía, «ya tú te venías». Tampoco lo recuerdo. Lo que sí puedo precisar con exactitud es que desde que se alejó de mí, comencé a juguetear con mi sexo cada noche. Tengo la certeza de que ella disfrutaba de mi timidez —aquellas tardes en el aula—, mientras me proporcionaba momentos desconocidos.

Hubiera querido permanecer callado, pero algo se desató en mí, no fue furia, ni rencor. Tan sólo sentí la necesidad ineludible de decirle aquello, de dejarle saber qué pensaba. Ella estuvo de acuerdo conmigo, y se justificó alegando que era también muy joven. Sentí pena, no por lo que hizo, y seguramente seguirá haciendo, sino por sus dudas, por su necesidad de conversar, por su evidente inquietud en indagar qué pasa después, años después. La conversación tomaba matices insospechados. Llegué a comprobar que ella era mucho más inteligente de lo que había imaginado, más curiosa, y que sabía llevar una conversación tan escabrosa por un camino mutuamente justo. Hoy creo que en sus actos de antaño no había maldad, ni siquiera intención de hacer daño. Ella tan sólo buscaba placer, saciar y saciarse. Y fue justamente eso lo que me dijo cuando le pregunté.

Los niños de la escuela hacían chistes con relación a la maestra. Algunos, cuando me hablaban de ella, se referían a tu «novia». Yo me sentía satisfecho de ser el hombre del colegio. Pero negaba que fuera mi novia, y lo hacía porque de niño casi todo se niega, porque no lo era en verdad y sobre todo porque le había prometido silencio. A la maestra le empezaron a preocupar los comentarios, temía ser descubierta, y en realidad no sé cómo no lo fue. Ella sabía que sería expulsada y hasta encarcelada por sus actos. No me caben dudas que la directora de la escuela lo sabía, o al menos lo sospechaba. La reacción de la maestra ante los comentarios, fue pedirme que no fuera más a su aula; a cambio, nos veíamos para ir al cine.

La sobremesa era demasiado larga, al igual que el juego de sus acompañantes. Su acercamiento tenía la intención de averiguar detalles, quería saber mi posición respecto a lo que hicimos durante casi todo un curso escolar. Yo no quería engañarla haciéndole una larga historia de traumas insuperables, cuando en realidad no me creía afectado, pero tampoco deseaba llenarla de elogios por su comportamiento. Después de todo, el estar juntos comiendo y bebiendo, era una prueba irrefutable de que nada especial había pasado en mí, o todo lo contrario. Conversar con ella, sentarla a mi mesa, era algo que todavía me mantenía confuso.

Ya llevábamos mucho tiempo allí; incluso yo, con mis comentarios, había contribuido a que la conversación se prolongara. Inicialmente me propuse no hablar, tan sólo dar respuestas breves, secas, incluso pensé que no iba a poder soportar un recorrido por esos años, por ese año específico que compartí con ella. De cualquier manera, al verla, yo sabía que resultaría inevitable hacer un recuento de ese curso escolar, pero quería realizarlo yo solo, a mi manera, y no inducido por una conversación, donde podrían, y así ocurrió, salir a relucir detalles que yo desconocía, que no tenía interés en conocer, y sobre todo que pudieran enturbiar, aún más, la forma en que he visto el pasado.

Como ya estábamos próximos a marcharnos y quería evitar una despedida donde pudiera haber alguna palabra mal empleada, alguna agresión final, opté por desviar la conversación hacia el presente inmediato; pero ella insistía en lo mismo. La invité a hacer el amor, utilicé ese término por costumbre, pero sencillamente la estaba invitando a acostarse conmigo, de una forma diferente, es decir como dos adultos, en un sitio apropiado y no sobre una mesa, en un aula de una escuela primaria. Su respuesta ya la esperaba, un «no» rotundo, seco, no ausente de malicia, donde no cabía pedir razones. No insistí en mi proposición y confieso que me hubiera visto en una situación nada agradable de haber aceptado.

La miré con deseos de tenerla, pero también de que desapareciera. El único tema no tratado por ella, era el que a mí más me había impactado en aquel entonces. No sé cuánto hubo de cierto, ni siquiera si fue la excusa perfecta para alejarse, para atemorizarme. «Vamos al cine esta noche que tengo que decirte algo importante» —así comenzó nuestro último encuentro allá.

Me dijo lo del niño. Aunque sentía un tremendo miedo, me pasaba los días preguntándome cómo sería, si hembra o varón. Le inventé un rostro, le di nombres. Decidí que tenía que ser una niña. La hice crecer, la imaginaba más allá de toda realidad. Recuerdo que después de la fiesta de fin de curso, de la cita en el cine, pasaba por la escuela a la hora de la salida, para verla bajar acompañando a sus alumnos hasta la puerta. Ella me rehuía. Yo tampoco hacía nada por acercármele. Sólo la miraba. Le observaba su vientre que no crecía.

Después de todo no hablamos de eso, y yo tampoco quise llevarla a ese tema. Ya no me importaba. Nuestros minutos finales en la mesa fueron tensos. Ella intentaba justificarse, y yo disfrutaba de una mezcla de satisfacción y confusión. Se levantó lentamente y me dijo que iba al baño, pero yo sabía muy bien que no regresaría.

Al alejarse de la mesa había numerosas botellas de cerveza, una cuenta sustanciosa y varias cajas de cigarros vacías. Sentí deseos de fumar, pero no me atreví a regresar al bar. Después de la conversación tuve la sensación de haber cumplido cincuenta o sesenta años. Pero aquel 18 de octubre cumplí 23, nada más que 23.

RITUAL

En una ocasión me dijo que aquella mujer era «extraordinaria», y aunque el calificativo en sí mismo no define nada, lo tomé como una especie de alerta. No cabían dudas en cuanto a qué se refería al decir «extraordinaria», pero yo no lo sabía. Ella se acercó a Raúl, lo abrazó con cariño y con esa dosis extra de satisfacción que se expresa cuando después de algún tiempo, se reencuentra a alguien que se valora. Con delicadeza me hizo un gesto elegante, en señal de saludo, y tras unos instantes más de contacto con Raúl, se despidió, anunciándole que lo llamaría por teléfono en los próximos días. Levantó la mano izquierda y movió con habilidad los dedos en dirección a mí, para luego de golpe, cerrar la mano, llevándola hacia su pecho. Retuve en mi mente la particularidad de que era zurda, también me llamó la atención que de la cartera que le colgaba del hombro sobresalía un libro de sicología, detalle que tampoco dejé escapar.

Tras el encuentro con la mujer, que dejó la atmósfera cargada de un aroma en realidad exquisito, no pudimos continuar con nuestra conversación inicial. Fue en esa oportunidad donde se refirió a lo extraordinario de la mujer. Unos pocos detalles adicionales indicaron que se llamaba Irma, que se conocían desde hacía mucho tiempo, que se habían amado, y que justamente por la intensidad de ese amor, «demasiado poderoso», habían terminado.

Poco tiempo después, para mi asombro, Raúl marchó entusiasmado a vivir y trabajar en medio de las montañas de West Virginia. Inesperadamente recibí una carta suya donde me hablaba de la satisfacción de encontrarse en ese sitio. La noticia de su «cambio de hábitat», como él lo llamaba, venía acompañada de justificaciones por no haberse comunicado conmigo antes de partir. Como prueba de su intempestiva partida, me enviaba dos entradas para un concierto que en pocos días realizaría Zenaida Manfugás. «No dejes de ir a verla», me escribió, «es maravillosa». Junto a otros detalles de la artista cubana, que por demás yo conocía, me pedía que le grabara un disco con la música de su último CD, que pondrían a la venta ese día en el concierto. Desde luego que teniendo en cuenta la acción que tuvo con las entradas, lo mínimo que podía hacer era comprarle uno. Incluso me propuse obtener una dedicatoria de la pianista para él.

En el intermedio del concierto, volví a sentir el aroma de Irma. Habían pasado varios meses, nunca más la había visto, ni tampoco mi amigo me la había vuelto a mencionar. Sin embargo emprendí su búsqueda por todo el vestíbulo del teatro. ¿Cómo podía haber identificado ese olor que sólo había sentido una vez? La situación me perturbó. Carecía de lógica, no tenía coherencia que algo semejante ocurriera. Freud vino al rescate. Que si el olor de la madre. La sicoterapia analítica. Tal vez la mezcla orgánica de los sentidos. Asociaciones perturbadoras, en fin... También podría ser un trastorno del subconsciente dormido, asumiendo frías referencias sobre algún episodio comprometedor del «superyó», activándose al vincular la mujer y el olor, con la descripción pormenorizada que mi amigo Raúl me hizo en su carta, en relación a un baño desnudo y en solitario, en un helado lago de West Virginia. No sé si pude calmarme, como en ocasiones anteriores que he encontrado, o creído encontrar la esencia de una acción, de un comportamiento o de un impulso, recurriendo al análisis pormenorizado de la situación. Creo que en el caso de Irma necesitaba de una terapia extra.

Las personas socializaban animadamente. Compré un trago para mí y otro para Dulce, que me acompañaba al concierto. Estoy seguro que ella notó algo extraño en mi comportamiento, pero por prudencia no preguntó nada, cosa que me alegró sobremanera. Caminé despacio por entre los grupos, intentando localizarla, dejándome llevar por el olor. Mi acompañante se quedó hablando con unos conocidos, a los que les di la mano apresuradamente y continué en la búsqueda de Irma. Los minutos corrían, el tiempo del intermedio estaba por concluir y no acababa de encontrar a la amiga «extraordinaria» de Raúl. ¿Tal vez el envío de las entradas por correo tuviera la intención de provocar un encuentro? ¿Le habría mandado a ella también? ¿Qué podía pretender Raulito al tratar de ponernos en contacto? Tuve miedo, y por unos instantes abandoné la búsqueda. Una vez más los resortes sicológicos se dispararon, pero me apresuré a bloquear cualquier especulación sin fundamento.

Las luces comenzaron a emitir los avisos y el salón lentamente se fue vaciando. Lo recorrí de un extremo a otro, persiguiendo el olor, pero no lo localizaba, no lo retenía cada vez que creía haberlo encontrado. Los aplausos anunciando la entrada al escenario de Zenaida Manfugás, me impulsaron a mi asiento, siempre he odiado moverme por los pasillos una vez iniciado un espectáculo.

Un silencio total se apoderó del teatro. La pianista permaneció unos brevísimos segundos frente al piano sin moverse, buscando concentración. Una expectativa exaltaba los sentidos que aguardaban el instante preciso en que sonara la primera nota. Un gemido uniforme, como un alivio, como una carga, se dejó escapar para acompañar la música de Ignacio Cervantes. Un murmullo se expandió por todos los rincones cuando el público identificó *Los tres golpes*, que con solidez y elegancia la concertista interpretaba. La inmovilidad de la audiencia hizo aun más triste el *Adiós a Cuba*, que majestuoso se crecía en medio de una audiencia mayoritariamente cubana, que hacía muchos años también le había dicho adiós a Cuba.

La sala se llenó del olor de Irma. Por las ventanas del aire acondicionado emanaba aquel olor que inconscientemente todos aspiraban y sentían, pero del que sólo yo podía identificar su origen. «Qué olor más agradable, parece incienso», me dijo Dulce tomándome del brazo y acercándose a mi oído para no molestar. Moví la cabeza negándole ese olor, tenía que ser yo sólo el que lo sintiera, era un olor que debía estar destinado exclusivamente a mí.

Al final de la presentación los aplausos atronadores obligaron a salir varias veces a la Manfugás, que agradecía una y otra vez. Me indignó que los organizadores del evento no le llevaran un ramo de flores al escenario, me pareció una evidente falta de sensibilidad hacia la señora. Pensé decírselo a Dulce, así como pedirle sus impresiones del concierto, pero no lo hice, yo estaba demasiado ocupado en localizar a Irma. Por eso, sin mediar palabra alguna salí al vestíbulo, para desde allí poder escudriñar los rostros de los asistentes, o de las asistentes, yo buscaba a una mujer, pero al poco tiempo descubrí que no podía tener un control global. Además, otras puertas, las de emergencia, estaban siendo utilizadas como salida. Desde hacía rato no sentía el olor deseado. Volví a incursionar en el auditorio, pero ya no quedaba nadie, sólo algunos empleados que se apresuraban a limpiar las lunetas.

En la calle, parte del público aguardaba por la pianista. Yo olvidé comprar el CD, y ni me pasó por la mente mi compañera Dulce, que tuvo que irse con sus amigos. Me da vergüenza enfrentarme a ella de nuevo, no sabré que decirle, aunque espero que manifieste una vez más su prudencia, y no me ponga en una situación difícil.

No me explico lo ocurrido y ni los más avanzados libros de sicología, sencillamente nadie, podrá darle coherencia a los acontecimientos que se precipitaron. Al entrar en mi carro, el olor de esa mujer estaba concentrado en el interior del auto, como si ella hubiera estado ahí sentada, impregnándolo todo. Luego, en el momento de hacer girar la llave en el encendido, por las salidas de ventilación, brotó un aire tremendo con ese olor que me dejó sin control, aturdido. Al unísono, comenzó a escucharse música de Cervantes. Aceleré, me precipité contra una de las columnas del teatro, mi cabeza golpeó el parabrisas rompiéndolo. La gente corrió asustada. Los gritos de «llamen a la policía», se convirtieron en chillidos estridentes, en alaridos involuntarios. Vi a una mujer llevarse las manos a los ojos. Sin proponérmelo di marcha atrás, y los que corrían para auxiliarme, huyeron despavoridos al verme maniobrar. Volví a impulsar el carro contra la misma columna. El golpe fue aun más fuerte, el timón presionó mi abdomen, y sentí un dolor intenso, casi incontenible, pero dejándome fuerzas suficientes para volver a evolucionar el carro, que con más decisión lancé contra el teatro.

Ahora aguardo por el médico. Esta será la primera consulta fuera del hospital. Ya estoy recuperado físicamente. Me operaron para detener una hemorragia interna, me había perforado el hígado. Todavía siento dolor de cabeza, pero dicen que es normal, sobre todo teniendo en cuenta que llevo 12 puntos en la frente, dos sobre el párpado, así como uno o dos más en la barbilla. No sabré qué decirle al doctor, simplemente hay acciones que no tienen explicación, que no tienen sentido y ésta es una de ellas. Me entristece pensar en el sufrimiento de mi familia, en el miedo que mi madre habrá sentido al recibir la noticia, en la expresión de su rostro al verme todo vendado, con varios sueros en las venas, un tubo por la boca y el reporte médico indicando mi estado como «grave pero estable». Pienso en mi madre más que en nadie. Ahora sí pienso en ella más que en nadie.

Se abre la puerta del consultorio, una mujer de rostro nada agradable me hace un gesto con la mano, moviendo con suavidad sus dedos. Retuve en mi mente el detalle de que usaba la mano derecha. Me levanté con lentitud de la butaca al escuchar mi nombre, y lo hice sin la ayuda de mi madre que había permanecido todo el tiempo en silencio a mi lado, sin exigirme explicaciones, sin atormentarme con preguntas. Sin mirarla me pierdo tras la puerta. La dejo inquieta, ansiosa por saber el resultado de la conversación que mantendré con el doctor.

Estoy casi seguro que el médico tratará de inducirme a la tonta confesión espontánea. No descarto que intente la tradicional sugestión. Pero no tendré nada que revelarle. Sólo le diré, en un tono que denote absoluta seguridad, para que se lo repita a mi madre y así la tranquilice, que no hay nada que temer, nada de qué preocuparse, que ya estoy completamente curado, si es que en algún momento estuve enfermo, que no hay explicaciones, ni argumentos que sustenten mi imprevista e impulsiva acción. No le hablaré, desde luego, del olor, ni tampoco de Irma. No mencionaré la satisfacción que Raúl sintió al poder entregarme, porque eso fue justamente lo que hizo, a una mujer que llamó, con tono penetrante, «extraordinaria». Me abstendré, claro, de referirme al placer de hundirse desnudo en un frío lago de West Virginia. No, no voy a relatar nada, cualquier descuido me podría comprometer. Quizás intente un escape sicológicamente aceptable, si hablo de la nostalgia, del destierro, de la ausencia; algo que enfoque el «problema» como un trastorno vinculado a la infancia. Pero tendré que ser muy cuidadoso, cualquier imprudencia podría dar una indicación peligrosa, una palabra mal colocada destruiría la única realidad posible: la carga de un olor vivo que taladra y el abatimiento que deja la música de Ignacio Cervantes.

LA PRESENTACIÓN

Hay que reconocer que agotó todos los recursos disponibles para lograr que anunciaran la presentación de su tercera novela, *La culpa*, que acababa de publicar. Soy testigo de que le envió notas de prensa, invitaciones, comentarios y ejemplares de su libro a cuanto periódico, revista, semanario, estaciones de radio y televisión hay en la ciudad. Incluso repartió volantes en los sitios considerados claves, como librerías, teatros, bibliotecas y museos. Lamentablemente nadie difundió la noticia.

Como es natural Humberto hizo gestiones personales, solicitando entrevistas con los directores de los distintos medios de comunicación. Desde luego que con casi ninguno la consiguió. En la mayoría de los casos debía conformarse con dejar un mensaje «concreto» con la secretaria, o un recado en un contestador automático. En cierto momento pensó que si lograba conversar con las personas que conducen programas de radio —algunos de ellos con bastante audiencia—, quizás los pudiera convencer para que intercalaran el anuncio de la presentación de la novela en algún momento… tal vez justo antes de unos comerciales, o quizás el momento ideal sería al despedir el programa... o al presentarlo... o cuando en medio de la conversación con el invitado saliera a relucir alguna frase relacionada con la cultura. Pero nada obtuvo. Silencio, excusas, justificaciones.

En esencia la radio y la televisión argumentaban que los minutos en el aire eran demasiado caros, y que carecían de recursos para cubrir un evento cultural menor. Así se lo dijeron, sin cortapisas, y Humberto se sintió humillado. Pero él sabía que su novela era buena, al igual que las otras dos anteriores que languidecían en consignación en los estantes de las librerías.

La prensa nunca tiene espacio. Hay muchas noticias y muy pocas páginas, le dijo con tono burlón, el director de opiniones de un diario local. Probablemente no se expresó con ese tono, pero ya a Humberto le parecía todo una gran farsa y encontraba en cada oración una dosis de agresividad. Otro de los editores de periódicos se disculpó, después de estar tosiendo por teléfono cerca de dos minutos —al final se supo que el señor acostumbraba a fumar solamente cigarros, y coincidiendo con la llamada de Humberto estaba aspirando por primera vez en su vida un delicioso, pero demasiado fuerte Cohíba—, alegando que las noticias culturales no motivan mucho a los lectores, y que por esa razón ellos no les daban cobertura. Esa fue otra patada para el escritor que con esas palabras lapidarias, reafirmó el criterio que tenía sobre su propia obra. Por su parte, el jefe de redacción de otro medio se molestó, por el despilfarro de dos hojas de papel de fax, que lo único que traían era una intranscendente nota cultural.

El día de la presentación sólo 27 personas asistieron, todas, desde luego, familiares y conocidos del escritor.

Humberto comenzó a leer el capítulo 8 de su novela. No se sabe por qué, pero desde *Paradiso*, todas las novelas han convertido el capítulo 8 en el más polémico de un libro. Leía atentamente, buscaba lograr una buena dicción, a veces le fallaban algunas sílabas, y aspiraba profundo, llenaba de aire sus pulmones de ex fumador en pipa, para tratar de entonar con un buen ritmo las oraciones, haciendo bien marcadas las pausas, ocasión que aprovechaba para lubricar con saliva la ya reseca garganta. Así y todo se equivocó. Algunos errores fueron graves, muy evidentes, como cuando dijo puelta, en vez de puerta y luego al comerse una importante s final, sobre todo por la manera tan horrible que sonó al oído de los 27 espectadores, al decir mese, en vez de meses. En dos ocasiones se le nubló la vista, pero como se sabía de memoria el texto, lograba salir airoso y continuar la lectura sin inconvenientes.

Nadie sabe a ciencia cierta cómo ocurrió, pero cuando Humberto leía la última página del capítulo 8, en el cual fundía, junto a un ritmo ascendente, bastante sostenido, una fuerte dosis de erotismo, uno de los invitados, Jorge, amigo del autor por más de 30 años, se paró frente al estrado y tras sacar de pronto una poderosa Magnun 357, le hizo un certero disparo a Humberto.

Los 26 asistentes restantes corrieron a la calle despavoridos y tras ellos Jorge que no hizo nada por rematar al hombre herido, tendido a todo lo largo, desangrándose, sobre la polvorienta alfombra del salón de actos. Tras la algarabía llegaron tocando sirenas, pistola en mano y por coincidencia todas a la vez, 7 unidades de la policía. Más tarde, unos minutos más tarde, arribaron las ambulancias y el carro de bombero, para ser preciso, el carro escalera. En una camilla, con un suero y algunos costosísimos y aparatosos equipos de reanimación, sacaron al escritor hacia el helicóptero de rescate que haciendo un ruido ensordecedor y levantando polvo, alcanzó rápidamente gran altura. Algunos testigos afirmaron que mientras el helicóptero se enfilaba en dirección al hospital más cercano, sus aspas casi tocan un cable de alta tensión.

De más está decir que todos los medios de comunicación, sin excepción, se hicieron eco del ataque perpetrado contra el artista. La televisión cubrió los acontecimientos con reportajes en vivo desde el propio salón de actos y desde la sala de emergencia del hospital. Varios reporteros permanecieron en el centro médico muchas horas, casi de guardia, esperando ansiosamente algún parte médico para tener la exclusiva, ser el primer medio en informar. Desde luego que secretamente atesoraban la ilusión de un desenlace fatal, para de esa manera darle a la noticia un tono más dinámico y dramático. Pero Humberto milagrosamente había salvado la vida.

Tan pronto comenzó la convalecencia del escritor, tras someterlo a una delicada operación para extraerle la bala alojada en su hombro derecho, los reporteros llamaron a la habitación donde estaba recluido Humberto, y le hicieron extensas entrevistas para la radio, donde entre los detalles relacionados con el disparo, se hablaba de su novela y de sus planes literarios futuros, que claro está, incluían una nueva presentación del libro en el mismo local y sin duda alguna con el apoyo incondicional de la prensa, que ya de antemano se ofrecía. Como detalle adicional al incidente, un productor de Hollywood le hizo una jugosa oferta para hacer una interesantísima película, pero requería que ellos mismos elaboraran el guión, ya que deseaban enfocarla como una película de terror, cosa que no entusiasmó a Humberto. Un editor de New York le ofreció un sólido contrato por la traducción al inglés de la novela y lo extendía hacia la próxima que escribiera, donde se esperaba narrara la historia del atentado. El contrato que ya venía redactado en todos sus términos, para el asombro de Humberto no requería la participación de ningún agente literario.

Jorge estaba en la calle bajo fianza, y por un extraño mecanismo legal, la fiscalía no podía sostener el caso ante un jurado. Todo indicaba —yo me concentré más en Humberto que en los detalles relacionados con el tiroteo—, que «no había evidencias». La pistola, decían, había desaparecido. Jorge pasó satisfactoriamente los numerosos interrogatorios, además, una decisiva prueba de balística arrojó sustanciales dudas. Aunque varios asistentes a la presentación lo señalaban como el sujeto, dos de ellos no estaban del todo seguros, por lo cual existía una duda razonable. Lo más significativo y a la vez desconcertante, era que Humberto describía a su agresor como un hombre muy diferente a Jorge.

La nueva presentación tuvo que hacerse en un local más amplio, ya que el salón de actos original sólo tenía capacidad para unas 350 personas. Era en realidad la presentación de la oncena reimpresión, ya que tras el incidente no se paraban de vender los libros de Humberto, pero sobre todo su última novela, ya que un crítico literario publicó un extenso análisis sobre ella, donde creía descubrir en el libro, precisamente en el capítulo 8, ciertas señales premonitorias del atentado.

Al entrar a la sala donde Humberto, protegido con un chaleco a prueba de balas, volvería a leer el capítulo 8, todos los asistentes tenían que someterse a un riguroso registro que incluía hasta un detector de metales. Regados por todo el salón varios ex agentes del servicio secreto, contratados por la editorial, expresamente por su experiencia con personalidades, pero perfectamente identificables por sus inseparables espejuelos oscuros y un cable de teléfono que les salía por el cuello del saco hacia el oído, vigilaban celosamente el local.

Cuando finalizaba la lectura, la última página del capítulo 8, ya todo el mundo sabe lo que pasó: Jorge entró y se sentó en la última fila, en el último asiento a mano derecha. Sin darle tregua un agente se apostó a su lado y otro se paró delante del escritor, con la mano lista para sacar su pistola en caso de cualquier movimiento sospechoso. Humberto que había hecho hasta ese instante una lectura impecable, comenzó a tartamudear y a leer disparates, ya que trataba de no quitarle la vista de encima a su ex amigo. Las cámaras de televisión se centraron en Jorge que permanecía inmutable, atento a la lectura. Hubo mucha tensión, incluso la audiencia se volteó hacia el inesperado visitante aguardando su reacción y desde luego la de las autoridades. Unos pocos salieron discreta, pero apresuradamente, previniendo un nuevo tiroteo. Jorge fue el primero en comenzar a aplaudir entusiasmado cuando Humberto pronunció la palabra final del capítulo 8, que por cierto repitió dos veces, ya que no logró entonarla como él deseaba. Pero nadie se percató del detalle, nadie le prestaba atención, ni le importaba la lectura, ni el toque erótico que presuntamente alcanzaba su momento culminante en esa última palabra.

Simultáneamente, mientras comenzaban los aplausos, que al principio fueron tímidos, creciendo a medida que la gente comprendía que nada imprevisto iba a ocurrir, Humberto cerró el libro, juntó sus manos que dejó caer con suavidad sobre la carátula y luego de respirar profundo, se mantuvo inmóvil, casi exigiéndoles a los asistentes la ovación que él perfectamente sabía que se merecía. El acto estaba por concluir. Clavó los ojos en Jorge, que sonreía sosteniéndole fija la mirada.

Sin abrir la boca ambos parecían decir: hemos triunfado.

EL EXAMEN

Bien temprano en la mañana llegué a recoger a mima.
La noche anterior me había advertido que sólo diera
unos golpes suaves en la puerta, que de ninguna manera
tocara el timbre, que era muy escandaloso y podía despertar a los niños de mi hermana Aurora. Me lo repitió
varias veces y al final decidió dejarme un mensaje en el
contestador recordándome lo mismo. Su voz no sonaba nerviosa, pero el hecho de que insistiera tanto en lo
de los niños, que en resumidas cuentas tendrían que levantarse menos de una hora después para ir a la escuela,
indicaba que estaba inquieta. Para el que resultaba todo
un acontecimiento despertarse con un reloj era para mí,
que llevaba muchos años trabajando en el turno de la
tarde y ya había perdido la habilidad de escuchar la alarma. Por eso mi madre debía estar preocupada por mí,
no por mis sobrinos. Desde hacía mucho tiempo yo no
madrugaba, creo, si mal no recuerdo, que la última vez
fue cuando estuve en Washington, el año pasado, que
quise, para aprovechar al máximo los cuatro días que iba
a estar allí, tomar el primer vuelo que salía poco después

de las 6 de la mañana. Cuando mima me abrió la puerta ya estaba vestida. Se había puesto un traje azul, un collar, y hasta la sortija y el reloj de salir. Además estaba recién bañada y empapada de perfume.

—No vamos a una fiesta —le dije dándole un beso.

Casi nunca la beso. Me cuesta trabajo llegar y besarla, sin embargo siempre lamento no hacerlo, un día ya no estará más y me habré quedado sin besarla, como le ocurrió a una de mis hermanas, que se pasó todo el funeral de pipo, vociferando que deseaba besarlo y que nunca lo hizo. Al final mi padre se fue sin el beso de mi hermana, que cuando intentó dárselo en la caja, descubrió que su cadáver estaba frío y duro.

No había amanecido del todo cuando salimos. Clareaba, pero todavía quedaba oscuridad suficiente para hacer difícil el manejar.

—¿Tienes las luces encendidas? —me preguntó mi madre, que de inmediato me señaló que nos aproximábamos a un semáforo—. Yo creo que puedo manejar. Es fácil. Pones la palanca en D y después vas moviendo el timón poquito a poco. Yo debí haber aprendido, pero ya estoy vieja y además ustedes no me van a comprar un carro.

Mi madre hablaba sin cesar y reía por cualquier cosa que decía. El comentario sobre el manejo le resultaba gracioso. De pronto hizo un silencio total cuando el noticiero de radio comenzó a dar el reporte del tránsito y hablaba de un accidente con lesionados en la autopista 826, cerca de la rampa de salida de la 103.

—¿Habrá sido Eva? —preguntó algo inquieta—. Ella usa ese expressway todos los días.

Traté de quitarle la preocupación diciéndole que en Miami hay millares de carros y que el locutor no había dicho en ningún momento qué tipo de vehículo era el accidentado, ni si iba manejando una mujer. Al final se tranquilizó cuando le entró una llamada a su bíper y era precisamente Eva. Con una serie de códigos que mi madre entendía a la perfección, ella le deseaba suerte en el examen y le pedía que la bipeara en cuanto saliera de allí. Un 44 debía ser en esencia el mensaje, si todo salía bien.

—¿Crees que todo saldrá bien? —me soltó mima tratando de aparentar normalidad. Siempre me ha molestado esa actitud de intentar minimizar lo que le preocupa. Cada vez que necesita algo da miles de vueltas, centenares de excusas y decenas de justificaciones, para pedir lo que como hijos estamos obligados a proporcionarle sin objeciones y de inmediato. Ya estoy cansado de decírselo, pero ella no aprende, sigue igual. Le pregunté que si tenía miedo y me dijo que no, pero un no que bien quería decir sí.

—Vas a pasar el examen, no te preocupes más. Además si te suspenden te queda otra oportunidad. Y si se jode todo, y te quitan la ayuda, tú tienes 6 hijos.

Hizo un largo silencio y yo no insistí en el tema, pero al rato me recordó que lo que más le importaba era el medicare, que para un viejo lo más importante era el cuidado médico, que sin esa ayuda cómo iba a pagarle a la doctora.

—La doctora delincuente —le dije—. Esa mujer se ha hecho millonaria contigo.

—¡No digas eso, niño! Ella es buenísima. Para ella el paciente es lo primero. Lo que pasa es que aquí los médicos y las medicinas son muy caros.

—Esa mujer es una vulgar delincuente. ¿No te acuerdas cuando llamé para un turno y no me daba la cita hasta que verificara mi seguro? Ésa es una prueba de lo importante que son los pacientes para ella...

—Bueno, tienes que entenderla. Ése es su negocio…

—Los cuidados médicos nunca pueden ser un negocio, eso es un servicio, están tratando con seres humanos, no con un saco de papas —le dije para terminar con el tema. Ella no me contestó nada, sabía que si me respondía algo yo iba a seguir atacando a los médicos.

Hice muy bien en recogerla temprano, el tráfico a esa hora de la mañana era infernal en dirección al downtown. Dos accidentes menores bloqueaban la 27 avenida, luego el puente levadizo tardó más de lo acostumbrado. Al poco rato, al doblar izquierda en Flagler, el sol comenzó a batir de frente y me encandilaba la vista, lo que me obligaba a manejar más despacio, sobre todo porque no tengo sun visor en mi carro, específicamente el del lado del chofer.

—Si me saco la lotería le compraré un carro a cada uno de ustedes.

La miré de reojo y me dio deseos de decirle que ya estaba jugando y en grande, que iba en camino al sorteo del premio mayor, pero no lo hice, no quería darle al asunto demasiada importancia, aunque en realidad la tenía.

En el downtown el tráfico era de insoportable para arriba. El gentío corría de un lado a otro, la prisa marcaba el ritmo. No me cabían dudas de que un número considerable de aquellas personas llegaría tarde a sus trabajos. De Miami Avenue a la 1ra. del SE, en esa callecita, tardé cerca de 10 minutos porque un carro se había roto y no lo sacaban de la vía. Uno de los tantos homeless que abundan por allí se lanzó delante de mí, buscando que lo atropellara. Aunque no voy con mucha frecuencia al centro, ya tenía una larga experiencia en estos tipos de suicidas deseosos, no de la muerte, sino del dinero de la compañía de seguro por daños físicos, así que estaba preparado en cuanto lo vi cruzando.

—Cada vez que tengo que andar por la calle por la mañana, me convenzo de que el único horario inteligente de trabajo es de 3 a 11 —le dije a mi madre que de alguna manera se sentía también agobiada por la multitud.

—Es increíble que donde sólo se ve gente caminando en Miami sea en el downtown. A veces uno maneja por toda la ciudad y no ve un alma. Aquí es lo contrario —me dijo mima con un tono que denotaba curiosidad y cierto asombro.

No estaba muy lejos de la verdad. Salvo Coconut Grove, y desde luego la zona de Cocowalk y Ocean Drive en Miami Beach, el resto de la ciudad es fantasmal, sólo millares de carros, conducidos últimamente, es curioso, por más mujeres que hombres. Pensé decirle a mima que si en Miami hubiera un sistema de transporte público eficiente, yo no manejaría, aunque era algo que tantas veces habíamos conversado, que hasta el comentario aburría. Pero yo no estaba lejos de la verdad, el automóvil constituye una herramienta de trabajo, sin él, se está seriamente limitado; por eso a veces entiendo a mi madre cuando se lamenta de no haber aprendido a manejar.

Como ya había amanecido del todo apagué las luces, porque de lo contrario se me iban a olvidar, no sería la primera vez que me quedo sin batería. El puente de Brickell estaba también levantado cuando llegamos. En esa zona el tapón era alucinante, un auténtico amasijo de carros se apelotonaba en espera de que el puente bajara, para luego sálvese quien pueda.

—¿Falta mucho? —me preguntó con cierta angustia, pues la cita era en 10 minutos.

En realidad estábamos bien próximos, justo del otro lado del puente, pero ese tramo podía tomar horas. Maniobré por una línea que era sólo para doblar derecha y me le metí delante a una mujer que como se estaba maquillando, dejó el espacio ideal para que yo me colara. Molesta apretó el claxon largo rato, y me sacó el dedo cuando me vio observándola por el retrovisor.

—Ya llegamos, mima —le dije y la noté tranquila por la puntualidad, sin embargo su expresión delataba algo de preocupación.

Dejé a mi madre en la puerta y me fui a parquear. De inmediato apareció un guardia de seguridad, que sin darme los buenos días me dijo que el parqueo costaba 6 dólares, cantidad de dinero que para muchos, incluido yo, bien podría resultar una millonada. Como estaba apurado se los di sin protestar. Divisé a mi madre recostada a un muro y a una multitud que le extendía al portero los sobres blancos con las citaciones, mientras éste a su vez intentaba protegerse de los sillones de ruedas y los bastones que muchas veces se apoyaban en sus pies. Cuando regresé, mima me dijo que le estaba comenzando el dolor «allá atrás», un atrás que quería decir abajo, en la espalda, un malestar que la obligaba a detenerse donde quiera que estuviera y buscar donde recostarse por unos momentos.

—¿Te duele mucho? —movió la cabeza diciendo que no, pero tenía los labios apretados y estaba encorvada—. Mima, estás muy gorda. Si no bajas de peso el dolor se te hará más fuerte y seguido.

Me miró como diciéndome ya me recuperé y agregó:

—Vamos ya.

Forcejeamos un poco con las gentes que se amontonaban en la puerta, le abrí espacio y le enseñé al portero la citación. Me preparé para decirle algo si no me dejaba pasar con ella, pero no hubo inconvenientes. Cruzamos un detector de metales, subimos por un ruidoso y estrecho elevador que parecía que se detendría en cualquier momento y caminamos por un largo pasillo, donde al final había una mesa para entregar las citaciones y un salón enorme para sentarse a esperar que vocearan el nombre de mi madre.

—¡Ay, qué miedo tengo! —me dijo por primera vez.

—No hay que tener miedo, además tu examen es en español y tú te sabes las respuestas —le respondí restándole importancia.

—Hazme algunas preguntas salteadas, las más difíciles.

No era el momento de hacer preguntas, pero no quería desanimarla, tal vez eso la ayudaría.

—¿Quién elige al presidente de los Estados Unidos?

—The people.

—No, the electoral college, pero ya tú tienes más de 55 años y eres residente por más de 15, así que el examen te lo van a hacer en español. ¿Cuántas veces te lo voy a repetir?

—Es que una amiga mía, de ésas que yo conozco del programa de Juanito Ayala, me dijo que ella...

—Olvídate de lo que te dijo esa mujer. Hazme caso a mí.

—Bueno, empieza ya.

—¿Qué se celebra el 4 de julio?

—El día de la independencia.

—¿De qué país se independizó los Estados Unidos?

—De Inglaterra, ¿no?

—Exacto, de Inglaterra.

—¿Cuántos senadores hay en el senado?

—Eso sí me lo sé bien —dijo sonriente y con cierto orgullo, como satisfecha de estar preparada para la prueba—, 100, dos por cada estado.

—Te lo sabes todo. Cuando te llamen, si te quieren hacer el examen en inglés diles que tú tienes derecho a hacerlo en español, y si se ponen pesados, avísame, que yo me encargo del resto —le dije con un tono que la hiciera sentir confiada.

—Sí, el barbarito. Cada día te pareces más a tu padre.

Mientras esperábamos, los entrevistadores, de nuevo en su mayoría mujeres, aunque para estos casos creo que es mucho mejor así, llamaban continuamente. Las entrevistas parecían ser breves.

—Mira a esa señora, pobrecita —me señaló a una anciana que intentaba llegar casi sin fuerzas a una de las sillas.

Un hombre mayor, casi seguro su hijo, que también tenía dificultades para caminar intentaba ayudarla. Una entrevistadora gritó un nombre y una persona, después se supo que era la que acababan de llamar, se desmayó. A los pocos minutos llegaron los paramédicos a auxiliar a la mujer y se la llevaron en camilla, a pesar de la protesta de su familiar, que veía desvanecerse las esperanzas de hacerla ciudadana de los Estados Unidos.

—Qué horror —me susurró mima casi al oído—. Lo que están haciendo con los ancianos no tiene perdón de Dios.

Mima tenía razón, pero parecía como que no comprendía, que también ella era una de esas víctimas. Lo que pasaba era que, por fortuna, mi madre estaba físicamente mucho mejor. No habían terminado de irse los del rescate, cuando entró en el salón un anciano en un sillón de ruedas. Una mujer cuyo rostro retrataba eso que se conoce como la típica estampa de la angustia, lo empujaba. El señor estaba tan mal que muy probablemente, de pasar el examen, no duraría vivo hasta la fecha de la jura de bandera, que podía demorar hasta 6 meses. De un costado del sillón de ruedas salía un cilindro verde, bastante largo, con 2 manómetros en la parte superior, justo por donde brotaban varias mangueras, que terminaban en su nariz. El hombre intentaba abriendo su boca desdentada y llena de arrugas, ayudar a aquel aparato a suministrarle oxígeno. La escena la coronaba una bandera americana que le habían puesto en la mano derecha. Volví a besar a mi madre. Ella me miraba atónita, triste y consciente de que ese hombre estaba más del lado de allá, que de acá.

—Siempre hay alguien más jodido que uno —me dijo en voz baja, tomándome del brazo y halándome hacia ella.

A media mañana todavía mi madre estaba esperando, según especulaban algunas personas, las computadoras se habían caído y otros afirmaban que la señora que se llevó el rescate había retrasado a los entrevistadores. Desde luego ese rumor no tenía sentido, pero circulaba por el salón cada vez más abarrotado. Tuve que contenerme para no ir a preguntar qué motivaba la espera. Se decía que el hombre que trabajaba en información era un grosero y por temor a algún tipo de represalia contra mima preferí no averiguar. En estos casos uno nunca sabe, después de todo ellos tienen el poder y la autoridad de aprobar o rechazar la solicitud de ciudadanía a su antojo. En realidad algo pasaba, pues de la continuidad inicial se había pasado a una lentitud asombrosa, que de un momento a otro podría hacerse aún más pausada al llegar la hora de almuerzo.

—Tráeme un vaso de agua que tengo que tomarme las pastillas.

Salí a buscar un bebedero, pero no tenía dónde llevarle el agua. Con una hoja de papel hice un vaso, bebí un poco y luego lo rellené.

Estaba de mal humor, aquella espera no tenía final. Comencé a calcular el tiempo de la entrevista, el de llevar a mima de regreso a su casa, luego el de volver a la mía, cambiarme de ropa, comer algo y salir para el trabajo, para estar allí a las 3 de la tarde. De acuerdo a mis números ya podía llamar para decir que llegaría tarde.

—Tengo hambre —le comenté a mima para romper el silencio.

Yo no sabía qué estaba pensando, así que lo mejor era hablar de cualquier bobería y sobre todo encubrir mi malestar para no inquietarla. Una haitiana comenzó a protestar por la demora y llamó al supervisor, que resultó ser también un haitiano, pues tan pronto comenzaron a hablar saltaron del inglés al creole. Aunque yo no entendía nada, salvo alguna que otra palabra que se intercalaban en inglés, la discusión parecía bien áspera.

Cerca de la una de la tarde, casi 5 horas después de la señalada en la citación, y de muchos bipers de mis hermanos Tomás y Diego, pero sobre todo de Eva, llamaron a mima. Fue ella la que entonces me dio un beso. El perfume le había desaparecido casi por completo. La ayudé a levantarse, se ajustó la saya, se llevó la mano al collar y caminó conmigo de la mano, sonriendo y mirando fijo a los ojos de la mujer que la había llamado por su nombre.

—Usted no puede pasar, señor —me dijo en español la funcionaria de inmigración, algo que ya yo sabía.

Desaparecieron tras una puerta, miré el reloj, y sin reparar mucho en lo que hacía, recé de carretilla un Padre Nuestro y un Ave María, para pedir que mima pasara el examen.

Desde los ventanales de cristal se veía el parqueo y a las gentes que soportando un sol implacable esperaban a que sus familiares salieran de la entrevista. En la calle, bajo un árbol, en realidad el único árbol, la multitud se compactaba, buscando la poca sombra que podía encontrar. Un vendedor ambulante también contribuía a dar cobijo con la enorme sombrilla que había levantado encima de su carrito. Un llanto rompió el silencio que había en el salón. Dos mujeres se abrazaron, una de ellas no había pasado el examen.

—Ahora qué me hago. Yo no tengo otra entrada. No tengo hijos, soy viuda. Yo estoy muy enferma y lo juro por Dios que no puedo trabajar —gritaba la mujer, mientras la amiga intentaba consolarla, pero sin dejar también de llorar.

Uno de los guardias de seguridad se les aproximó y les dijo, señalando un papel azul que la mujer tenía en sus manos, que con ese documento podía volver de nuevo, que aún le quedaba otra oportunidad. El llanto siguió mientras el guardia ayudaba a salir del salón a las dos mujeres. No hubo comentarios, ni muestras de apoyo por parte de los otros aspirantes a ciudadanos, muchos de los cuales seguramente saldrían también con el papel azul.

Vocearon un González, pero la entrevistadora a todas luces una mujer latina, se enredó al pronunciarlo, imprimiéndole a un apellido hispano, acento inglés. Desde luego le sonó horrible. El González se las traía, vestía a la última moda delincuentil, la cabeza rapada, una camisa enorme y un pantalón que se le amontonaba en los bajos haciéndole un amasijo encima de los zapatos, y arrastrándosele por el suelo. Los aretes, el diente de oro, los espejuelos oscuros, el chicle que mascaba, y los tatuajes que llevaba entre los dedos de la mano derecha, lo hacían un firme candidato al papelito azul.

Mima llevaba 20 minutos dentro. Llamaron al señor con el tanque de oxígeno y cuando estuvo próximo al entrevistador, el familiar que empujaba el sillón de ruedas le levantó con dificultad la mano donde el anciano llevaba la banderita americana, le pasó la mano por la cabeza y mirando al empleado con un tono de súplica dijo, please.

Afuera, en la calle, algunas personas corrían hacia sus carros, un policía estaba poniendo multas a los que se les había vencido el tiempo del parquímetro. El famoso González no tardó mucho en la entrevista, reapareció apenas unos minutos después protestando y soltando centenares de fuck, porque le pedían prueba de estar registrado para el servicio militar. Como tenía sólo una moneda para llamar por teléfono, decidí escoger mi trabajo, para decir que llegaría tarde, en vez de responder los innumerables bipers que me habían puesto mis hermanos.

Mima salió sonriente, caminaba despacio, mirándome fijo, pero su sonrisa no me convencía, era demasiado falsa. En la mano traía su papel azul, de un azul que no se confundía con el de su vestido. La besé de nuevo, en un mismo día la había besado como nunca, y sin preguntarle nada, ya sabía el resultado, la dejé que se apoyara en mi brazo y salimos para el elevador.

—El ascensor es sólo para subir —me dijo con un todo autoritario un custodio, que apareció de pronto.

Le respondí que mi madre no podía caminar y tras una discusión la dejó a ella bajar, pero yo tuve que utilizar las escaleras.

Cuando la recogí de nuevo en la puerta y la ayudé a sentarse en el carro, me dijo que había contestado bien 9 de las 10 preguntas, pero que no se acordó del nombre del que compuso el himno nacional. Obviamente yo tampoco me acordaba, o mejor: no tenía idea de quién carajo había escrito el dichoso himno. Mima me pidió que se lo buscara en el libro antes de regresar a la casa.

—Mira que estudié, Dios mío —decía—. Casi un año preparándome y no pasar por una pregunta... Me preguntó que era el Bill of Rights. Hasta le dije el nombre de las 13 colonias, con lo difíciles que son esos nombres en inglés, pero lo del himno ni atrás ni alante.

Mientras buscaba en el libro le dije que no se preocupara, que cuando volviera por segunda vez seguro que pasaría el examen.

—Son muy duras esas gentes —me comentó en voz baja, como hablándose a sí misma—. ¿Tú sabes lo que me dijo?, que con ella nadie había aprobado el examen hoy. ¿Qué te parece?

—Francis Scott Key es el nombre —le dije y arranqué a toda prisa del lugar.

—Mira eso —respondió y no habló por un largo rato.

Tomé el 95 norte. Pisé profundo el acelerador, el pedal se fue al fondo, las gomas chillaron un poco y mima me pidió que aflojara, que de todas maneras ya iba a llegar tarde al trabajo. En realidad, ese problema ya lo tenía resuelto, lo que estaba era molesto, me sentía impotente por no poder hacer nada por ella.

—Para cuándo es la próxima cita.

De la cartera sacó el papel azul y me dijo que para el 15 de mayo, y de inmediato me recordó que ese día era aniversario de la muerte de pipo. Cambié al 836 y salí del expressway en la 27 avenida. El bíper no cesaba de vibrar en el bolsillo del pantalón y lo apagué. Mima también estaba molesta, o más bien se sentía frustrada, inútil, por no haber sacado el examen de ciudadanía.

—No te preocupes por lo de la ayuda, yo tengo algunos ahorros y ya ni fumo, así que no me hace falta dinero y si necesito algo los tengo a ustedes —dijo. Cuando llegamos a la casa entró sonriente y llamó por teléfono a cada uno de mis hermanos para explicarles lo que había pasado. Habló con unos, y dejó un mensaje en el contestador de Eva.

—Voy a cambiarme de ropa, para que cuando venga Aurora con los niños de la escuela no me ensucien el vestido de salir —me dijo y cerró la puerta del cuarto.

Yo la conozco bien. Me acerqué y la escuché, igual que casi 30 años atrás, allá en Cuba, cuando regresó a la casa en un taxi con mi sobrino Abilio, al que el médico le había enyesado las dos piernas desde los muslos hasta los pies, para inmovilizárselas y corregirle un defecto en las caderas. En aquella ocasión, como en ésta, estuvo fuerte hasta el último minuto. Después se derrumbó. Ahora lloraba en el cuarto.

—Me voy mima —le grité y sin esperar respuesta salí. Sabía que me iba a decir gracias y eso no lo iba a poder soportar esta vez.

LA PARED FRENTE AL FLAMBOYÁN

I

Agarró el galón de agua por el asa. Después se hizo de un recipiente plástico, esponja y un par de botellas con líquido de limpieza. María se levantó con dificultad, apoyándose lo mejor que pudo en el brazo izquierdo de su hijo, quien agregó a la carga que llevaba una silla de tijera. Caminaron despacio para no fatigarse. La distancia no era mucha, pero como de costumbre enseguida se agotaban. Entre la falta de aire y los voluminosos y amorfos cuerpos que tenían que arrastrar, el cansancio se apoderaba muy pronto de los dos. Tras unos pocos pasos, la mujer hizo una pausa en el andar. Luego, haciendo visera con su mano derecha para orientarse en el camino, reanudó el movimiento.

Francisco se despojó de lo que llevaba encima y desplegó rápidamente el asiento para su madre. Colocó la silla justo donde un flamboyán proyectaba su sombra. La anciana sonreía todo el tiempo, pero lo hacía con sentido de gratitud y cierto pesar hacia su único hijo, que había renunciado a casi todo por atenderla los últimos años de su vida. Creía que Francisco no tendría futuro después de ella, pues estaba también viejo, ya tenía la edad con la que su padre había muerto. María muchas veces se juzgaba responsable de lo que consideraba el fracaso de su hijo. Por cierto egoísmo y falta de experiencia y hasta visión de futuro, no quiso tener más descendientes, pues pensaba que no podría distraer la atención del objetivo que se había propuesto: dedicarse por entero a la educación de Francisco. Ahora, tantos años después, estaba convencida de que había fracasado. Esa realidad la angustiaba y de alguna manera sentía remordimientos.

El hijo leía su propio nombre empotrado en la pared, en aquel mausoleo que más bien parecía un almacén. El rectángulo imitando bronce había perdido su color y algunas letras no se podían leer con claridad, sobre todo la C y la O. Un tiempo atrás solicitó en la oficina que repararan el desgaste, pero se negaron alegando que el deterioro era producto de las condiciones del tiempo, y que no había «daño físico». Ese absurdo le hizo recordar uno de los papeles que firmó en la funeraria cuando murió su padre, donde el fabricante del ataúd lo garantizaba por diez años. El argumento de que ellos tenían la responsabilidad de cuidarlo a perpetuidad no dio resultado. Exigían una alta cifra para restaurarlo, la cual no estaba dispuesto a pagar. Más que nada, Francisco pensaba en cuando ya nadie mirara con interés aquel nombre, al que algún día agregarían también el de su madre.

Antes de remover el polvo de la lápida y limpiar las letras ennegrecidas valiéndose de la punta de un destornillador y un gancho de pelo, ayudó a la anciana a aproximarse. Ella extendió los brazos, colocó las palmas abiertas en la pared del nicho y comenzó a murmurar palabras que él no llegaba a escuchar, pero que sabía muy bien cuáles eran. Francisco no la perdía de vista, atento todo el tiempo por si requería de su ayuda, pero se resistía a hacer lo mismo. Cuando más, de lejos, mirando fijo el nombre que compartía con su padre, Francisco García, con mucho rencor en la mirada, por las enormes palizas que ambos habían recibido de él, y sin ni siquiera mover los labios, rezaba un apresurado Padre Nuestro y un Ave María que siempre concluía lanzando un rabioso escupitajo.

La madre comenzó a golpear rítmicamente las yemas de los dedos sobre la moldura, imitación de mármol, lo que indicaba que estaba por concluir sus plegarias. Volvió a sonreír mientras regresaba a su silla, que ya Francisco había desplazado hacia un lado buscando el nuevo ángulo de la sombra. Limpió, frotó la esponja mojada sobre la superficie, la exprimió varias veces en la cubeta que se impregnó de una nata negruzca. El aspecto del lugar cambió, así como el de su propio nombre que se hizo más legible. María se mantenía en silencio viéndolo trabajar. Era algo extraño, allí nunca hablaban, apenas intercambiaban monosílabos.

Una vez más el sol arremetía con fuerza, ahora sobre la nuca de la mujer que cabizbaja y sin inmutarse, aguardaba el momento en que su hijo anunciara la partida. Estaba por ocurrir, el golpe de sol indicaba la hora de irse. Francisco encendió el cigarro de rigor, luego recogió las cosas y regresaron trabajosamente al auto.

II

Al principio la convivencia con Margarita había sido difícil, fría, estrechamente relacionada con los intereses propios de cada uno. Luego fue lo más utilitaria a lo que se podía aspirar, pero cordial. Francisco pensó en lo feliz que hubiera estado su madre, pero se prometió no evocarla de nuevo, porque de hacerlo aflorarían las preguntas que nunca quiso hacerse. Las cosas fueron como tenían que ser y ocurrieron en el momento en que tenían que ocurrir. Esa era la razón que sin demasiado convencimiento se repetía a sí mismo.

Margarita lo notó más cansado de lo habitual y lo ayudó a terminar la faena. El dolor clavado en la espalda no le dejaba mucho marco de movilidad. Volvió a recostarse contra el muro, como se había acostumbrado a hacer desde hacía más de una década. Sintió alivio. Su mujer comenzó a recoger los utensilios, mientras Francisco extraía el cigarro que llevaba en el bolsillo. Reflexionó sobre la acción, porque era la primera vez que lo hacía bajo las nuevas circunstancias. Aspiró una primera bocanada, profunda, hasta llenar sus pulmones al máximo. El humo se propagó vertiginosamente por su interior embotándole el cerebro, provocándole una momentánea incapacidad para coordinar, adormeciéndolo con torpeza y apartándolo fugazmente de la realidad. El mismo año de la muerte de su padre dejó de fumar, pagando de esa manera una promesa, pero que perdía su firmeza cada vez que visitaba el cementerio. Allí experimentaba la tranquila embriaguez del cigarrillo, la euforia que lo ponía en contacto, justo un instante, no podía ser más, no quería que fuera más, con su padre y lo demás que estuviera por allí. Su madre nunca llegó a formar parte de ese drama de fantásticas visiones. Francisco se preguntaba por qué.

Margarita colocó la cubeta, los líquidos y la esponja en el maletero del carro y manejó despacio por el sinuoso camino buscando la salida. En la casa, sentados en silencio en la sala, Francisco se aseguró de que todo estuviera en orden. Ella miraba la telenovela, mientras él dormitaba en un reclinable rojo.

DESPUÉS DEL NOTICIERO

Después del noticiero cambiaba el escenario en la casa. Mima, con su rostro de cansancio eterno, tenía la responsabilidad de garantizar el sueño de mi padre a como diera lugar. Nadie debía perturbarlo. Si despertaba, el escándalo, las andanadas de golpes a diestra y siniestra, marcarían el resto de la jornada.

Después del noticiero se acostaba. El ritmo habitual de la familia disminuía, aun sin nadie proponérselo. No se podía gritar, estaba prohibido terminantemente encender la luz del cuarto donde dormía. Sin embargo, el bombillo del baño permanecía encendido toda la noche, por si despertaba con alguna de sus recurrentes pesadillas. Un portazo, otro que retumba, arqueadas estruendosas, vómitos, hilos de saliva, intentos desesperados por gritar, ojos desorbitados y ahogo; hasta que poco a poco volvía a la realidad. Luego miraba a su alrededor. Nos observaba buscando el pretexto para lanzar una bofetada si alguien reía o se atrevía a decir algo. Me volví a tragar el gato, exclamaba finalmente, tras lo cual todos nos dispersábamos, nos íbamos a acostar de nuevo, en silencio, pensando en el famoso gato que nadie podía imaginar, pues él odiaba a los animales y no los permitía en la casa. ¡Cómo tocaste a ese perro, muchacho! Lávate las manos de inmediato, que puede tener sarna. Minutos después montaba en pánico. ¡Dime la verdad! ¿Te mordió o te arañó? ¡Déjame ver! Un chequeo minucioso, buscando rasguños o posibles heridas. Ante la duda, me llevaba directo al policlínico a inyectarme contra la rabia, el tétano o cualquier otra enfermedad transmitida por animales. La tarjeta ya no disponía de espacio para registrar una reactivación más; tenía anotaciones hasta en los bordes: Compañero no hace falta la inyección. Hace menos de seis meses le pusimos una. La bronca que daba era tal que para evitar más enredos accedían a su exigencia, y ahí quedaba expuesta mi nalga al aire aguardando que la aguja y el líquido penetraran.

Después del noticiero, el espacio sonoro lo ocupaba el tic tac del reloj despertador, la chirriante sordina que le ponía el gobierno a la Voz de las Américas para evitar su sintonía, sobre todo al programa Cita con Cuba... «Esta es la voz de los Estados Unidos de América, transmitiendo para toda América Latina. Transmitimos en los...». No recuerdo en cuántos kilociclos, y mucho menos las bandas de no sé cuántos metros. Repetían varias frecuencias, hasta que anunciaban el programa más esperado por los cubanos que duraba una hora en la voz inconfundible de Herminio Portell Vilá.

Después del noticiero, los fines de semana, en silencio, mis dos hermanas mayores se emperifollaban para irse de fiesta. Una de ella era asidua del Johnny's Dream, por lo que regresaba bien entrada la madrugada. Despacio, tocaba en la ventana para que yo, que dormía en la sala en un pimpampún, le abriera la puerta. Con el mismo sigilo con el que ella entraba, yo la cerraba de inmediato, colocando con silenciosa destreza los pestillos, para volver a la cama y evitar que mi padre se percatara de la hora en que había regresado. Si despertaba todo estaba perdido. ¡Hija de la gran puta ven acá! Agarraba el cinto o lo que tuviera a su lado. Si la alcanzaba, le tiraba de los pelos, le zarandeaba la cabeza. La revolcaba por el piso, arremetiendo con todas sus fuerzas. Una fuerza brutal, descontrolada, irracional. La acusaba de puta una y otra vez. Las mujeres decentes son de su casa. Te van a partir el culo. El culo te lo parten a cualquier hora, no tiene que ser de noche, le ripostaba ella en un tono más alto, mientras amenazaba con denunciarlo a la policía por abusador. El altercado escalaba y mi madre intentaba mediar a toda costa, pero sin muchos resultados. Ahora sí le voy a dar el culo al primer macho que me encuentre en la calle, la emprendía de nuevo mi hermana. Mima perdía el balance y caía en el piso por un empujón o golpeada por pipo que la acusaba de proteger las inmoralidades de sus hijas. Dime, ¿así era con Machín?, preguntaba con los ojos inyectados de odio, destilando resentimiento por un novio que mi madre tuvo en su juventud y que al parecer fue su primer hombre. Luego, cuando comenzaba a decir que lo íbamos a matar a disgustos, que no lo dejábamos dormir, que tenía que levantarse a las 5 de la mañana para irse a trabajar, que éramos unos desconsiderados, ya sabíamos que los ánimos comenzaban a calmarse con la que había provocado el problema. Y tú, cabrón de mierda. El otro día te dije que fueras a la farmacia para traerme las medicinas y no lo hiciste. Tú sabes que si no las tomo me puedo morir. Ese era el momento en que me partía para arriba. Yo empujaba la mesa contra él. Movía los muebles para dificultarle el paso y escapar. ¡Ven acá maricón! ¡Vago que sólo piensas en comer! Los gritos estremecían el barrio. Los vecinos no se atrevían a decir nada porque le temían. La presidenta del Comité de Defensa intervino en una ocasión y mi padre fue a buscar a su marido para fajarse: Su mujer es una falta de respeto. Yo soy un hombre y no puedo romperle la cara, pero me cago en la puta de tu madre que eres su marido, mariguanero de mierda. Yo hago con mis hijos lo que me da la gana. Nunca más hubo un intento en el vecindario por apaciguar los ánimos frecuentemente exaltados de mi padre. Mariguanero. Tú lo que eres un mariguanero. Ese era el peor insulto que mi padre podría decirle a una persona, era su mayor ofensa.

Después del noticiero la noche se extendía como un pesado lamento, pero a su vez, como el único minuto de liberación para mi madre. Se sentaba a leer un libro, aguantando con una mano los espejuelos que siempre estaban rotos. No tenían patas. En esos años nunca la vi satisfecha. Le faltaba entusiasmo, la alegría de vivir. Había en ella una pasmosa aceptación de su destino, como un calvario del que no podía, ni quería escapar, o al menos intentar un cambio. Traslucía en todo momento agotamiento, un pesado cansancio que envolvía en un inexplicable conformismo que nunca entendí y que no me aventuraba a cuestionarle. En realidad no sabía qué preguntarle y mucho menos cómo hacerlo. Las cosas se imponían solas. Pero los hermanos tampoco hablamos de esa actitud servil hasta muchos años después. Tal vez entre ellas lo hicieron, pero nunca fui consultado, No importaba el día, siempre estaba en el patio, a la altura del lavadero. La lata con agua caliente a su lado. El palo de la escoba listo para levantar la pesada ropa recién hervida, mojada y humeante, que dejaba caer en la batea, para pasar horas restregando y sacando churre de mis pantalones, quizás lo más empercudido de todo, pues siempre estaba mataperreando, trepando árboles, jugando a las bolas o al comefango en el barrio. Las palabras repercuten. Los llamados retumban. Tráeme las chancletas. Dame un vaso de agua fría. Cambia de canal. Enciéndeme un cigarro. Prepárame la cama. Enciende la luz. Apaga la luz. Échame fresco con un cartón. Sírveme la comida. Dame las pastillas; dos de la tres, una del cinco y la de dormir. Numeraba los medicamentos para identificarlos. ¡Coño! Haz algo tú. Ella no es tu esclava, gritaba desesperada e impotente mi hermana más rebelde. A mí un hombre no me hace eso, vociferaba desaforada, con una mezcla de ira e impotencia. Ahí venía otra orden. Dile a esa niña que se calle. Mi madre repetía el mensaje. Cállate, por favor, no molestes más a tu padre. A la vez hacía gestos con las manos, evitando un nuevo altercado y pidiendo calma. Pero no siempre lo lograba. De repente mi padre levantaba su enorme figura y cogiendo desprevenida a mi hermana la agarraba por los pelos. Era el inicio de otra pelea. Me van a matar, volvía a exclamar pipo. Tengo la presión por las nubes. Me voy para el carajo, gritaba mi hermana mientras intentaba alcanzar la salida. Dile a esa muchacha que en esta casa no se dicen malas palabras. Mi madre no tiene tiempo de repetir la frase. Ya mi hermana anda lejos. Mi padre iba a su cuarto y se echaba abundante alcohol en la cabeza, vertiendo la mitad del litro en la nuca, mientras se recostaba al chiforrober, para, según él, hacer bajar la presión que el disgusto le había puesto «por las nubes».

De pronto con un inesperado sobresalto y con la voz entrecortada gritaba: No enciendan fósforos.

Después del noticiero, a veces antes, el apagón perturba aún más el equilibrio en la casa. Otra vez se fue la luz, grita mi padre desde el butacón donde acostumbra a mirar la televisión, las noticias. Me cago en Fidel, exclama a toda voz la hermana rebelde desde el cuarto donde, delante del espejo, ensayaba poses y pasillos de baile, mientras mi madre corría al cuarto llamando a la cordura y al silencio con un cheeeeee. Enciende las chismosas, vocifera pipo, impartiendo una orden más a mi madre. Él nunca pelea cuando no hay luz por temor a darse un golpe en la oscuridad. Cuando se aburre de esperar, se va a la cama. No hay radio, pero el tic tac del reloj marca el ritmo. Mi madre aprovecha y se sienta en el portal a conversar con la vecina, pero muy alerta al inminente llamado de mi padre que en cualquier momento podría necesitarla. A la hora del baño, ella lo acompaña todo el tiempo por si le pasa algo. Le lava la espalda, le extiende la toalla, le seca los pies para que no tenga que inclinarse. Puede perder el equilibrio y caer, me dijo en cierta ocasión cuando le pregunté por qué lo hacía. Si no tenía respuesta para algún reclamo decía: Él es así. Yo lo acepté así, además es tu padre y mi marido. Cuando va a hacer sus necesidades fisiológicas, deja la puerta abierta. Nada le importa. Le aterroriza la idea de estar solo. El día que te mueras lo vas a hacer solo, nadie podrá acompañarte en la muerte, le decía yo con saña para mortificarlo. Dile a ese niño que no hable de la muerte en mi presencia, esa era su respuesta ante el más delicado tema que lo perturbaba, es decir, su orden para ser transmitida por mi madre. Ella cumplía al detalle. Yo me retiraba sin agregar nada más.

Después del noticiero se mezclan las sensaciones, se confunden los sentimientos. Mis dos hermanas mayores lo recuerdan con rencor. Se les nota en la expresión cada vez que hablamos de él. Una de ellas, durante un largo tiempo, golpeó a sus hijos con el mismo ardor con que ella recibía las andanadas de nuestro padre. Un día se lo dije y creo que comprendió. O tal vez los hijos crecieron y las circunstancias cambiaron. No sé. Pero dejó de golpearlos. La otra está sola, criando dos hijos que difícilmente tomarán un buen camino. Uno es un mariguanero, lleno de tatuajes y metales en la lengua. Mi hermana no ha podido convivir con ningún hombre más allá de unos meses. Lo ha intentado. Desea una compañía, pero en cuanto se imagina que algo que le piden hacer es una orden, ahí terminó todo. Se pone hecha una fiera, agrede a su pareja con saña, desvaría sin sentido y sin pensar lo que dice. Insulta buscando herir, hasta que grita que ella no es criada de ningún hombre.

Después del noticiero, a la hora del noticiero, siempre pienso en ellos, que ya no están.

EXILIOS

¿Ves ese parque que está ahí? Sé que te he contado la historia un montón de veces, pero siempre que paso por este dichoso lugar me acuerdo. Yo trabajaba en Medley, cerca de donde están los rastros de carros, por la 74. Cuando eso vivía en la US1 y la 27 avenida, casi llegando a Coconut Grove. Yo comenzaba a trabajar a las 7 de la mañana, pero tenía que salir de la casa a las 5, pues la ruta 22 pasaba a las 5 y 20. De ahí tenía que cambiar de guagua en Flagler para coger la 6 que me dejaba en el downtown, para luego subir a otro ómnibus, que no recuerdo qué ruta era, pero que subía todo Biscayne Boulevard, doblaba por la 62 y finalmente daba unas volteretas y me dejaba cerca del Triangle Park en Hialeah. Allí me recogía Félix, un señor nicaragüense que decía haber sido guardia personal de Somoza, y me llevaba hasta el trabajo.

Ese empleo lo conseguí al tercer día de haber llegado a Miami, por medio de una tía. Ella me indicó cómo llegar. Anoté en un papel las instrucciones y me fui. Al principio aquel viaje en autobús me resultó insólito, pues entre la US1 y el downtown casi todos los pasajeros eran blancos, y se escuchaba hablar español, pero luego se iban mezclando poco a poco. Primero subían algunos negros, aunque seguían siendo mayoría los blancos, más tarde había cierto balance, pero después de la 62 calle, allí el único blanco era yo. Esto que te cuento fue en 1980, un mes después de los disturbios raciales más violentos que se recuerdan en Miami. A mí aquello de negros y blancos no me importaba mucho, pero había algo que no entendía. Era por qué los negros vivían en barrios separados... aunque con el tiempo me di cuenta que los cubanos hacían lo mismo, agrupados en la Pequeña Habana, y los puertorriqueños y dominicanos por otro lado, en Wynwood. Los haitianos fundaron el Pequeño Haití, los judíos convivían en North Miami, y los ricos en Coral Gables; claro, los millonarios en islas privadas o en Cocoplum. Pero en aquel entonces resultaba algo inconcebible que las gentes vivieran separados por razas y lugar de origen... Hoy ya lo veo normal y hasta lo puedo entender... Donde único había una mezcla evidente era en Hialeah, pero la razón era bien sencilla, allí vivían los trabajadores, las personas de más bajos recursos.

Una cosa que me impactó fue el recibimiento que me dio mi tía cuando llegué a Miami, que incluía un «sermón educativo» señalándome cómo estaba distribuida la ciudad, y diciéndome con claridad que «nunca me metiera en el barrio de los negros». Al día siguiente me estaba indicando cómo llegar a mi primer trabajo en los Estados Unidos, que incluía una travesía por el barrio de los negros.

El asunto era que cuando la guagua se retrasaba un poco y yo no llegaba al parque a la hora acordada Félix se iba y no había ningún otro medio de transporte hasta mi trabajo.

Eso me ocurrió varias veces, pero la peor de todas fue un día que salí para el trabajo con unos zapatos nuevos que me había comprado en Zayre, una tienda que ya desapareció. Los zapatos eran baratos, de ésos que uno compra para trabajar, que no importa mucho si son bonitos o feos, sólo que ajusten y resulten cómodos para caminar. De la parada al parque había unas 3 cuadras cuando más, como yo sabía que estaba algo tarde, me apeé del ómnibus rápidamente y a toda carrera corrí hasta el parque. Vi el carro de Félix cruzando el puente de hierro que brinca el canal y conecta con Miami Springs. Por mucho que grité no me escuchó, no me vio corriendo entre los carros, por aquí mismo, por Okeechobee, con el tráfico de la mañana. Un escalofrío recorrió todo mi cuerpo cuando comprendí que tendría que caminar bajo el sol, sin que hubiera un árbol que me protegiera, sin portales, sin apenas aceras, sin nada, hasta el trabajo en casa de la pinga. Además no llegaría a la fábrica hasta las 10 de la mañana, o sea, ya perdía prácticamente medio día de sueldo que tanta falta me hacía.

Yo me movía rápido, ponía toda la atención en el recorrido y marcaba un paso fijo. Veía pasar los carros por mi lado y deseaba que alguien se apiadara de mí, que algún chofer me ofreciera un aventón aunque fueran unas cuantas cuadras, pero eso nunca ocurrió. Yo no pedía «botella» por nada del mundo. En la «cartilla» de mi tía aparecía que subir a carros con desconocido era de «alto riesgo». Además, en el poco tiempo que llevaba viviendo en este país ya había escuchado muchas historias de asaltos y problemas por montarse con extraños, incluso resultaban más peligrosas las mujeres, porque decían que se arañaban y se rompían las ropas para probar que las estaban violando y demandar a las compañías de seguro. Creo que nadie se brindaba a llevarme porque los choferes tenían la misma información que yo, y no querían, como es natural, exponerse a atracos y hasta asesinatos. Esos años 80 se las traían.

Lo que para mí, recién llegado, resultaba algo normal, para el resto de la gente constituía algo de vida o muerte. Pero aun así, en medio del riesgo, había momentos que deseaba una mínima dosis de solidaridad. Algunos automovilistas me miraban, asombrados de ver a alguien caminando, yo les esbozaba una sonrisa, movía la cabeza esperando alguna reacción pero ni así me llevaban. Cuando desistía en encontrar a algún chofer que cargara conmigo, me quitaba la camisa que ya estaba empapada en sudor, y que a la vez me servía de pañuelo para secarme el sudor que me corría por la frente y el cuello. Al hacer eso, los choferes me miraban como si se tratara de un delincuente, o de lo que verdaderamente era, un marielito recién llegado, arrastrando el estigma de «elemento antisocial» lanzado desde La Habana por el gobierno cubano para desprestigiarnos, frase que de inmediato recibió una cálida acogida en Miami por la prensa, y los mismos cubanos exiliados, que estúpidamente repetían como papagayos ésa y otras consignas orquestadas por la Seguridad del Estado cubana.

Pasar por debajo del 826, quería decir que estaba próximo a mi trabajo, una media hora más de camino. Cruzar el Palmetto expressway me llenaba de cierta energía y apresuraba el paso ya cansado, y trataba de alcanzar la meta con desesperación, pero a la vez me daba vergüenza llegar y tenerle que decir al dueño que había llegado tarde de nuevo porque la guagua se retrasó. En cualquier momento me botaba, y en mis condiciones yo no podía darme el lujo de perder el único trabajo que tenía, en medio de una ciudad donde acababan de llegar más de 100,000 cubanos, más los nicaragüenses huyéndoles a los sandinistas, y los haitianos escapando en barcos. En realidad todo el mercado laboral estaba saturado. Vivía en un jodido círculo vicioso, que me atrapaba, me oprimía y me ponía muy nervioso, porque lo único que no podía hacer era estar sin trabajar.

El dueño estaba en la misma puerta de entrada. Al verme venir se me quedó mirando, y yo le abrí los brazos como diciéndole lo siento, no fue culpa mía, soy un marielito exiliado que acabo de llegar y no tengo donde caerme muerto... Sin embargo Manolo me extendió la mano y me dijo que fuera al cuarto refrigerado donde se guardaban los materiales y que esperara por él. No era la primera vez que eso ocurría, siempre me enviaba allí y siempre me preguntaba qué había pasado, pero pienso que él lo hacía para darme un descanso, pues conocía de antemano las respuestas, las excusas.

El aire acondicionado era como una inyección de fuerza, incluso trepaba sobre algunas cajas y aproximaba la cara a la rejilla de salida para que el aire batiera bien fuerte sobre mí. El borde filoso de una caja me hincó en la planta del pie y rápidamente me senté sobre la mesa donde se cortan los componentes y me quité el zapato nuevo, que estaba estrenando ese día. La suela estaba completamente destrozada con un hueco en el centro, y en el otro se había desprendido el tacón. Aquello me dio tanta tristeza que me puse a llorar. Era como si todo conspirara para hacerle la vida a uno cada vez más miserable.

Manolo entró mientras yo lloraba. Traté de encubrir el hecho pero era demasiado evidente. Me dijo que me refrescara un poco y que me pusiera a trabajar.

A la hora del descanso escuché mi nombre por el altavoz diciendo que me presentara en la oficina del dueño. Algunos compañeros me miraron con expresión de pena y hasta Félix me dijo que no me fuera sin él, algo que me pareció un claro mensaje de que me quedaría desempleado.

La oficina de Manolo estaba adornada con fotos. Una de ellas mostraba a uno de sus hijos con toga y birrete, graduándose de algo. En otra había un grupo familiar muy risueño. Un enorme diploma en letras ininteligibles era un título obtenido por Manolo en la Universidad de La Habana a finales de los años 50. Manolo entró y me volvió a preguntar qué pasaba. El hecho de no decirme directamente que estaba despedido era señal de que no pretendía botarme. Le conté toda esta historia que te estoy contando a ti, y me dijo que él tenía un carro viejo, un Maverick, que me vendía por 700 dólares. El rostro se me iluminó, porque de tener mi propia transportación no tendría que levantarme a las 5 de la mañana, ni estar pendiente de Félix, pero la realidad era que yo no tenía 700, ni siquiera 7 para comprar el carro. Sin que yo respondiera si estaba interesado o no, Manolo me dijo que se lo pagara como pudiera. En la tarde me fui con él a su casa a recogerlo.

Me moví por Hialeah siguiendo las instrucciones de Manolo. Manejaba despacio, con miedo. Los choferes que me ignoraban cuando me veían caminando, ahora me apuraban, me hacían gestos con las manos. Lo mismo que yo hago a veces, cuando me encuentro a algún chofer dormido. En aquel entonces yo no podía moverme muy rápido, no conocía el camino, ni siquiera tenía licencia y era la primera vez que manejaba en mi vida.

Al día siguiente llegué a las 7 menos 10 y no sé si eran ideas mías o no, pero Manolo me miró con satisfacción, me echó el brazo por encima y me preguntó cómo se había comportado el carrito.

Como es natural le pagué el carro peso a peso, o dólar a dólar, que es el caso, ¿no? Yo cobraba los viernes, y el lunes al llegar lo primero que hacía era entregarle 50 dólares. Él jamás los contó delante de mí, y tampoco me dio la impresión de que llevara una cuenta minuciosa, como hacía yo, con fecha y cantidades pagadas. Un día le entregué los 50 pesos y le dije que era el último pago. Se echó como de costumbre el dinero en el bolsillo y me dijo una vez más gracias, como me había dicho durante las 14 semanas que demoré en pagarle. Desde luego ese pago final fue un gran alivio, pues a partir de ese momento podía disponer de un dinero extra que tanta falta me hacía. Te digo que ese hombre se portó muy bien conmigo, por eso casi 20 años después de haber llegado a los Estados Unidos, todavía le mando a su negocio, cada diciembre, una postal de navidad deseándole de verdad un próspero año nuevo.

VIEJOS AMIGOS

A la memoria de Herberto Dumé

¿Sabes con quién estoy hablando?, me preguntó mientras entraba en la casa; afuera llovía ligeramente y tenía los pies mojados. Me recosté a la puerta buscando apoyo, desaté los cordones y me saqué los zapatos para evitar ensuciar el piso. A todas estas el perro a mi lado daba saltos, meneando la cola desesperadamente, esperando a que lo saludara; lo único que tenía que hacer era estirar la mano y tocarle la cabeza, eso lo calmaría, pero no era el momento oportuno. Jorge, que desde el sofá y con el teléfono en la mano se había volteado al sentir el movimiento de la puerta, esperaba por una respuesta a su pregunta; la única posible: ¿Con quién? Su rostro estaba marcado por una falsa alegría. Una desacostumbrada tensión en los músculos faciales, que en el primer instante, por todas las cosas que estaba haciendo simultáneamente, y lo que ocurría a mí alrededor antes de poder poner un pie dentro de la vivienda, no pude descifrar. Al fin pregunté: ¿Con quién?, y me dijo que con David. A viva voz, intentando que lo escuchara con claridad dije: ¡Hola David! Jorge volviéndose al frente y retomando la conversación telefónica le preguntó si me había escuchado. Luego agregó: También te manda un beso. Yo no había enviado besos ni abrazos a nadie, aunque a David se los daría con ganas, pues le tengo un gran aprecio.

En el cuarto me quité la ropa, y terminando de hacerlo, me acordé que tendría que volver a salir a comprar leche. Casi me dio una perreta, pero pude controlarme. No sería la primera vez que me desvisto y me vuelvo a poner la ropa a lo largo del día. Es una cosa curiosa que me ocurre, Jorge dice que soy un sicótico, pues en cuanto estoy en casa me desvisto y me pongo un short. Siempre actúo así, eso me hace sentir seguro, que estoy en un sitio completamente mío; es una sensación extraña, pero así es, así soy. A veces me despojo de lo que llevo puesto por instinto, pues de antemano sé que más tarde volveré a la calle y tendré que vestirme de nuevo.

Al regresar a la sala Jorge me extendió el teléfono. La voz de David es hermosa, modula las palabras con complacencia, extiende los sonidos produciendo unas vibraciones que asocio con los efectos sonoros emitidos por los budistas en sus ceremonias, una especie del «om» propio de las palabras. Era tal la curiosidad que en cierta ocasión intenté indagar con una amiga que en su adolescencia pretendió ser monja —luego de un tiempo como novicia abandonó los hábitos y se dedicó a recuperar el sexo perdido—, pero que años después practicó el budismo. Cuando me le acerqué estaba vestida de blanco: en esos momentos era santera, y no me atreví a preguntarle nada relacionado con su antigua práctica y la importancia mágica de los sonidos. Lo de

David no era algo de particulares oscilaciones en las cuerdas vocales. Era un sonido superior. Por esa manera de hablar se había ganado un reconocido premio en Cuba, a principio de los años cincuenta, y se había creado entre los estudiantes, gente de teatro, cine y televisión, una clase práctica que consistía en «modular como David». Después del año 1959, en que marchó al exilio, al intuir las pretensiones totalitarias del régimen que acababa de llegar al poder, se prohibió mencionar su nombre. La clase se seguía impartiendo, pero bajo el acápite de «Expresiones D». Se guardaban celosamente en la escuela de artes escénicas unas grabaciones de poca calidad, a las que sólo un reducido grupo de estudiantes escogidos, tenía acceso. Los alumnos, que literalmente quedaban ensimismados por aquella voz maravillosa nunca habían visto el rostro de D. Cada vez que uno de aquellos jóvenes lograba salir de la isla, intentaba conocerlo personalmente.

Algunos coleccionistas muy especializados del exilio guardaban videos y grabaciones de David dando recitales con poemas de Lorca, Cernuda, Lezama... En sus espectáculos siempre vestía de negro, cargando una pesada capa que al extenderla y hacerla ondular producía una sensación de ingravidez, como si flotara en el escenario, mientras que con su voz única proyectaba algún poema de Whitman. David era un mito, un tremendo personaje que hacía pocas apariciones en público, pero siempre desataba un murmullo donde quiera que llegaba; su sola presencia era señal de distinción, una deferencia hacia el evento al que asistía.

Cómo está mi querido David, dije intentando imitar su voz. La verdadera voz me sonó muy teatral y dramática: Cómo está mi niño lindo. Conversamos un par de minutos, nunca me ha gustado extenderme en las conversaciones telefónicas. Prefiero el contacto directo, sentarnos junto a una botella de vino a recorrer una y otra vez el pasado, al que siempre se le agregan nuevos matices, repasar la actualidad cultural de Miami que criticamos fervorosamente, calificándola en ocasiones con injusticia como mediocre y sin opciones. Jorge me miraba sonriente, pero con un rostro que a mí no me podía engañar. Eso me hizo terminar con David con más rapidez: Bueno Davicito, te voy a dejar que estoy muy cansado y todavía tengo que bañarme. Tenemos que vernos. Al final le mandé besos para él y su mamá que recién acababa de cumplir los noventa y seis años.

Jorge me miró con la misma patética contracción en la boca, como intentando imitar una sonrisa. ¿Qué pasa?, le pregunté. Ese no poder engañarnos era algo maravilloso, aunque a veces resultaba insoportable. No había preocupación, dolor, malestar o deseo, que una simple mirada, un cruce casual en la rutina de la casa, no le descubriera al otro qué queríamos ocultar. Hasta el disco de música que estuviera escuchándose, muchas veces dejaba entrever qué sentimientos primaban en esos momentos.

Me deprimió la conversación con David, me dijo, agregando: El Síndrome de la Madre Eterna. Ya no había más nada que decir. No era la primera vez que hablábamos de ese tema. David, Eduardo, Manuel, Lázaro, un montón de amigos nuestros habían atravesado por el mismo problema, arrastrado la misma carga. Para mí siempre ha sido un asunto de fondo, de inquietud y miedo, mientras que Jorge, por naturaleza tan agudo en sus análisis, de alguna manera buscaba un escape cuando la conversación sobre ese tema se extendía. No se sentía bien con la cuestión, y no por algún complejo de culpa, pues él, contrariamente a esos otros amigos que compartíamos, se había abierto su espacio vital ante su familia, hizo lo que quiso y a la vez se ocupó de sus padres, de ambos, hasta el último día. Así que él no tenía de qué arrepentirse, nada podía perturbarlo, absolutamente ningún debate interno que confrontar. Pero el asunto era escabroso, difícil y siempre conducía hacia lo mismo, hacia ese «tener alguien» que se ocupe de uno. Y ahí creo que radicaba su temor.

David, como los otros amigos comunes, dedicó su existencia a cuidar a sus padres: casi todos a su madre. Como si se tratara de un plan común, habían reprimido sus deseos, ocultado a sus parejas. Una apresurada salida, un fin de semana fuera de la ciudad. Y el tiempo corriendo, marcando, dejando huellas. Por eso el asunto nos deprimía, nos echaba a perder la noche; pero rápidamente había que bloquearlo, nada podíamos hacer, absolutamente nada podíamos intentar, cada cual arrastrando su mundo a su manera.

Mientras Jorge me contaba que a David le aterrorizaba la posibilidad de morir antes que su madre, que a los noventa y seis gozaba de asombrosa vitalidad, yo pensaba en Eduardo, con el que tantas veces había abordado el tema. Al quedar solo, al llegar el momento en que podía disponer de todo el tiempo para sí mismo, sin necesidad de dar explicaciones, ya tenía sesenta años, y no podía tolerar la presencia de otra persona a su lado. La convivencia, una relación estable, no podía resistirla. ¿Quién me soportaría?, me dijo. Aquella tarde pensé que sólo otro igual. A la misma vez comprendí que ni otro igual, porque ese otro arrastraría también su propio pasado. Las relaciones son duraderas cuando resultan más las cosas que unen, que las que separan, pero siempre es necesario, que existan diferencias, realidades capaces de arrinconar, aquellas que de alguna manera, precisamente por sus desigualdades conducen a un equilibrio, al entendimiento y la tolerancia. Eduardo murió hace dos años, Jorge y yo acudimos a su funeral que lo llevó de nuevo al lado de la madre, ya no en la casa, ya no en la supuesta eternidad, sino en el mismo espacio de tierra en el cementerio.

Perdí un poco el hilo de lo que me decía Jorge, que continuaba contándome lo que le había dicho David por teléfono. No analizaba, exponía, pero el tono de su voz nos volvía a situar en el debate. Yo argumentaba que él me cuidaría a mí, de la misma manera que yo lo haría con él, pero la pregunta que me atormentaba era qué familiar suyo o mío, si para ese entonces alguno quedaba vivo, cargaría con él, cargaría conmigo. Era como lanzar una moneda al aire. Si hubiera tenido un hijo, le decía. Ese hijo no garantizaría nada, me ripostaba. La vejez nos inquietaba. Yo ya estaba calvo; los problemas de salud no eran mayores, un poco de colesterol, la presión alta que controlaba con una pastilla matutina, el normal agrandamiento de la próstata. Lo de él era más o menos lo mismo. Lo que más le afectaba era la artritis, la dificultad de levantar el brazo ágilmente, el entumecimiento de las manos. Ya él estaba retirado, a mí me faltaba menos de un año para jubilarme, que era como entrar en el carril de la muerte.

David había arruinado la noche, Jorge se levantó me dio un beso y me dijo que no tenía ganas de ver televisión, que se acostaría a leer. Yo me pondría a pasar canales hasta que el sueño me venciera, pues no tenía deseos de leer. Antes que Jorge entrara en la cocina le grité: No te embulles, todavía tengo que salir a comprar leche. Jorge regresó, me miró como siempre lo hace, satisfecho, aprovechando al máximo cada instante en que estamos juntos y me dijo que él saldría a comprarla. Ahí comenzamos a discutir; yo no quería que él saliera, había sido mi culpa no haber traído la leche. Él se opuso alegando que yo acababa de regresar del trabajo. Al final los dos fuimos al mercado y de paso alquilamos una película en el video club. Las próximas horas de la noche prometían esclarecer todos los misterios posibles de la existencia.

MANÍAS DE VIEJO

Álvaro comenzó a llevarle las monedas al viejo por el tiempo en que éste iba cada mañana a jugar dominó —su entretenimiento favorito—, a un parque público bastante distante de su casa, pero que de alguna manera le permitía mantenerse activo. Más que eso, la caminata le daba la posibilidad de ocupar su tiempo de hombre solo, que sentía con una lucidez abrasadora, que tan pronto regresara a su apartamento no tendría otra cosa que hacer que mirar una tras otra las novelas por televisión. Años atrás, antes de perder a su esposa, sabía que al volver a la casa encontraría a su mujer, la comida lista para servir y una compañía para dormir las prolongadas siestas. Sin embargo ahora tenía la certeza que sólo le aguardaba el silencio, roto en ocasiones por el maullido de un gato, que languidecía agazapado en el borde de una ventana, en un quinto piso de un edificio para retirados.

Al viejo Antonio lo conoció por casualidad mientras esperaba un cambio de luces en un semáforo. El viejo se le acercó a la ventanilla y le preguntó si sabía hacia dónde quedaba la 20 avenida. Álvaro trató más o menos de orientarlo, pero comprendió de inmediato que el anciano estaba perdido, por eso le dijo que subiera, que lo llevaría a su casa. Al entrar en el carro Antonio acomodó su paraguas, y sacó del bolsillo trasero del pantalón una desgastada tablilla de madera que usaba para apoyar las fichas de dominó. En el trayecto hablaron del juego y de cómo se le pasó la calle por la que tenía que doblar para su casa. También le contó de cuando enviudó, y de los difíciles años que vivió en España, después de salir de Cuba. Álvaro lo dejó en la misma entrada del edificio. Después de eso lo veía con bastante frecuencia caminando por el barrio. De vez en cuando si el tráfico lo permitía lo saludaba, y si llovía lo llevaba para que no se mojara, pero a pesar de la continuas invitaciones, nunca subió al apartamento de Antonio.

—Por qué siempre tienes tantos centavitos en el carro —le había preguntado la primera vez que lo llevó, señalándole al portavasos bastante lleno de monedas.

—Los voy echando hasta que un día limpio el carro y los saco de ahí.

—Si quieres yo te los empaqueto, me gusta contarlos y meterlos en el sobrecito. Después te los doy.

—Lléveselos si quiere —le respondió Álvaro.

Antonio sabía tejer bien las historias que narraba, hablaba con simpatía y se regodeaba en los detalles. En una ocasión le confesó que antes dedicaba horas enteras a la lectura de Marcial Lafuente, del cual poseía una verdadera colección. Tras leerlas, las intercambiaba en un quiosco cercano a su casa por otras historias, siempre de Estefanía naturalmente, pero dejó de hacerlo, al comenzar a padecer de cataratas, y cuando llegó el momento en que le resultaba difícil recordar si las había leído o no.

Cada vez que se cruzaban en el camino, el viejo estaba rumbo al parque o regresando a casa. Se movía despacio pero firme, apoyándose ligeramente en el mango curvo de su paraguas que hacía también la función de bastón. Siempre llegaba a la casa con algún juguete roto, la cabeza de una muñeca, un llavero, una linterna sin baterías, la pieza de plástico que estuvieran vendiendo en el McDonalds o el Burger King como parte de alguna promoción. Todo lo colocaba, según decía, en una repisa y lo miraba, lo adoraba, como si formara parte de la infancia que nunca tuvo.

—A mí me encerraron en un colegio y no me dejaron salir hasta que mi padre me fue a buscar para llevarme a trabajar con él —había contado en numerosas ocasiones, intentando ocultar cierta amargura en su voz.

Repetía la historia una y otra vez, y se podía adivinar que la gran tragedia de ese hombre se resumía en la falta de una infancia que le hubiera permitido treparse a un árbol, correr por las calles, y escuchar la voz nerviosa de su madre llamándolo porque llevaba varias horas perdido por el vecindario. Antonio, que le gustaba hablar de su vida, vivió bajo el rigor de los maestros, la férrea disciplina de un lugar para niños huérfanos o semihuérfanos, que casi es lo mismo, y siempre tras los barrotes de ventanas que mostraban el mismo pedazo de paisaje.

De repente los encuentros con el anciano fueron distanciándose para Álvaro. Era imposible que en los últimos meses no coincidieran en algún lugar, ni siquiera en la esquina del edificio donde acostumbraba a sentarse a fumar al atardecer, y que algunas veces sirvió de punto de encuentro para la entrega de las monedas y los sobres. En una ocasión le preguntó por él a una señora que salía del edificio, pero ella sólo le dijo que Antonio andaba por casa de los hijos, sin aportar otros detalles.

Había pasado mucho tiempo cuando se lo encontró, prácticamente en el momento que entraba al edificio. Álvaro sintió alegría al verlo, y conversó con el viejo que ya no era el mismo. Le dijo que no iba al dominó porque ahora se le hacía demasiado lejos, y que sólo bajaba cuando necesitaba comprar algo en el mercado. Con voz conforme agregó que ya todo le quedaba demasiado lejos. Álvaro sacó una bolsa con monedas y se la dio.

—Esto sí lo sigo haciendo —le dijo el anciano con satisfacción, esbozando una risa que no había mostrado nunca antes.

Álvaro sintió una especie de tranquilidad cuando pudo deshacerse de los centavos, pero sabía que rápidamente volverían a acumularse, y que cada vez le sería más difícil encontrarse con Antonio. Meses después, el portavasos y el pomo de cristal que hacía la función de alcancía, estaban a punto de rebosarse. No sabía qué hacer con ellos. No los quería botar, porque de cualquier manera era dinero, y muy bien podía haber ya unos 30 o 40 dólares, pero no tenía ni el interés, ni la paciencia, y tampoco la necesidad, para ponerse a envasar grupos de 50 centavos, para luego cambiarlos en el banco. Pensó buscar otro envase y comenzar a llenarlo, pero no sería lo mismo, ya esa acción no podría evocarle el recuerdo del viejo Antonio que pacientemente hacía los paquetes y siempre se regocijaba cuando encontraba alguna moneda de 10 centavos que equivocadamente había caído en el pomo. Lo único que no quería hacer era salir a buscar al viejo, pero no pudo evitarlo. Álvaro echó todos los pennies en una vasija grande, la metió en el carro y manejó despacio por los sitios en los que acostumbraba a verlo, como si aún existiera la posibilidad de tropezarse con él por el camino. Finalmente dobló por la 20 avenida, se estacionó frente a la entrada del edificio con la esperanza de avistarlo si salía a fumar un cigarro. En su lugar otro viejo, con una boina negra que le quedaba grande, apareció en la puerta, caminó lento hacia la esquina y se sentó en el mismo sitio también a fumar.

Álvaro lo llamó y le preguntó si conocía a Antonio.

—¿Antonio?... Yo soy Antonio —le dijo el anciano con cierta incredulidad.

Álvaro dudó unos segundos, lo miró fijó y luego de un silencio demorado le sonrió satisfecho.

—Entonces esto es para usted, mi viejo —le respondió extendiéndole el recipiente con las monedas y los sobres de papel para empaquetarlas.

—¿Esto es para mí? —preguntó asombrado el anciano, observando el montón de monedas.

—Sí, para usted.

—Bueno... Gracias, hijo —le dijo tirando el cigarro a medio fumar y cargando el pesado recipiente.

Desde el carro Álvaro lo vio entrar con dificultad al edificio y alejarse hacia el elevador al final del pasillo.

Esa noche al regresar del trabajo, Álvaro colocó sobre la mesa de noche la cartera, el localizador, las llaves y las monedas que tenía en el bolsillo. Seleccionó las de un centavo y las dejó caer por la estrecha abertura del pomo de cristal.

SOBREVIVIENTES

Llegó a casa cerca de las dos de la madrugada, golpeó una y otra vez la puerta haciéndola retumbar con cada impacto. Me molestaba que no se diera cuenta, como otras veces, que ya había encendido la luz de la sala, y que la tardanza era la de siempre, me estaba vistiendo. Cuando abrí me sonrió satisfecho, enseñándome una enorme bolsa de supermercado con varios paquetes de cerveza. Traía la mano izquierda envuelta en un vendaje fresco, cubriendo una herida que se había hecho en el trabajo, según dijo, aunque luego confesó que enfurecido había roto un espejo. Puso con dificultad las botellas en el congelador. Sin pronunciar palabra se empinó una y no se detuvo hasta vaciarla. Me miró fijo, sin alterar en lo absoluto la intensidad de la sonrisa y esperó a que yo reaccionara. Desde luego, sabía qué estaba pasando por su mente y la situación me inquietaba, porque podía prever lo que se me venía encima. Para él —no tenía que decírmelo—, había llegado el día que tantas veces me había anunciado, y al que yo siempre, con cierto tono amenazante, le sugería que lo escogiera bien, que no fallara en sus cálculos, porque un error podía ser fatal, el fin de nuestra amistad, o algo peor: el momento en que comenzaría a desvanecerse el apoyo que tantas veces, según decía él, en ocasiones hasta llorando, yo representaba. Sería como una suerte de juicio final. Para él todo estaba en condiciones óptimas, rigurosamente ideales. Se empinó otra cerveza y me extendió una que yo puse sobre la mesa sin probarla, queriéndole enviar el mensaje de que nada había variado, que nada iba a ocurrir, que la fecha del juicio final se había precipitado.

Su rostro, a pesar de la sonrisa, estaba duro, temeroso, y eso me producía una infinita lástima. Sus problemas de alcoholismo, sus incursiones en la droga, y la abismal soledad que lo rodeaba, me hacían sentir abatido. Por momentos me daban deseos de aproximármele, abrazarlo y decirle algo bueno, lo suficientemente bueno como para intentar que esa noche fuera menos intensa para él, menos devastadora en su vida. Yo también necesitaba estrechar a alguien entre mis brazos y Mauricio lo sabía. Cada vez que nos veíamos exploraba mi estado de ánimo, y si me notaba deprimido comenzaba a hablarme del tiempo, del envejecimiento, y yo le decía una y otra vez, manifestando absoluta seguridad: «no lo lograrás, Mauricio», y le explicaba de nuevo que deseaba ser «constante, fiel», protegerme tal vez, sumergirme, en esas palabras que mantienen su vigencia, y su rigor, aun cuando no estoy del todo convencido de su alcance.

Cuando me sentía incómodo por su insistencia, de alguna manera me las arreglaba para de inmediato ponerlo a la defensiva. Entonces era él quien daba las respuestas. Yo continuamente insistía en que buscara una pareja estable, que intentara crear una comunicación real, firme, que no podía seguir así, creyendo alcanzar la calma con encuentros ocasionales, perdidos en playas, en bares ruidosos, oscuros, de Fort Lauderdale o West Palm Beach, bien lejos de Miami, para reducir al máximo las posibilidades de tropezarse con alguien conocido.

—Búscate un hombre, una mujer, lo que sea, pero no puedes seguir entusiasmándote con gente que con la misma fugacidad con que aparecen en tu vida, a las pocas semanas, se convierten en insoportables compañías y se esfuman.

Mauricio siempre me escuchaba atentamente, pero yo sabía que le resultaría muy difícil encontrar pareja. Su entorno familiar, sus problemas religiosos, lo apresaban; además, nunca le escuché hablar de otra cosa que no fuera de deseos. Él se conformaba con tener a alguien que lo aceptara como era, que lo comprendiera y que fuera tolerante, pero jamás lo escuché mencionar a alguien que lo amara.

Preparé dos bocaditos, pero era ya demasiado tarde, estaba ebrio. Cerraba los ojos por momentos, se balanceaba, se pasaba la mano por el pelo y lo revolvía. Hablaba y luego se entregaba a un silencio soñoliento. Cuando regresaba de la cocina se me acercó, me abrazó y me dijo una vez más —era casi una súplica—, que me necesitaba y eso me hizo sentir muy mal. ¿Alguien me ha preguntado alguna vez qué necesito yo?, pensé furioso y apretando los labios, mientras le pasaba con cariño la mano por la espalda y dejaba descansar unos segundos su cabeza en mi hombro.

—Come algo, porque beber así sin comer es fatal —le dije apartándolo de mí y extendiéndole un bocadito.

Se quedó en la misma posición, aguardando a que lo volviera a llamar. Se comió el pan con jamón y queso y se empinó otra cerveza.

—No has tomado nada —me dijo intentando tal vez, darle otro giro a la situación.

—Tú sabes que yo sólo bebo para acompañar la comida... y nunca de madrugada.

—Lo sé.

Llevaba dos horas anunciando que se iba. Pero ya estaba prácticamente amaneciendo y seguía bebiendo y en silencio cambiando los canales del televisor sin detenerse en ninguno.

—Me voy —dijo con un tono que no dejaba lugar a dudas de que por fin se marchaba, mientras yo dormitaba en una silla vencido por el sueño.

Me abrazó de nuevo, el olor a alcohol que brotaba de su aliento me golpeó de pronto. Estuvo largamente recostado a mí, diciéndome sollozante que me necesitaba, hasta que se sumió en un largo silencio aún apoyado en mi hombro, emitiendo un leve murmullo. Pegó su sexo duro contra mi muslo, y sentí pena por él.

Antes de irse fue una vez más al baño. Tardó un buen rato. Escuché un fuerte golpe en la pared. Me acerqué a la puerta y lo entreví jadeando, con la mano vendada apoyada en los azulejos del baño, los pantalones por las rodillas, la cabeza hacia atrás, los ojos apretados, y la otra mano entre sus piernas. Él no me vio.

No puedo precisar cuántos años han pasado desde la última vez que lo vi. El asunto es que hace escasamente unos días me anunció que vendría a visitarme. Limpié la casa que estaba un poco desordenada, compré queso, chorizo, algo de salame y aceitunas, para junto a unas galletas de soda acompañar una conversación que presumía larga. Cuando abrí la puerta le vi el pelo teñido de un color demasiado fuerte. Me apretó al abrazarme y me dio un beso. Ya había dejado el alcohol, pero de vez en cuando seguía fumando mariguana, dijo. La mano aún mostraba la cicatriz, larga, irregular. Estaba delgado, del pecho le brotaban abundantes canas, y en su rostro se notaba el peso del tiempo. Creo que en mí también debía ocurrir algo similar.

Mientras llevaba a la mesa la bandeja que había preparado, descubría en él la misma sonrisa de años atrás, lo único que parecía haber sobrevivido. Pensé en aquellos años de obstinación, tanto suya como mía. Creo que si ese ayer fuera hoy, hubiera reaccionado de otra manera; pero en realidad no podría definir exactamente en qué hubiera consistido ese nuevo comportamiento. Me miró con satisfacción, sin duda alguna contento de volver a verme, como lo estaba yo también. Un par de horas después de estar conversando de trabajo, viajes y proyectos, me dijo: «te amo». Sin retirarme la mirada que me sostuvo hasta la desesperación, esperó por mi respuesta... En ese preciso instante comprendí que Mauricio estaría solo por el resto de su vida.

ASIGNACIÓN

MENSAJE INTERNO

ENTRE IDENTIFICACIÓN: Mercedes452411
ENTRE CLAVE DE ACCESO: XXXXXX
ja/er/1022a/090697/... darle seguimiento a la asignación que se acompaña. El trabajo debe estar listo para
el 22 de junio. Consultar a Martha Medeiros para lista
de contactos y documentación.
tx—d...
Entre los días 28 de julio y 5 de agosto de 1997, Cuba será
sede, por segunda vez, de un Festival Mundial de la Juventud
y los Estudiantes. Este festival XIV, tiene características especiales. Seguir las instrucciones de la Sra. Medeiros, y terminado el trabajo investigativo y de mesa remitírselo a Luis de la
Paz, identificación electrónica local De—la—Paz—2323

FR—^1 guardar FR—^2 borrar FR—^3 contestar
FR—^4 imprimir

FR—^4.... imprimiendo

119

Transcripción textual, sin editar, de la conversación con Gustavo Rojas, el viernes 12 de junio de 1997, en San Agustín, Florida.

Texto 3 de 5

Generales: Gustavo Rojas, 39, cubano, casado y divorciado en 2 ocasiones, con 4 hijos, 3 hembras y un varón (21, 18 [V], 17 y 14, todos residen en la isla), actualmente no tiene esposa y vive con un refugiado nicaragüense sujeto a deportación. Rojas abandonó Cuba en 1980, durante el éxodo del Mariel, y luego de radicar cerca de 2 años en Miami, se estableció en San Agustín, donde buscaba escapar, según afirma, de tres cosas: «la proximidad a Cuba, de la alucinante radio de Miami y del estigma de ser un marielito». En la actualidad trabaja por cuenta propia, en el área próxima al castillo de San Marcos. Estudió ingeniería química en la Universidad de La Habana, pero no pudo graduarse, al ser expulsado durante la campaña «la Universidad es para los revolucionarios». Lo acusaron de «introvertido», «poco comunicativo» y de «serias tendencias al diversionismo ideológico».

Observaciones: Salvo algunos detalles menores, me parece que Gustavo fue bastante honesto. No creo que haya omitido nada significativo, ni exagerado las situaciones que narró. Habló con naturalidad como quien no tiene nada que ocultar. Sus comentarios me parecen el material más interesante. /ma

Proyecto: Festival Mundial de la Juventud y los Estudiantes, La Habana, 1997

Mercedes Acuña. Cuéntanos lo que recuerdas del XI Festival de la Juventud en 1978.

Gustavo Rojas. Lo recuerdo perfectamente porque lo viví con intensidad, es muy difícil que se olvide lo vivido con intensidad. En realidad fue una tremenda experiencia. Yo, por supuesto, no asistí como delegado, sencillamente participé de algunas actividades callejeras que eran abiertas al público. Sin embargo a la clausura fui de casualidad. No sé qué querrá escuchar usted.

MA. Como te dije antes de comenzar a grabar, quiero que me hables precisamente de ese último día del festival. Otras personas que he entrevistado me hablaron de la selección de los delegados cubanos y de los eventos, pero yo necesito que me cuentes los detalles del cierre.

GR. Con todos los detalles posibles... ¿eh?

MA. Exacto. Todo lo que recuerdes.

GR. Recuerdo que había un sol radiante y como es natural en esos casos, tal esplendor del verano desataba un calor insoportable. Yo esperaba la guagua para regresar a casa, luego de haber ido a visitar al hospital a una vecina que acababa de tener un bebé, cuando comenzó a pasar la impresionante caravana de vehículos, sobre todo de guaguas, y sin exageración alguna, créame, no me tome por hiperbólico, terminó cuando ya comenzaba a oscurecer. Seguí con la mirada el último autobús que pasó delante de mí, escoltado por varias patrullas y motos de la policía con las luces encendidas, cosa bastante rara, porque casi nunca lo hacen. No sé por qué, pero me sentí más relajado, como si me hubieran quitado un gran peso, una preocupación de encima, cuando la última patrulla se perdió en la distancia... Yo no

121

tenía nada que ver con aquello, pero el solo hecho de que atrajera mi atención de una manera tan persistente y continua, me ponía tenso... Puedo precisar —si le parece bien se lo diré, usted quiere detalles—, que ya el sol se estaba ocultando tras los pinos que bordean el hospital. Hasta el alumbrado público se había encendido, cuando terminaron de pasar aquellas gentes. Así que calculo que pasaron unos 200 carros... Pero no sé por qué digo 200. No tengo ni la más remota idea de la cantidad exacta, pero pudieron muy bien ser 300 o 1000. El desfile era interminable.

Recuerdo perfectamente que los delegados sacaban la cabeza por las ventanillas, hacían ondear banderas de diferentes países —muchas yo no sabía de dónde eran—, gritaban cosas en idiomas desconocidos y saludaban alegres y hasta eufóricos, a las gentes que como siempre sumisas —le confieso que eso es algo que yo nunca me perdonaré como cubano, es como una rara y triste condición adquirida después de 1959—, aguardaban por el paso de aquella infinita caravana de ómnibus, para poder reanudar sus actividades. Incluso —anótelo si quiere como un aporte importante—, una ambulancia que venía a toda velocidad abriéndose paso para llevar un enfermo —luego se supo que era un niño quemado que traían en muy grave estado desde San Cristóbal... eso es en Pinar del Río... en fin, una provincia al oeste de La Habana, que seguramente, usted que es cubana, sabe dónde queda—, al William Soler. Tengo que volver a aclararle algo, porque usted me dijo que salió de Cuba de niña y no lo sabe, pero ése es el hospital infantil, el que le dije al principio que estaba rodeado de un inmenso pinar. En fin, la ambulancia tuvo que detenerse, porque no la dejaban encaminarse por la entrada que conduce a la sala de emergencias, hasta una moto de la policía se detuvo para impedirle el paso. Fue tal la demora —y disculpe que me extienda en este aspecto, pero es bien significativo, más bien triste si se pone a ver—, que el familiar no soportó más la espera y cargando entre sus brazos al niño, cruzó la avenida corriendo, lanzándose prácticamente delante de los carros que nunca se detuvieron del todo para darle paso a la señora, que gritando pedía que la dejaran cruzar la avenida. Desde luego que hubieron... se dice hubo, tengo que hablar bien en una entrevista, algunos comentarios muy en voz baja sobre el hecho de no darle paso a una ambulancia, pero unos minutos después nadie se acordaba del incidente y lo que hacía la mayoría de la gente era responder entusiasmada, con saltos, gestos aspavientosos y saludos a los invitados al XI Festival Mundial de la Juventud y los Estudiantes, La Habana, 1978, así era el largo y rimbombante nombre. Algunos pedían un souvenir, que en ocasiones recibían, pero casi siempre resultaban ser, si tomamos en cuentas las necesidades que se estaban pasando, boberías intranscendentes, como distintivos, brazaletes y solapines alusivos al festival y a sus países de origen. Aquellas piececitas metálicas que sonaban como bombas al caer sobre el pavimento caliente, motivaban verdaderas luchas por alcanzarlas en medio de la calle. El momento culminante que desató una verdadera batalla campal, fue cuando lanzaron desde una de esas guaguas en movimiento una tela azul, que al principio se pensó era alguna bandera que se le había escapado de las manos a algún delegado, pero mientras caía, la muchedumbre se dio cuenta que se trataba nada menos que de una camisa. Imagínese lo que pasó. La reacción fue simultánea e incontrolable, en realidad daba una tremenda vergüenza y asco. Una multitud corrió frenética tras la camisa que estaba a punto de llegar al suelo. La batalla fue feroz, hubo trompones, patadas. La prenda pasó de mano en mano hasta que quedó tras un último y deprimente forcejeo entre dos hombres, en manos de un sargento de la policía que afirmó a todo grito, para que nos enteráramos, que la devolvería «como buen revolucionario», al «distinguido visitante» que la había «extraviado». Con aquella frase lapidaria terminaba la lucha por la camisa. Más tarde se hizo un silencio total, que más bien era de impotencia, pues a nadie le cabían dudas que el muy sinvergüenza se quedaría con ella. Luego se reanudaron los saludos a las delegaciones al festival que seguían pasando y dejando caer objetos como si brotaran de una enorme piñata. Le confieso, le voy a ser honesto, que hice el intento de correr tras la camisa. Salté como una fiera del muro donde estaba sentado y comencé a correr despavorido hacia el medio de la calle. A un hombre lo agarré por el brazo y le di un tirón para sacarlo del medio. Al eliminar el primer obstáculo serio para llegar a la camisa, me abalancé sobre una mujer, le di un potente halón de pelo, de ésos que obligan a soltar cualquier cosa para llevarse las manos a la cabeza, y aún con el mechón rubio en mi mano derecha, la aparté del camino. Me faltaba mucho para estar cerca de la camisa y abandoné un poco frustrado la batalla... En realidad creo que algo me hizo recapacitar y por eso me aparté del forcejeo. Resultaba demasiada intensa la humillación. No había que darle vueltas al asunto, era humillante el espectáculo, y me puse de muy mal humor por no haberme podido controlar desde un inicio. No tenía que moverme de donde estaba sentado... Hoy es gracioso pero figúrese...

—Hi sir. Do you like this perfume? I'm sure this is the best gift to your wife… Look this bottle, is so beautiful. Just the bottle is worth it. The regular price is 45, but I'm giving to you for only 35 dollars.

—It's too expensive.

—I don't think so… smell it. Think in your wife, or in your daughter.

—Okay, I'll buy 2 for 60 dollars, okay?

—Sure. I lost 10 dollars, but you are the customer. 65 okay for you, sir.

—I said 60.

—No problem señor, 60 dollars is the price.

—Ok.

—Thank you sir. Have a nice day.

No crea, este negocio no deja mucho, por suerte yo vendo muchas cosas, y eso me permite ir viviendo, pero no es fácil buscarse la vida aquí, hay demasiada competencia… Lo que más vendo son llaveros con símbolos de San Agustín, como el Puente de los Leones. Las toallas con motivos alegóricos se venden bien, así como estos cuadritos con el Castillo de San Marcos… Bueno, ya no sé ni por dónde iba… Creo que lo último que le conté fue sobre la camisa en manos del policía… ¿No?… Sí, eso fue. Por ahí iba mi historia… Bueno, continúo… Yo sabía, creo que toda La Habana estaba al corriente, que la hilera de carros no se detendría hasta el Parque Lenin, donde se había preparado una enorme fiesta. Se rumoraba que la despedida iba a ser en grande. Se hablaba de una bacanal gigante, de una orgía colosal para clausurar el XI Festival Mundial de la Juventud y los Estudiantes. Durante varios días el movimiento de policías en el área del Parque, por donde yo tenía que pasar todos los días para llegar a mi trabajo, estaba muy activo. En un principio pensé que buscaban a algún prófugo, no era la primera vez que alguien se escondía en el Parque para huir de la policía, y permanecía oculto entre los arbustos, en los huecos de las alcantarillas, o en lo alto de una mata de mango mientras la policía con perros rastreadores peinaba el área. Recuerdo que dos días antes de la fiesta el tráfico fue desviado, el acceso al parque suspendido tanto por carretera, como para los que llegaban a pie. Una estricta guardia de 24 horas se estableció en todo el perímetro del Parque, con postas fijas cada 15 metros —en esto sí soy bastante preciso, un amigo estuvo de guardia allí y me dio el dato—, con policías uniformados que tenían que evitar a toda costa, el paso a cualquier ciudadano cubano sin autorización.

Unos muchachos, que también estaba viendo pasar la caravana junto a mí frente al hospital y que en la rebatiña habían conseguido un bolígrafo, de pronto estaban planeando como entrar al Parque Lenin, por el área de la presa de Paso Seco... Otra observación necesaria, ese embalse costó millones y millones de pesos o dólares, lo que fuera da lo mismo, y jamás cogió agua. Los que sabían, pero eran ingenieros cubanos, hablaban de un pozo ciego, pero los especialistas rusos, quienes eran considerados como dioses venidos del Olimpo, ignoraron las observaciones de los negros cubanos del Tercer Mundo y continuaron la obra con la certeza de que solucionarían el problema muy pronto. Desde luego la presa fue un fracaso total. Regresando a los jóvenes, que a mi lado planeaban con una tremenda seguridad y derrochando detalles su entrada al Parque, le escuché decir a uno de ellos que al entrar en el área los confundirían con los delegados. Desde luego, ese hombre estaba completamente loco.

Yo que me había resistido a correr por la camisa y las gangarrias que lanzaban de los ómnibus, de pronto me vi con aquellos muchachos en camino hacia el Parque Lenin. No me pregunte cómo me decidí. No lo sé. Me justificaba diciéndome que lo único que me interesaba era ser testigo, no partícipe, de una fiesta cerrada, donde abundaría la comida y la bebida, mientras... aunque suene panfletario hay que decirlo, la gente pasa hambre, ceñida a un riguroso racionamiento, limitada a una raquítica cuota de alimentos, mientras para los extranjeros tiraban la casa por la ventana. Pero mis intenciones de ser testigo presencial eran mentira, en realidad yo deseaba estar allí, ser uno más de ellos. La oscuridad no dejaba ver nada. Parecía que iba a llover, pues el cielo estaba oscuro y no había ni estrellas, ni luna. La única luz era el resplandor procedente del Parque y el de las linternas de los policías que cuidaban celosamente el acceso. A lo lejos se escuchaba música, algunas veces se mezclaban diferentes ritmos, en otras parecía que había varias orquestas en vivo, pero todo era especulación, pues no se podía ver absolutamente nada. Hasta ese momento sólo a través de la cadencia de la música y los ritmos era como yo participaba de la fastuosa orgía internacional. A veces sentía asco por mí mismo, y me preguntaba cómo me había dejado motivar por la conversación que aquellos muchachos mantenían. Digo muchachos pero en realidad eran mis contemporáneos, yo tenía 22 o 23 años y ellos tendrían 19 o 20. Cómo era posible, me preguntaba, que yo lograra renunciar a la humillación de correr tras la camisa azul y luego me sometiera a esa otra humillación gigante. A pesar de las interrogantes no me largaba de aquel camino arcilloso, repleto de pisadas semejantes a las mías. Un poco más adelante permanecimos escondidos, en silencio, acostados sobre la hierba húmeda, en una colina bastante próxima a los custodios, cerca de unos tubos de desagüe donde los policías centraban su búsqueda de «infiltrados».

—*Can you help me find this address?*

—*Sure. Where you wanna go?*

—*I'm looking for the cemetery where father Valera's grave is.*

—Entonces tú hablas español como yo, sólo los cubanos vienen a buscar la tumba del padre Varela.

—¿Tú también eres cubano?... Coño, ¿qué hace un cubano en San Agustín?... Para los cubanos, Miami...

—Sí, eso dice casi todo el mundo... Sabes una cosa, en el cementerio que buscas no está la tumba de Félix Varela. Él murió y fue enterrado aquí en San Agustín, pero años después sus restos fueron enviados a Cuba y hoy están en un osario en la Universidad de La Habana.

—Ah, coño, no sabía eso.

—Yo tampoco hasta que me exilié de Miami en San Agustín.

—¿Qué, no te gusta Miami?

—Me gusta lo que representa, lo cubano, pero para vivir San Agustín es más tranquila. Aquí veo la televisión y escucho de vez en cuando la radio de Miami, sólo me falta la comida.

—Bueno, entonces para qué voy a ir al cementerio, mejor me quedo caminando un poco más por aquí.

—¿No te vas a llevar algún recuerdito?

—... No sé...

—Mira, este video te da una visión de la ciudad, incluso habla del padre Varela, y lo estoy dando con un 40% de descuento.

—¿Cuánto?

—25, pero para ti que eres mi compatriota, 18.

—Ok,

—Ok, hermano, gracias, y mándame más gente de Miami.

—Sí, seguro. Nos vemos.

Si se queda un minuto más estoy seguro que le hubiera vendido hasta los leones del puente, para que los ponga en el portal de su casa y se acuerde del Paseo del Prado... A los cubanos hay que venderles un poco de nostalgia... Sigo entonces con mi historia... De la hierba no me levantaba, no había nada que ver, lo mejor en aquel momento era escuchar, pero a medida que la madrugada avanzaba la música disminuía y se veían algunos autobuses abandonando el Parque.

Todos los intentos de penetrar se desvanecieron, la vigilancia era férrea, yo no recordaba tanto control. La policía rastreaba los alrededores, incluso exploraron un área muy cercana a la que nosotros estábamos, pero no lograron vernos al principio. Yo pegué la cabeza a la tierra y como la hierba estaba alta, logré evadir a los guardias. Algunas personas fueron descubiertas y las detuvieron. A uno de los muchachos que conocí en la parada del William lo agarraron y se lo llevaron a empujones hacia uno de los carros jaula de la policía. El otro cogió tanto miedo que desapareció. Ya yo estaba allí y no estaba dispuesto a irme. Ahí fue cuando me quedé solo. En algún momento me dormí, y no recuerdo cuándo fue, pero un murmullo creciente me despertó y quedé sorprendido al verme rodeado de una cantidad de personas que silenciosas mantenían su vista fija en los matorrales del Parque. Unos anteojos pasaban de mano en mano, para ver más cerca una mesa larga —se comentaba que podía tener un kilómetro de largo —cerca de media milla, para que me entienda usted que no está acostumbrada al sistema métrico—, repleta de fuentes con comida. Algunos describían la mesa con lujo de detalles. Decían poder diferenciar el arroz blanco, del moro y el arroz con pollo. Para algunos la distancia no era impedimento para ver y describir los diferentes tipos de carnes. A la derecha están las masitas de puerco, dijo alguien provocando una risa tan escandalosa que todos tuvimos miedo de haber sido descubiertos por la policía. Otro casi al instante de llevarse los binoculares a sus ojos, sin haber tenido tiempo de localizar nada o ajustar el foco, comenzó a describir las ensaladas con tanta precisión que desataba un hambre incontrolable. Alguien descubrió que entre los árboles había pequeños barriles, probablemente con ron o cerveza... Espera un momento Mercedes, que a éste le vendo algo...

—*Hi, sir.*

—*Do you have an extra large?*

—*Yeah, but not with that design... Do you like this one?*

—*I'd like something bigger.*

—*Sorry, I have that one only in large, not extra large... For her a blue one is fine.*

—*How much is each?*

—*12 dollars each, but if you buy 3, I'm giving a discount.*

—*3 is too many.*

—*Think in your friends, in your family... Maybe you need 6. Or more.*

—*How much for 3?*

—*33 dollars.*

—*30.*

—*33 is the best price.*

—*Okay, 2 shirts for 11, and the other one for 10.*

—*Okay, I want that you go very happy…. Enjoy San Agustín.*

Sobre el Parque, perdona que tenga que interrumpir pero este es mi trabajo, de esto vivo. El asunto es que no había nadie por los alrededores, no se veía ni un delegado, sin embargo los policías permanecían en sus puestos, imperturbables. Cerca de las nueve de la mañana los custodios subieron a unos camiones que pasaron a recogerlos y la mayoría de ellos se marchó. Unos pocos se quedaron, pero no precisamente para cuidar nada.

Como uno de esos llamados al abordaje en las películas de piratas, una multitud hambrienta corrió despavorida hacia el Parque. Yo, desde luego, también corrí, me dejé llevar por el impulso. Al principio corrí por instinto, luego por temor, porque pensé que los policías estaban haciendo una nueva redada… Mentira, me estaba engañando a mí mismo. Corría como todos hacia las mesas a recoger las sobras de los delegados. Algunos comían con desesperación, pero la mayoría acaparaba todo lo que tenía a su alcance y lo guardaba en jabas que ya traían consigo o corrían con las bandejas y las pailas. Otros fueron directo a los barriles que efectivamente estuvieron llenos de ron y cerveza. Créame que en algún momento sentí una gran tristeza por todo aquello, pero no me detuve. Corrí como los otros y acaparé como los demás, lo hice con furia, y creo, ahora en la distancia, que también lo hice con un tremendo odio.

Definitivamente la mesa era larga, se perdía en la distancia, como también se perdía en la distancia la muchedumbre que desde diferentes puntos del Parque corría a recoger las sobras para llevárselas para sus casas, entre ellos algunos reclutas del SMO que habían estado de guardia. Con una rabia tremenda recogí algunos pollos asados, masas de puerco, y me metí en los bolsillos todos los chicharrones que pude. Alguien gritó que venía la policía y salimos corriendo a refugiarnos de nuevo entre los matorrales, en los mismos que nos protegieron toda la noche. Yo perdí casi todos los pollos, como no iba preparado para recoger nada, y tuve que correr despavorido de los guardias que me caían atrás. Zigzagueando lograba evadirlos, pero cuando creía estar a salvo aparecían otros guardias, hasta que perdí todas las esperanzas de escapar, sobre todo cuando vi que por la carretera venían regresando los camiones que habían recogido a una parte de los policías. No había fuga posible, pero tenía que luchar por conseguirla, lo único que no podía hacer era rendirme. Debajo de la camisa guardé dos pollos enteros, me adentré en el espeso fango de la presa para huir, pero no lo logré. Cuando me arrestaron me decomisaron los pollos que me quedaban. Antes que me registraran y me metieran en la jaula, logré comerme algunos chicharrones. El viaje fue directo a la estación de policía de Calabazar —Calabazar, para que esté informada, es un pequeño pueblo junto al Parque, cerca del aeropuerto de La Habana.

Los cargos en mi contra eran enormes. Para los cientos de detenidos fue igual. Robo, desorden público, contrarrevolución (este delito sí era grave y en general era el que más preocupaba). En realidad fueron muchas las acusaciones. Delitos que dadas las leyes draconianas cubanas bien podían costar un largo período en la cárcel.

Esperé muchos meses por la citación para el juicio pero nunca llegó. Cuando yo pensaba que se habían olvidado, me llegaba un telegrama recordándome que mi juicio estaba pendiente. Me querían mantener en zo-

zobra. Demoró tanto el juicio que, dos años después, me fui de la isla sin que se celebrara. Pero como dice el refrán: no hay mal que por bien no venga, pues el acta de la policía, que yo guardé celosamente entre las páginas intermedias de un libro me sirvió para presentarme en mayo de 1980 en Cuatro Ruedas —perdone pero ya estoy cansado de aclararle cada lugar—, para que me enviaran en un barco a los Estados Unidos durante el éxodo del Mariel, como un delincuente y un antisocial. Exactamente la palabra que emplearon y estamparon en mi carnet de identidad fue ESCORIA.

No se me ocurre decirle nada más. Todo lo que le he dicho ocurrió justamente como se lo he contado. Por lo menos me ocurrió a mí de esa manera, y puedo afirmar que como mínimo, otras 100 o 200 personas más pueden darle el mismo testimonio porque estaban allí conmigo, yo las vi correr, acaparar alimentos, ser detenidas y encerradas en las jaulas. Yo no sé qué piensa hacer usted, pero para cualquier cosa que decida, le sugiero que ponga al final, no al principio, perdería todo su efecto, based on a true story, o ésta es una historia real, si es que lo va a escribir en español. Ya verá como toda la percepción que se tiene de lo que se ha leído cambia, de eso no me cabe duda. Las gentes comenzarán a pensar en lo que le conté de una manera muy diferente, estarán más atentos a los detalles, se sentirán más solidarios conmigo, que es sentirse solidarios con los cubanos y en general con un pueblo hambreado. Incluso leerán de nuevo algunos pasajes. Sin duda alguna se volverán a conmover con la madre que corría desesperada abriéndose paso entre las guaguas con su hijo quemado en los brazos. En esencia valorarán diferente la historia… Por lo menos, eso me gustaría creer.

MA. Gracias, Gustavo.

ENTRE IDENTIFICACIÓN: De—la—Paz—2323
ENTRE CLAVE DE ACCESO: XXXXXX
ma/ff/1022a/090865/... Sr. De la Paz le estoy enviando
las entrevistas para el trabajo sobre el Festival Mundial
de la Juventud en Cuba. Yo hice las entrevistas 1, 2 y 3
y Osvaldo Pérez las 4 y 5.

Martha Medeiros me pidió que se las mandara sin editar.

Entrevista [1]. Conversación con un participante en
5 festivales. Aborda el tema de los comité organizadores para recaudar dinero para el festival. Transcripción,
7 páginas.

Entrevista [2]. Charla telefónica con una periodista independiente, que profundiza en el uso de casas particulares
para alojar a los participantes extranjeros. Transcripción,
5 páginas.

Entrevista [3]. Testimonio sobre la clausura del festival del 78 en Cuba. Transcripción, 14 páginas.

Si necesita algún dato adicional use mensaje interno
o llámeme a la extensión 319.

FR—^1 guardar FR—^2 borrar FR—^3 contestar
FR—^4 imprimir

FESTIVAL MUNDIAL[1]
Por Luis de la Paz

Entre los días 28 de julio y 5 de agosto, Cuba será sede,
por segunda vez, de un Festival Mundial de la Juventud

---

[1] Este artículo fue publicado en *Diario Las Américas*, Miami, Florida,
USA, el miércoles 23 de julio de 1997.

y los Estudiantes, evento que con cierta periodicidad se promovía y financiaba desde la desaparecida Unión Soviética, y que con el respaldo, fundamentalmente de las naciones de la Europa del este, y grupos de izquierda, se realizaba en diferentes países, casi siempre territorios bajo la órbita soviética. Desde que finalizó el Festival anterior, en Pyongyang, Corea del Norte, país sumido hoy en una hambruna casi total, no se había realizado ninguno, entre otras razones porque tras la caída del mundo comunista, no había manera de seguir sufragando los altos costos que una actividad semejante requiere. Sin embargo Cuba, isla donde el hambre y las necesidades se asemejan o sobrepasan a las de Corea, ha invertido grandes sumas de dinero para promover el Festival. Los objetivos son evidentes, por un lado, el obstinado interés de demostrar la permanencia de la izquierda, y por el otro, porque espera recibir generosos beneficios económicos (además de los 250 dólares que se le cobrará a cada delegado, como cuota de participación), a través de las recaudaciones de los diferentes comités preparatorios en el extranjero. Sin embargo la dictadura concentra su mayor esfuerzo en convertir la festividad en plataforma para recabar apoyo internacional para el país, devastado por la inoperancia de un sistema político obsoleto y un régimen empeñado en mantenerse en el poder a toda costa.

Cuando Cuba organizó, a finales de la década de los setenta, el XI Festival, la Seguridad del Estado encarceló «preventivamente» a miles de personas, con la finalidad de mantenerlos apartados de los extranjeros. En aquel entonces la dictadura tenía un control mucho más fuerte, y logró neutralizar de una manera bastante efectiva a una juventud ansiosa de tener contacto con el mundo exterior. Entre tribunas antinorteamericanas y de apoyo incondicional a la revolución castrista, transcurrió el Festival, que terminó con el acordonamiento del Parque Lenin por miles de policías y una gigantesca fiesta, que incluía una larga mesa (se decía que de más de un kilómetro de largo), llena de centenares de fuentes y bandejas con diferentes comidas. Al terminar la fiesta, que muchos comenzaron a llamar la «gran orgía», cientos de cubanos hambrientos, que habían permanecido escondidos toda la noche entre los arbustos y las colinas que rodean el parque, se lanzaron a recoger las sobras, en cuando los custodios comenzaron a ser retirados. Por supuesto, las fuerzas policiacas fueron movilizadas de inmediato, desatando una agresiva ola de represión y encarcelamiento.

Para el XIV Festival, la tiranía no posee los mismos recursos que antes, por eso se ha visto obligada a alojar a la mayoría de los delegados en casas de militantes del partido y personas que han probado su lealtad al régimen. En pago estas familias recibirán una cuota adicional de alimentos, así como jabón, toallas, etc., para cubrir las necesidades básicas. El evento augura convertirse en una fuerte condena al embargo y a la ley Helms—Burton. Para ello Cuba ha invitado a 50 cubanos residentes en el exterior, que «no hayan apoyado actitudes y programas hostiles a Cuba»; así lo afirmó Rogelio Polanco, presidente del comité que organiza el Festival.

Sin embargo las condiciones en Cuba no son las mismas que en el año 78. Los grupos de oposición están más organizados, la disidencia se las arregla para comunicarse con el exterior y las asociaciones de prensa independiente tratarán de reportar de inmediato, cualquier incidente que se produzca. No obstante, ya se conoce que los órganos represivos han comenzado a enviar advertencias y amenazas severas a los opositores, e incluso se esperan arrestos en los días próximos al inicio de la festividad. Por su parte la juventud cubana se manifiesta más abiertamente y mucho más desafiante. El fenómeno de la prostitución es otra dificultad que podría agravar la imagen del evento, sobre todo, cuando anuncian que uno de los temas de discusión será salud, SIDA y drogadicción.

El XIV Festival Mundial de la Juventud y los Estudiantes, comenzará muy pronto y los observadores deben de estar muy atentos a los acontecimientos. En medio de la crisis económica, el descontento total, los recurrentes asaltos a turistas y la epidemia de dengue hemorrágico, la festividad podría resultar un serio problema para la dictadura. La actitud que asumirá el cubano podría ser un sólido catalizador, para medir el comportamiento que mantendrá durante la visita del Papa. El reciente éxodo de balseros, y los disturbios del 5 de agosto, demostraron que en cualquier momento pueden surgir manifestaciones de envergadura en el país. Desde luego el Festival también permitirá medir el poder de reacción de los medios represivos, que a pesar de seguir contando con toda una estructura sólida, en los últimos años han sufrido cierto resquebrajamiento. La población cubana bien podría aguarle la fiesta al dictador.

ONLINE

Uno

SR71. Hola a todos en línea.

DULCE44. Es que tú no me interesas.

EL OSO. No hables de lo que no sabes. NY es una ciudad donde hay de todo. Nunca duerme.

APOLO. Buenas tardes tengan todos.

LA NIÑA. Ja, ja, ja.

CURIOSO. Lo que te pasa DULCE44. es que nunca has conocido en tu vida a un hombre como yo. Ése es todo tu problema.

SR71. Tendré que volver a decir HOLA, o es que nadie quiere conocerme. Les advierto que soy bien interesante.

MATILDA235. Soy de Fort Worth.

GUAPA. Me gustan los nachos. Ummmm.

DULCE44. Ya me tienes aburrida. Voy a contar hasta 10 para que te vayas. Ya apestas Curioso. Te crees el más.

EL MONJE. Queridos Hermanos es domingo. ¿Ya todos fueron a la iglesia?

MENTAL. Tengo 25 años. ¿Le intereso a alguien?

MATILDA235. That LA guy was a trip.

KATO. Yo viví en NY y me aplastó la criminalidad. Es una ciudad para ver los museos y desaparecer. Si no te vas rápido te arrancan la cabeza.

DULCE44. 10

DULCE44. 9

GUAPA. Eso para no hablar de los tacos. Me enloquecen, ricos, bien picosos.

APOLO. Hola raza.

EL MONJE. Son todos unos pecadores. La ira de Dios caerá sobre vosotros.

MATILDA235. Yo tengo a un bato loco en East LA.

DULCE44. 8

DULCE44. 7

PARED. fkldfndkldnhldhdlkhdflñdfhdl

SHEILA727. Hola SR71. ¿De dónde llamas?

MATILDA235. Me voy que tengo que ir a la church.

J47A. ¿Hay algún chupacabras en escena?

MORTAL ¿Qué volá asere?

PARED.- Nooooooooooooooooooooooooooooooo.

APOLO. Are you there?

DULCE44. 6

EL MONJE. Oremos por la salvación de vuestras almas.

PARED. 121782436376094236379160937 4

DULCE44. 5

CURIOSO. No me voy a ir Dulce, así que cuenta todo lo que te dé la gana.

SOÑADOR. ¿Algún Marciano en línea?

CURIOSO. ¿Anda MATILDA235. por ahí?

GUAPA. Deseo una enchiladita…Ummm.

MORTAL. Son sólo 25 años. Piénsenlo bien.

DULCE44. 4

SR71. Hola Sheila. Estoy en Miami

LA NIÑA. Ja, ja, ja. Son unos idiotas.

DULCE44. 3

EL OSO. No puedes pensar así. En todas las ciudades hay criminalidad. ¿Cuál es tu aporte sobre este tema, SR71?

CURIOSO. Estás a punto de perder Dulcita, no olvides el cero para que se dispare el cohete.

EL MONJE. Oh Dios todo poderoso, Dios misericordioso apiádate de todos estos terribles pecadores, que irán a parar a los infiernos, empezando por la Guapa que padece el mortal pecado de la gula.

PARED. 12345667890qwertyuiop

DULCE44. 2. Mira Curioso que ya voy por el 2.

SHEILA727. Amo Miami. Es una ciudad maravillosa. Además me encantan los cubanos. ¿De dónde tú eres?

LA GÜERA. Hola, soy La Güera. ¿De qué están hablando hoy?

DULCE44. 1

MATILDA235. Ahí viene mi jefecito.

MORTAL. ¿Por qué dicen buenos días si son las 2 de la tarde?

DULCE44. Curioso eres un odioso. Me voy.

LA NIÑA. Ja, ja, ja. DULCE44. perdió.

SR71. Sí, soy cubano. ¿Te agrada la gente de mi país?

KATO. El Metropolitano es mi museo favorito. Pero en general la ciudad me desagrada. Perdona si tú eres de allá, pero no me gusta NY.

DULCE44. LA NIÑA. es más odiosa que el odioso del Curioso. Ahora sí voy a salir del sistema.

LA GÜERA. Yo soy mexicana. Los cubanos para Fl, los mexicanos para Ca. y Tx.

SHEILA727. Hay algo de eso. ¿Qué edad tienes SR71?

APOLO. Estamos en el west coast, hay tres horas de diferencia, del east coast, buey, por eso decimos buenos días.

EL OSO. Donde yo vivo hay mucha tranquilidad. Esa es la verdad, pero NY es agresiva, pero no como la quieren mostrar.

LA NIÑA. Digan la nacionalidad cada uno. Y la edad. Yo soy Tica, 21.

PARED. Soy Pared, soy Pared, soy Pared, soy Pared, soy

EL OSO. Argentino.

LA GÜERA. Ya saben la mía, y a nadie le importa mi edad.

SHEILA727. Nací aquí de padre chileno y madre venezolana, 27.

SR71. Cubano.

KATO. Cubano descendiente de chinos, 19 recién cumplidos.

PARED. Ya Matilda se fue.

EL MONJE. Queridos Hermanos en Cristo, os invito a entonar cantos gregorianos.

MORTAL. Ahora serio. Quiero conversar con alguna mujer joven.

SR71. 38.

LA GÜERA. 24.

SHEILA727. Me parece que vosotros no vais a conversar de nada de interés, así que me voy.

EL OSO. 41.

J47A. No encuentro chupacabras. Así que me voy de esta mierda.

KATO. Soy el más joven, 19.

SHEILA727. Me niego a contestar a la oficina del censo.

SR71. Yo sí tengo temas de interés. Te propongo conversar tú y yo solos.

DULCE44. Yo soy más joven, 18. Pero ahora sí voy a apagar la computadora.

PARED. 666 666 666 666 666 666 666 666 6666.

EL MONJE. La paz del Señor sea con vosotros.

SHEILA727. Vale. Te espero.

Dos

SR71. Hola Sheila. ¿Estás ahí? Debimos hacer esto hace rato.

SHEILA727. Hay que esperar para escoger con quien hablar.

SR71. Tienes razón. ¿Desde dónde llamas?

SHEILA727. De Chicago, la ciudad de los vientos, pero hoy hace un día muy agradable. Hay calor y el cielo está muy lindo, pero a la vez me siento muy sola. ¿Cómo está Miami?

SR71. Como siempre, mucho calor. Se te nota muy melancólica. ¿A qué se debe eso?

SHEILA727. ¿Qué quiere decir melancólica?

SR71. ¿No lo sabes en verdad? Quiere decir triste, desconsolada.

SHEILA727. Sí, estoy triste. Yo diría que amargada y aburrida de la vida.

SR71. Estoy seguro que eso se debe a ese hombre cubano. Además eres una mujer joven y por lo que dices pareces muy madura.

SHEILA727. ¿Tú crees? Tengo sólo 27 años, pero me gusta que me digan que soy madura.

SR71. Te repito, todo tu problema es ese cubano.

SHEILA727. ¿Cómo te distes cuenta? Adoro a los cubanos, aunque con éste las cosas no marchan bien. Tenemos dificultades. A ti se te nota muy seguro. Los hombres así me hacen sentir bien.

SR71. Estoy seguro que quieres hablar de ese hombre.

SHEILA727. Sí, pero todavía no te conozco. No sé si pueda confiar en tus consejos.

SR71. Ésa es tu decisión.

SHEILA727. Sí, lo sé, pero me da miedo. Eres un desconocido.

SR71. ¿Estás sola en la casa?

SHEILA727. Con los niños. Tengo dos varones de 6 y 8 años. Mi vida es un sufrimiento. Vivo para trabajar, no salgo a ningún lado. Mi único entretenimiento es la televisión y la computadora, porque no me gusta hablar por teléfono, cosa extraña en una mujer, pero es así. ¿Tú tienes hijos? ¿Estás casado? Dime, cuéntame cuál es tu misterio.

SR71. Tú eres lo importante aquí. Yo soy como uno de esos consejeros de los periódicos, que te dan soluciones inmediatas a los problemas más terribles. Así que te puedes abrir a mí. Ya veo que tuviste tu primer hijo a los 19 años.

SHEILA727. Pero eres casado. No quiero problemas con tu esposa.

SR71. Tranquílizate. Soy divorciado. Vivo en la misma soledad que tú.

SHEILA727. ¿Hijos?

SR71. Quiero imaginarte. Deseo tener una idea de cómo eres. Hazme una descripción de tu casa. Del lugar donde te encuentras. Dame la oportunidad de penetrar en tu entorno.

SHEILA727. Sólo quiero saber si tienes hijos.

SR71. También 2, por eso quizás podamos entendernos mejor. Compartimos las mismas realidades. Trabajo mucho y disfruto poco.

SHEILA727. Ya veo. Estoy en un edificio de apartamentos cerca del centro. Desde donde estoy sentada se ven los rascacielos. Desde luego la torre Sears sobresale. La ciudad está tranquila y los niños juegan abajo. Están bien cuidados. Pero pienso en el cubano. Ayúdame a olvidarlo. Lo necesito, de la misma manera que necesito un hombre, encontrar un hombre que me acompañe, que me lleve alguna vez a comer a un restaurant, a un cine. Me paso la vida pagando recibos, saldando deudas, pero de inmediato vuelvo a llenarme de otras. Perdóname, ése no es el tema. Eso a ti no te importa.

SR71. No es el momento para depresiones. No te sientas mal, creo que todos los habitantes de este país vivimos para pagar deudas, sin ningún aliciente extra, con la certeza de que incurriremos en otras muy pronto. Pero

143

estamos contentos, creemos ser parte del sueño ameri-cano. Así que ya estamos a la par. Ahora descríbeme la habitación donde estás.

SHEILA727. Me das miedo. No me has dicho ni tu nombre.

SR71. No hay a qué temerle. Estamos en el espacio. Tú en Chicago y yo en Miami, para verte necesito al menos 2 horas en avión. ¿No te das cuentas de que no existimos? Sólo nos consolamos, desbordamos nues-tras frustraciones, descargamos las energías y nos en-tregamos como si se tratara de la mujer, en tu caso el hombre, ideal. Piensa en eso y no tendrás miedo.

SHEILA727. Hablas lindo. Eso me hace sentir muy bien.

SR71. Hablo como pienso, además como sé que te gusta que te hablen.

SHEILA727. Sí, me gusta, me encanta que los hombres sean suaves y también duros. Pero me das mucho mie-do. Es como si me conocieras.

SR71. Claro que te conozco, estamos hablando y como dice el refrán hablando se entienden las gentes. Tú me hablas, me dices de ti, y yo te respondo.

SHEILA727. Sí, me dices lo que yo quiero escuchar. ¿Piensas que soy tonta?

SR71. Claro que no. Sé que eres inteligente y que el cu-bano está acabando con tu vida.

SHEILA727. Eres increíble. Dime tu nombre. No quiero seguir pensando en ti como SR71. No me dice nada.

SR71. Muy bien. Hazme una descripción de donde estás ahora y yo te digo mi nombre.

SHEILA727. Eso es un chantaje.

SR71. No, es un intercambio.

SHEILA727. Bueno. Estoy en mi cuarto. La computado-ra está junto a una ventana, desde donde puedo ver los edificios y además estar atenta a los niños. A mi espalda queda la cama pegada a la pared. Encima hay un Cristo enorme, es de madera. Lo trajimos de España donde vivimos varios años. Mi ex es catalán, pero mis hijos nacieron aquí. Además por eso a veces digo vosotros, queráis, estáis y esas cosas. Estamos divorciados. El resto de los muebles son una cómoda y un armario para guardar cosas. Hay dos puertas. Una al lado derecho de la cama que da acceso al baño y la otra a un ropero. ¿Complacido, preguntón?

SR71. Bastante satisfecho, pero no del todo. Descríbeme ahora el baño.

SHEILA727. ¿Estás loco? Es una habitación como otra cualquiera. Rosada, con lavamanos, toilet, bidé, etc.

SR71. Casi ninguna casa en los Estados Unidos tiene bidé. Creo que me estás engañando.

SHEILA727. No te engaño. Desde España me acostumbré a ellos, son cómodos para las mujeres.

SR71. Me excitan los bidé… ¿Estás ahí? ¿Por qué no me respondes?

SHEILA727. Me das miedo. Además no sé qué contestarte a lo que preguntas.

SR71. Yo no pregunté nada, sólo dije que me excitaban los bidé.

SHEILA727. Nunca había pensado en eso desde el punto de vista del gusto. Lo veo como lo que es, una cosa útil.

SR71. Lo dudo.

SHEILA727. Deja esas cosas por favor. Quiero conocer mejor a los cubanos para olvidar a mi cubano.

SR71. Sé honesta. ¿Nunca lo has usado para otra cosa?

SHEILA727. ¿De qué hablas?

SR71. Del bidé.

SHEILA727. Creo que estás enfermo. Voy a desconectar.

SR71. Respóndeme, de ahí mediré si en verdad estás siendo honesta. Además creo que es normal que eso excite un poco.

SHEILA727. Bueno sí. ¿Complacido?

SR71. Todavía no.

SHEILA727. Sí, ya terminé con el tema.

SR71. Aún no he terminado. Dime más, mucho más.

SHEILA727. Eres como los demás, un miserable enfermo sexual. Adiós.

SR71. No te molestes...

TRES

SHEILA727. Quiero decirte algo más SR71. Al final te saliste con la tuya y no me dijiste tu nombre.

SR71. Me alegro de que estés de vuelta.

SHEILA727. No. Enseguida voy a apagar la computadora, sólo que me pendiente lo de tu nombre.

SR71. Enseguida te lo digo, pero antes quiero hacerte una pregunta a ti.

SHEILA727. Siempre y cuando no sea sobre el bidé.

SR71. No te voy a hablar más del bidé, te lo prometo, ya sé que te has masturbado cuando lo usas.

SHEILA727. Bueno sí. Es algo que toda mujer ha hecho, no tengo por qué avergonzarme de ello. Lo que pasa es que han querido convertir a las mujeres que hacen las cosas más normales en mujeres malas y sucias, y no es así.

SR71. Estoy de acuerdo contigo. Eso son sólo tabúes. Es normal que una mujer se masturbe y que tenga sexo con un hombre que le guste, etc.

SHEILA727. Por suerte yo soy una mujer muy libre y no me dejo aplastar por los tabúes.

SR71. Eso está muy bien. ¿Entonces me vas a hacer el amor hoy?

SHEILA727. ¿Qué, vas a venir a Chicago?

146

SR71. Dije hoy, pero quiero decir ahora.

SHEILA727. No, de ninguna manera.

SR71. Yo soy el cubano.

SHEILA727. Eres un maldito enfermo. Ahora sí voy a apagar la computadora nadie es como él.

SR71. No entiendes, si me haces el amor aprenderás a conocerlo mejor. Quizás puedas reconquistarlo.

SHEILA727. Eres un degenerado... Pero todavía no me has dicho tu nombre verdadero. ¿Cómo te llamas?, o no escribo ni una línea más.

SR71. «El nombre verdadero al que me han condenado es»... Carlos.

SHEILA727. Qué oración más larga para un nombre tan breve. No sé si deba complacerte en eso que me pides. No estoy segura de poder entender mejor a los cubanos si me «acuesto» contigo. Además, es tan frío todo. Piensa en eso. No sé.

SR71. No, es sólo y únicamente la maravillosa imaginación. Muchas veces de esta manera es mejor que la real, que la física. Sé honesta, ¿nunca has hecho cybersex?

SHEILA727. No, nunca. Pero me atrae... Bueno sí. Una vez.

SR71. ¿Cómo fue, satisfactorio?

SHEILA727. Eres un atrevido. Preguntas mucho, pero me encantó.

SR71. Entonces sabes que la clave está en ser abierto. Dime qué te gusta que te hagan. Dime qué te gusta hacer. Hay que escribir rápido, eso te hace sentir como que te estás entregando rápido.

SHEILA727. Sí, completamente de acuerdo. Empieza tú.

SR71. No, las damas primero.

SHEILA727. Bueno... allá abajo. A todas nos gusta. Luego mi punto débil es el cuello y que me den golpes. Entiéndeme bien, golpecitos en las nalgas. No soy sado... Ahora dime tú.

SR71. Prácticamente lo mismo, no te olvides de los güevos. Ahora agrégale la parte de arriba también. ¿Cómo son tus pechos?

SHEILA727. Tengo unas teticas lindas. No son grandes, pero tengo un pezón voluminoso, redondo, casi una pelotica. Es que no te he dicho que mido 5'5 y peso, 119 libras. ¿Te gusto así?

SR71. Ya he empezado a lamer esos pechitos. Me entran en la boca completos y los saboreo. El pezón es oscuro y sólido como una roca. Ya te quité la blusa y sólo tienes puesto el blúmer... Te lo quiero quitar lentamente, pero no sé si me encontraré eso allá abajo de la manera que a mí me gusta. ¿O sí?

SHEILA727. Sí, estoy desnuda. Los panties son rojos. Quítamelos. Arráncalos con fuerza. Si quieres me lo afeito ahora delante de ti... en el bidé. ¿Así es cómo te gusta, eh?... Tú tienes muchos pelos bajo el brazo y unas espaldas anchas... Te estoy apretando eso músculos fuertotes, bronceados por el sol de Miami, y duros por tanto ejercicio que haces. Bajo la mano y toco el bulto, es duro, pero no grande. No me gustan esas cosas enormes, me hacen daño, sólo deseo que me hagan sentir. Estoy muy mojada abajo.

SR71. Vírate de espaldas... Así... Bien.

SHEILA727. No me des tan duro, chini. Me duelen las nalgadas Carlos, eres un abusador. Soy una mujer débil. Así, descúbreme con dulzura, Chini rico. Tócame. Así mi cubanito. Ohhhhh.

SR71. Dale, ve al bidé, y prepárate para rasurarte. Enjabónatelo bien y confía en mí, yo te voy a rasurar. ¿No sientes la cuchilla?

SHEILA727. Sí la siento y quiero que me metas un dedo mientras me rasuras.

SR71. Ya entró un dedo y ahora otro. ¿Te gusta?

SHEILA727. Sí, mucho… Ahora que terminaste, mámalo. Quiero que me lo mames.

SR71. Claro que lo voy a hacer. Ahora levántate un poco para que dejes entrar mi mano. Te golpeo otra vez, ahora en la vulva y tú das brinquitos de placer, te halo de los pelos. Da un grito, dale, hazlo ahora.

SHEILA727. Ay, ay, me duele, pero sigue halándome los pelos.

SR71. Grita más, dale, grita.

SHEILA727. Estoy gritando, y me gusta verme toda rasurada. Te estoy mordiendo los güevos, pero no muy duro. Me encanta lo que te hago. Apúrate, sigue metiéndome la mano. Así… rico, muy rico.

SR71. Ve a la gaveta del armario y saca el vibrador y métetelo duro. Así, duro…

SHEILA727. De verdad estoy conociendo a los cubanos.

SR71. Muévete. Entrégate. Grita, coño, grita.

SHEILA727. Estoy gritando. ¿No me oyes? Me duele, me la estás metiendo muy duro, chini.

SR71. Me voy a venir ¿Quieres que te la eche dentro?

SHEILA727. Sí, córrete dentro de mí, préñame que yo quiero un hijo de un cubano. Dale, dale, apúrate. Yo también me estoy viniendo.

SR71. Ya… ya terminé.

SHEILA727. Qué enfermo eres Carlos.

SR71. ¿Qué te pareció la experiencia conmigo? Creo que ya es hora de que te olvides del otro cubano.

SHEILA727. Esta experiencia es única. Hay que repetirla a cada rato. Espera que están tocando a la puerta, deben de ser los muchachos.

SR71. Ok.

SHEILA727. Eran ellos. Entraron sudados y sucios. Son unos desconsiderados con su madre.

SR71. No estabas desnuda. Cómo fuiste tan rápido a la puerta y regresaste.

SHEILA727. Nada, me eché algo por arriba.

SR71. Mentirosa. Ya terminamos. Sé honesta.

SHEILA727. Verdad, estaba desnuda y me masturbé mientras leía lo que escribías.

SR71. Esto es una experiencia interesante.

SHEILA727. Te confieso que yo la practico muchas veces. Me pone realmente excitada. ¿Cuántas veces tú lo has hecho?

SR71. Ésta es la primera vez.

SHEILA727. Mentiroso. Lo hiciste muy bien. Además te voy a decir una cosa, de todas maneras tú no me ves. Al cubanito lo conocí de la misma manera que te estoy conociendo a ti. Nunca lo he visto, salvo en fotos que me ha mandado por correo, que para colmo, ni siquiera sé si de verdad son de él. Pero lo amo y lo deseo.

SR71. Todo esto es cada vez más interesante. ¿Por qué no recurres a un vecino, es real, lo puedes tener cerca, tocarlo en realidad.

SHEILA727. No es lo mismo. El disfrute está en gentes como tú y el otro cubano.

SR71. ¿Por qué los cubanos?

SHEILA727. Preguntas mucho. Si deseas volver conmigo ya sabes mi nombre.

SR71. Sheila esta espectacular historia de sexo habla de tu frustración.

SHEILA727. No de frustración, pero sí de soledad. Pero ya estoy acostumbrada. Así son las cosas.

SR71. Ok Sheila tengo que dejarte ahora. Ha sido un placer y una gran experiencia. Gracias. Bye.

SHEILA727. Por qué cortas tan abruptamente. Qué pasa.

SR71. Nada. Mi esposa está muy excitada.

SHEILA727. No entiendo.

SR71. Lo hiciste muy bien querida. Te felicito. Te confieso que has sido nuestra mejor pareja.

SHEILA727. ¿Tu esposa está ahí?

SR71. Sí, siempre ha estado a mi lado, disfrutando en grande de nuestro encuentro.

SHEILA727. No lo puedo creer. Hay que ser sucia para hacer algo semejante.

SR71. No digas eso querida. Es como ir a alquilar una película a un video club y verla junto a tu pareja, pero mucho mejor.

SHEILA727. Ahora sí qué no tengo que decir. Carlos, tu mujer es… Yo creo que tú me estás tomando el pelo. Ella no está ahí contigo.

SR71. Tal vez de todo lo que te he dicho es la única verdad.

SHEILA727. Carlos, ¿tú has hecho esto otras veces con tu mujer a tu lado?

SR71. Sí, muchas, ya te lo dijo ella, es lo mismo que una película.

SHEILA727. No sé qué decirte, créeme, estoy anonadada… ¿Ella escribió eso?

SR71. Sí. Todo fue maravilloso. Lo que falta es repetirlo de nuevo.

SHEILA727. Esto yo no lo hago más nunca contigo.

SR71. Sí, lo harás

SHEILA727. Estás loco, de verdad estás loco.

SR71. Como quieras. De todas maneras te disfrutamos mucho. Es más…

SHEILA727. Cabrón.

SR71. No te pongas de mal humor, de cualquier forma fue una experiencia única…

SHEILA727. ¿Es bella tu mujer?

SR71. Tan bella como tú. Ahora fue a preparar el baño para darnos juntos una ducha floridana, lejos de los vientos helados de Chicago. Te prometo que a la hora de venirme te tendré presente. ¿Estás de acuerdo con que así sea?

SHEILA727. ¿Ella está de acuerdo también?

SR71. Sí, claro que sí

SHEILA727. Entonces háganlo, que yo también haré lo mismo pensando en ustedes.

SR71. Hazlo y búscame.

SHEILA727. ¿Cómo te busco?

SR71. Igual que ahora, online.

CUENTOS DE LAS TIERRAS DEL SUR

EL QUE ESPERA

De pronto, sin que mediara alguna razón verdaderamente poderosa, me acordé de Rodolfo. Creo que ése era su nombre. Estoy seguro que empezaba con R, aunque no puedo precisar si era Rafael o Roberto, tal vez Rolando; pero he escogido el nombre de Rodolfo porque presiento que me acerco a su verdadera identidad cuando lo pronuncio.

Estaba, como cada mañana, leyendo un periódico en mi cuarto, cuando una de las informaciones —en realidad se trataba de un extenso análisis—, hacía un recuento, bastante completo, y digámoslo con honestidad, objetivo, sobre la presencia del ejército soviético en Cuba. A pesar de la documentación que aportaba y la objetividad del periodista, el artículo no pasaba de ser uno más, de los tantos que se publican en Miami, en torno a la situación en la isla, por lo que el trabajo me resultaba, por momentos, desde harto conocido, hasta tedioso. Sin embargo uno de los párrafos me trajo a la memoria, que yo fui movilizado por la reserva militar cubana, precisamente por la presencia de esa brigada extranjera.

Mientras repasaba lo del acuartelamiento, que no tenía por otra parte nada de particular, salvo pequeñas implicaciones personales, fueron surgiendo vestigios de hechos relacionados entre sí, y otros aislados y distantes en el tiempo, que comenzaron a tomar cuerpo, despertando en mí extraños recuerdos.

El día de la citación, el enlace del Comité Militar se presentó en mi casa de madrugada, para llevarme con él hasta una escuela cercana, que esa noche se había transformado en el PRP.

En ese colegio yo había estudiado parte de la secundaria básica, por ello la estancia en aquel lugar me llevó a recorrer las aulas y a recordar algunos momentos de mi vida de estudiante.

Las primeras horas en el recinto, bajo estricto control militar, me resultaron perturbadoras. No obstante, el contacto con la escuela me liberaba a ratos del verdadero problema que me retenía allí. A pesar de los años y el abandono, la escuela se mantenía igual; sólo había variado el alumnado, y las consignas en los murales. Como llevado por un impulso íntimo, los primeros recorridos por los pasillos me condujeron a las aulas donde yo había estudiado.

Nos sentábamos en el borde de la cerca a tomarnos el refresco y comer el pastel de guayaba, si lo había y si llegábamos a tiempo para la merienda.

Mirábamos a las gentes pasar por las calles. Algunos estudiantes fumaban escondidos de los profesores en los baños o detrás de un árbol en el patio. Varias muchachas jugaban baloncesto y sus largos cabellos se agitaban al saltar junto a la canasta. Durante el receso, algunos escapaban de la escuela por entre los barrotes de la cerca, torcidos con ese propósito.

Juan Carlos y yo hacíamos ejercicios en una barra, ejercicios que eran más bien un juego de entrelazarse los pies, para ver quién caía primero. Un maestro me dijo —y hoy comprendo que muy intencionadamente— que ése era un juego erótico. Yo lo sigo dudando.

Parado junto a la puerta del aula donde pasé el primer curso, pensé en la muchacha que se sentaba junto a mí. Ella hacía reír a toda la clase cuando estiraba y contraía sus labios, para que la boca imitara la de un pez. Le decíamos «la limpiapecera». Me acordé de los Juan Carlos, de otros que se habían destacado por algo, y de aquellos conocidos por originales nombretes. Todo resultaba muy agradable, era un recorrido casi real por un sitio al que nunca más pensé tener acceso. De pronto, en medio de los recuerdos apareció Rodolfo. Él no tenía cabida en ese viaje inesperado de adulto por la adolescencia. Aunque estaba en la misma escuela, nunca estudió en mi aula, ni siquiera en la sección matutina a la que yo asistía. Su aparición, fuera de lugar, me inquietaba. Sin embargo desde el momento en que llegó a mis pensamientos, lo seguí viendo en cada lugar al que me dirigía, en cada puerta que abría, en cada pupitre al que mirara.

El encuentro con la imagen, porque era tan sólo una imagen, de Rodolfo me desconcertaba. Traté de relacionar algún detalle para descubrir el origen de su aparición en mis recuerdos, pero fue inútil. No estaba seguro de su nombre, más allá de una inicial, y su figura me resultaba vaga. Con el tiempo creí haberlo olvidado del todo, hasta que descubrí, que desde aquel día de la movilización, jamás he dejado de pensar en él.

La situación que me retenía en la escuela me intranquilizaba. A cada momento aparecían más enlaces, seguidos por los movilizados. Era difícil escapar a la citación, el funcionario del Comité Militar tenía órdenes precisas de llevar consigo al reservista hasta el PRP.

157

No se aceptaban excusas, era —decía— una alarma de combate real. Había que vestirse rápido, coger una cuchara, echarse un cepillo de dientes en el bolsillo y partir sin más dilación.

El patio de la escuela estaba colmado de gentes. Se veían pequeños grupos en los rincones, conversando escandalosamente y con grandes aspavientos. Unos pocos dormían sobre la hierba. En cada espacio de la enorme cerca, donde estaban los barrotes torcidos, había un hombre vestido de militar custodiando la posible vía de escape. Todo estaba calculado para evitar que alguien apareciera en los libros de control como «citado» y luego se evadiera por el enrejado. Algunos comentaban que la movilización tenía como objetivo la preparación combativa, otros afirmaban que era una prueba para medir la efectividad de los enlaces. Los que habíamos escuchado la Voz de las Américas, resultamos ser los más informados, sabíamos que el alboroto era parte de una protesta de Estados Unidos, por la presencia en Cuba de una brigada de combate rusa.

Los oficiales reunidos en un aula próxima al patio hablaban constantemente por teléfono, llenaban planillas y consultaban papeles. A cada hora llamaban a formación y anunciaban que los camiones de transporte estaban en camino. Mi desesperación crecía pues todo parecía indicar que la movilización tomaría un largo tiempo, quizás meses.

Amaneció en el patio de la escuela sin que los anunciados camiones llegaran. Los alumnos que se preparaban para las clases, comenzaron a mezclarse con los reservistas, pero de inmediato alguien dio la orden de aislarlos de nosotros. Los muchachos nos observaban con curiosidad, algunos eran tan jóvenes que lo que hacían era reírse al ver adultos en una escuela para adolescentes. Los mayores, entre 14 y 15 años, nos miraban con rostros serios, pues para algunos de ellos ese tipo de situación había comenzado, o estaba a punto de presentárseles. Tal vez ya estuvieran inscritos en el Servicio Militar Obligatorio, y sólo esperaban ser llamados a filas.

Los estudiantes continuaban llegando a la escuela, vestidos con sus blancas camisas y pantalones grises. Muchos traían caras de sueño, sus cabellos húmedos y recién peinados. Después de contemplar a esos adolescentes reunidos en el patio de la escuela, comencé a ver en cada uno de ellos, sobre todo en aquellos de pelo negro, a Rodolfo. La selección de los muchachos trigueños me hizo pensar que había descubierto un rasgo más de Rodolfo. A él sólo lo recordaba por esa vaga idea de su nombre, y por algunos detalles aislados de su figura. El color de su pelo vino a aclararme un poco su forma, pero por mucho esfuerzo que hacía no encontraba en mi memoria ningún otro detalle, que pudiera definirle un rostro, darle características verdaderamente individuales.

Algunos de los estudiantes que llegaban eran vecinos míos, y me saludaban y me gritaban desde lejos. Uno de ellos era prerrecluta, y una tarde, no mucho tiempo atrás, me estuvo preguntando cómo se desarrollaba la vida dentro de una Unidad Militar. Se mostraba muy intrigado y nervioso. Al verlo dentro de la escuela pensé que por su edad, muy pronto tendría que abandonar el colegio. Cualquier día le llegaría la citación para ir a cumplir el SMO. Cualquier mañana iría junto a su familia al cine del barrio, de donde salían los camiones con los nuevos reclutas hacia las Unidades Militares.

Creí haber olvidado toda la confusión que se creó con Rodolfo el día de la movilización, hasta que una tarde, muchos años después, fui con mi prima a una feria de diversiones, de ésas que pasan por Miami todas las primaveras, y siempre en el mismo mes, cuando entre el alboroto de los aparatos mecánicos y las gentes que se divertían, mi prima me dijo: «Mira, ése es Juan Carlos». Al principio creí escucharle decir: «Mira, ése es Rodolfo». En ese momento me sobresalté, me puse muy nervioso, sentí miedo; una injustificada y extraña sensación me embargó al confundir los nombres. Al comprender mi error, al recuperarme de mi desasosiego, durante el cual perdí la noción del tiempo y el contacto con la realidad, pude ver a mi prima tratando de imponer su voz, sin éxito, por sobre el ruido imperante, para llamar al hombre, que se alejaba sin escucharla.

Juan Carlos había estado conmigo en la escuela primaria, también en la secundaria, pero sólo durante el primer año. Al verlo entre el tumulto me pareció un ser ajeno a todo mi pasado. En los tiempos de estudiante, él había sido la mascota del colegio. Era lindo, rubio, de escasa estatura, pero sobre todo un muchacho de una sonrisa limpia, siempre alegre. Cuando se fue de Cuba con su familia, su ausencia se sintió por largos meses. Su imagen de niño quedó grabada en el grupo de estudiantes, que seguíamos compartiendo su recuerdo.

Desde ese encuentro fortuito, fugaz e inesperado en la feria, nunca más he podido recordarlo como el niño que fue, sino como el hombre adulto, el hombre barbudo y delgado que vi caminando por el parque de diversiones. El incidente ocurrido, al confundir los nombres de Rodolfo y Juan Carlos, me hizo descubrir que a pesar de los años, de vivir en otras latitudes y el aparente olvido, Rodolfo ha continuado en algún lugar de mi memoria.

El encuentro con Juan Carlos me hizo pensar en otro muchacho de su mismo nombre, el otro Juan Carlos, que también forma parte de mi infancia y época de estudiante. A éste lo encontré una noche en La Habana. Él estaba en la esquina de su casa, solo, recostado a un muro, cuando yo pasaba distraído con un amigo. Me llamó. Lo saludé con un cariño desmedido, pero su físico me mostraba a un ser extraño. En aquella ocasión hablamos tan poco, que no puedo recordar casi nada, excepto que estudiaba medicina. Cuando continué caminando con mi amigo, éste se refirió, con mucha prudencia, a una extraña mirada mía. Sólo sé, sólo he comprendido, que Juan Carlos, ese hombre que ahora debe ser un médico, sigue siendo parte fundamental de una etapa imprecisa de mi adolescencia.

Con los dos Juan Carlos y con otras amistades que he ido encontrando en el transcurrir de los años, me ha ocurrido una cosa muy compleja. Cada vez que he intentado pensar en ellos, se interpone siempre al recuerdo más viejo, que es a su vez el más agradable, la figura del hombre adulto. Pero con Rodolfo todo ha sido distinto; a él lo estuve viendo hasta el mismo año que salí de mi país; sin embargo, de su rostro no he podido retener nada. Lo curioso, y en gran medida lo desgarrador de Rodolfo, es que continúa como una torpe sombra a mi alrededor, que si bien no representa una obsesión, si resulta una persistencia extraña e impenetrable.

Rodolfo no es un recuerdo porque no tiene forma de recuerdo. El brota de algo casi abstracto, de momentos aislados, de encuentros casuales. Por él no puedo decir que sienta cariño, ni rencor; no hay desbordamientos ni penas. No hay entre nosotros casi nada en común, para no decir absolutamente nada. Cuando pienso en los golpes que recibí de mi padre, en los paseos dominicales con mi tía; cuando recuerdo el miedo que sentí al cruzar el Estrecho de la Florida, o el rostro de una mujer que vi muriendo, reconozco en ellos recuerdos, estados de ánimo, sensaciones. Pero cómo llamar al encuentro en el patio de una escuela, al cruce inevitable por el barrio, a una coincidencia en el ómnibus. No hay forma de nombrarlos. Rodolfo no era mi amigo, nuestro vínculo era exclusivamente un roce casual, una relación visual.

A la salida de la escuela corríamos hacia una cafetería cercana. Al Niágara había que llegar de los primeros, para poder comer el «plato frío» completo. Más tarde se acababan las croquetas, el pan con pasta, el helado. Al final sólo quedaba, si quedaba, la ensalada casi siempre ácida.

Los muchachos se fajaban en la cola, pero yo siempre estaba delante. Desde que sonaba el timbre de salida, metía las libretas en el bolsillo trasero del pantalón. Después corría las tres cuadras sin parar y llegaba sofocado, con la camisa medio por fuera, sudado. Nada me preocupaba, quería llegar de los primeros, y me sentía feliz de conseguirlo.

Las muchachas que ni me miraban durante las clases, se me acercaban. Todas me pedían que las colara. Y yo para congraciarme con ellas las ponía delante de mí.

Mientras Juan Carlos y yo comíamos, las alumnas de noveno grado se reunían con sus novios, se besaban a escondidas aunque todo el mundo los veía. Algunas recogían las sayas de sus uniformes, que había que llevar en clase por debajo de las rodillas y las convertían en minifaldas.

Yo salía contento de ser de los primeros en comer, de haber sido el centro de atención de esas muchachas, aunque fuera por sólo unos instantes.

Rodolfo vivía en un edificio blanco de franjas azules, muy cerca de mi casa. En realidad pocas veces lo vi entrar o salir. Supe (no recuerdo cómo) que a su padre lo fusilaron, después de haber permanecido escondido muchos años en su casa, en el quinto piso del edificio. Al hombre lo condenaron a muerte; durante años estuvo esperando que se cumpliera la sentencia, de la que no tuvo escapatoria, aun cuando se hicieron muchas gestiones a su favor. Con el tiempo, su hijo se fue enterando de la realidad que le esperaba a su padre, por haber sido miembro del ejército derrotado.

Recuerdo haberlo visto subir a una guagua en la que yo viajaba. Él tomó el ómnibus en la parada frente a la terminal de servicio interprovincial. Llevaba un bolso en la mano, y su madre los ojos llorosos. La mujer ocupó mi asiento, y Rodolfo me dio las gracias con voz entrecortada. Hasta hoy sólo recordaba al muchacho por su pelo trigueño. Ahora me viene a la mente sus ojos grandes y brillantes. Descubro en este momento, que al pararse a mi lado en el autobús, su estatura era mayor que la mía, y sus brazos algo musculosos. Pienso sin cesar en el bolso que llevaba en la mano, en su voz vacilante al agradecerme el asiento que le cedí a su madre. También pienso en ese día, donde tal vez, regresaba de la prisión de Matanzas con la noticia del fusilamiento de su padre.

Quizás el misterio de este hombre radique en que trataba de proteger a su padre. Jamás lo vi en un cine, ni jugando de niño con los otros vecinos. Ni siquiera lo recuerdo haciendo una cola para comprar algo de comer.

La última vez que coincidí con Rodolfo, él estaba sentado sobre un muro en los bajos del edificio donde vivía; como siempre, estaba solo. Yo caminaba hacia la casa de mi tía, cuando al doblar la esquina me lo encontré con la cabeza baja y con uniforme militar. Al verlo vestido de verde olivo no supe qué hacer. Aunque resultaba difícil precisar su edad, sí estoy seguro que ya había pasado el tiempo para ir a cumplir el servicio. Me causó una rara impresión verlo, pues de inmediato recordé los años que llevé ese uniforme y sobre todo, lo que representaba. De pronto me di cuenta que había detenido mi andar, y que lo miraba fijamente. Él levantó la cabeza sorprendido. El traje militar, el pelado muy corto, lo convertían en otra persona. Sin embargo su rostro llevaba una expresión de tristeza, de deseos de compañía, o tal vez tan sólo, de necesidad de hablar.

El haber detenido mi andar me comprometía. No alcanzaba a encontrar una escapatoria a la situación que se me había creado involuntariamente. Ambos nos miramos esperando que uno de los dos fuera el primero en reaccionar. Tras un tiempo de espera prolongado, aguardando a que me llamara, emprendí mi camino de nuevo. Cuando llegué a la esquina y me volví para mirarlo, Rodolfo ya había vuelto a bajar la cabeza.

Después de ese día no recuerdo haberlo visto más. Quizás aquella vez cuando lo vi vestido de militar, ese encuentro, sea la causa de que tanto lo recuerde, aunque el día de la movilización en la escuela, ocurrió mucho antes. Pero luego en Miami, tras el incidente en la feria y la lectura del artículo en el periódico, cada vez pienso más en él y lo hago no como en una persona que me agrade o me desagrade, sino como quién piensa en un misterio impenetrable, como si él fuera el centro incesante de mis recuerdos.

A veces tengo la impresión de que me lo encontraré en la calle, en algún sitio inesperado, y que no sé por qué, imagino poco concurrido. En realidad quisiera no volverlo a ver, pues tengo miedo que su misterio se desvanezca. No quisiera sumar a Rodolfo a la lista de encuentros posteriores frustrantes.

Tal vez esté aquí, en los Estados Unidos, me gustaría que fuera así, pero es posible que aún permanezca en Cuba, en el edificio blanco de franjas azules, sentado en el muro con su uniforme militar, o quizás mejor, vestido de civil con la cabeza erguida, su pelo negrísimo abundante, esperando a que alguien pase.

EL HOMBRE DE LEJOS

Seguramente aquel día también llevaba el pantalón de caqui color crema, gastado, medio desteñido, roto a la altura de las rodillas, más del lado derecho que del izquierdo, quizás por aquello de apoyarme siempre con esa pierna al intentar treparme, una y otra vez, en el álamo, frondoso árbol intensamente verde que hay al doblar la esquina de mi casa. Una línea horizontal era la rajadura que mi madre zurcía con el mejor hilo que encontraba sin importar el color, pero que yo volvía a romper, cuando de nuevo apoyaba la rodilla con fuerza, casi raspando el tronco, para alcanzar la rama con la que me impulsaba al interior del árbol donde permanecía largas horas, la mayor parte de las veces en solitario, silencioso, hasta el mismo atardecer, esperando la llegada de los pájaros, que viniendo de no se sabe dónde, batallaban entre sí por un sitio donde dormir.

Pero aquella tarde soleadísima y calurosa yo no andaba por Santos Suárez, mi vecindario, sino por La Habana, cerca del Capitolio, a unas cuadras del Zalaya, el solar donde nació y vivió mi madre. Un sitio tenebroso, sórdido, construido en 1902, donde el chisme, el chancleteo, las broncas y el chanchullo nunca han cesado. Lugar donde murieron los padres de mi madre, también su hermana Concha, de tuberculosis en los años 40 y donde aún, con toda seguridad por nostalgia, por querer también morir allí, mi octogenario tío, flaco, pellejudo, fumando perennemente un largo tabaco, permanece en el lugar esperando, afrontando su destino final. Subiendo a diario las escaleras sin pasamanos, sorteando los huecos, brincando peldaños que han desaparecido, esquivando los cables eléctricos sueltos, que ya han electrocutado a varios inquilinos.

Yo caminaba por La Habana cerca del Parque de la Fraternidad. Caminaba rápido, desordenado, medio a lo loco, es decir niño, sin ataduras, sin compromiso mayor que el de la propia infancia, con el pelo revuelto, y una camisa de guinga de cuadritos negros y blancos. Siempre me ha gustado hacer las cosas con prisa, aunque no la tenga. De repente siento unos deseos tremendos de acabar, de llegar, de virar, de realizar algo nuevo con la misma inútil e innecesaria prontitud. No recuerdo adónde me dirigía en la abigarrada tarde habanera, pero sí sé que por esa época tendría que tener unos 11 o 12 años, pues ya me permitían alejarme bastante de mi casa y hasta tomar la guagua. Tal vez era sábado o domingo, porque generalmente por las tardes estaba en la escuela.

Caminaba distraído, muy cerca de la ceiba y me aproximaba a la Fuente de la India con alguna piedra en la mano, un pedazo de palo, una vaina de flamboyán que encontré tirada, una almendra que recogí del suelo… (porque ésa es otra cosa, siempre he necesitado tener algo en las manos, estar tocando algo), cuando escucho una voz extraña llamándome. Yo no miro, yo sigo. No intento buscar la voz femenina que decía con un tono extraño:

«Niño».

Si hubiera sido un poco mayor, mínimamente culto, un poquito imaginativo, hubiera pensado que la voz con acento extranjero bien podría provenir de la propia ceiba que fue plantada con tierra traída de todos los países del continente. Pero como era un cretino incapaz de inventar nada, porque ya a esa edad había aprendido o me habían metido en la cabeza sin que me diera cuenta, que no se piensa, sino sólo se hace lo que los otros mandan sin cuestionarse nada, seguí caminando:

«Niño», volvieron a decir.

La voz se me antojó dulce, suplicante, tierna. Aunque en aquella época estaba condicionado a no pensar, había algo que no me habían podido arrancar, y era el sentir. Sí sentía. Sí me emocionaba. Sí vibraba, me exaltaba, y el cuerpo se agitaba gozoso cuando caminaba por el borde del muro del Malecón, cuando iba a Casablanca con mi madrina Zoila, cruzando la bahía desde el Muelle de Luz, en la lancha atestada, lenta, sucia, y subía la larga escalinata hasta el Cristo de La Habana, y desde la base lo veía elevarse con un brazo extendido, marcando un punto infinito, tal vez señalando al culpable de algo, aunque muy probablemente lo que hacía era esparcir bendiciones sobre la ciudad como le corresponde a un Cristo. Pero me hubiera gustado verlo abarcando La Habana, echándole el brazo sobre el hombro a las gentes, abrazando a los habaneros, tal vez diciendo: «Yo te amo ciudad».

Desde el límite final de la loma, justo en el borde que se proyecta hacia el abismo, sentía de golpe la brisa rica, abundante, con olor a mar, batir contra mi rostro, alborotándome el pelo, entrando por las mangas, por entre los botones, abombando la camisa hasta hacerla un globo que se inflaba en la espalda. Desde allí, desde lo alto contemplaba la capital, de la misma manera que me la imaginaba que debía verla si algún día llegaba en un avión. Tan elevado, como desde el mismo cielo, admiraba el mar, el litoral infinito, la fortaleza de La Cabaña, donde tampoco sabía que diariamente fusilaban, sin entender el alcance y lo que era realmente fusilar, hasta que un domingo, otro domingo de paseo con Zoila por Casablanca intenté subir una vez más al Cristo de La Habana y de repente encontré una alambrada, con un soldado armado del otro lado y un cartel que decía: PROHIBIDO EL PASO. ZONA MILITAR:

«Niño», volvió a decir la voz.

Ya no pude evitar girar, examinar el rostro blanco de la señora, a la que debía llamar compañera, pero me salió señora. Me sentí terriblemente extraño al decirle señora, creo que hice un gesto asustado por llamarle señora. Cuando estuve cerca de su blusa azul, como de seda, que sin tocarla pude percibir suave, delicada, distinta a mi pantalón de caqui zurcido que más bien parecía un guayo, y ver a su esposo, también con una tez muy blanca, tal vez más que la de la compañera—señora, con un pelo canoso, brillante, impecablemente peinado, fumando un cigarro largo, con filtro amarillento, cuyo olor alborotaba la ciudad, incensaba la ciudad, de pronto me sentí turbado, poseído por aquellos seres jamás imaginados que me llamaban, que se habían percatado de que yo existía, en medio de una multitud que frenética se desplazaba de un lado a otro como hormigas ocupando todo su tiempo en buscar algo que comer para ese día, para saciar el hambre de ese día, y de ser posible para encontrar algo para el siguiente. La mujer—señora—compañera, con rostro angelical, es decir, con semblante de otro país, y sin duda alguna sin necesidad de hacer largas colas en su vida, me contempló esbozando una sonrisa no tan blanquísima como debía ser, como yo presumía que debía ser el color de los dientes de aquellos que vienen de tierras distantes, donde llueve a veces un polvo ligero como briznas, otras más grueso e intenso, que llaman nieve, pues sus dientes estaban algo amarillentos, y con voz reposada me preguntó el nombre de la fuente que tenía delante de ella.

La Fuente de la India o como también se le conoce, de La Noble Habana, esculpida en 1837 por el artista italiano Giusseppe Gaggini a pedido del Conde de Villanueva se levantaba a unos metros de mí, su último sitio, pues fue trasladada de lugar en tres ocasiones. Por primera vez la contemplé en sus detalles. Ella, una mujer hermosa con unos senos jóvenes, perfectamente redondos, de pezones cargados, sentada como una reina sobre un trono, protegida de un lado por un escudo, y del otro por un extraño cuerno, rodeada de cuatro monstruos raros que supuestamente debían echar agua por sus bocas, pero que nunca he visto bañándola. «No lloréis más, delfines de la fuente, sobre la taza gris de piedra vieja», había escrito Emilio Ballagas, pero yo no sabía quién era Emilio Ballagas, no tenía idea de que esas cosas abultadas y rechonchas eran delfines, no me pasaba por la mente que esa mujer era una india, y mucho menos que la fuente se llamara la Fuente de la India. Creo que sonreí estúpidamente, y lo único que atiné a decirle fue que era una fuente de La Habana; pero ¿qué otra cosa iba a ser si estábamos en La Habana?, claro que era una fuente de La Habana.

Yo la miraba, necesitaba encontrarle un nombre a la fuente, intentaba localizarlo cincelado en algún sitio, pero todo resultaba inútil. Mientras procuraba recuperarme de mi vergüenza, tal vez mi verdadera primera vergüenza —la recuerdo como ninguna otra en mi vida, aún resuena en mí una y otra vez cada vez que evoco el hecho, y una y otra vez me abochorno—, los turistas comenzaron a tirarme fotos. Nunca había sentido pena por mi pantalón zurcido hasta ese preciso instante en que escuché el rápido sonido del disparador, cuando vi al hombre que sin quitarse de la boca el cigarro que adormecía la ciudad hacía girar una rueda en el extremo de su cámara para preparar otra foto que volvía a lanzar sobre mí.

La Fuente de la India no me ayudaba a encontrar su nombre, y yo pensaba que debía darle una respuesta precisa a la señora—compañera—visitante y a su marido sobre lo que querían saber. Tras ellos, un hombre me hacía extraños gestos, me extendía el brazo, abría la palma de la mano y la sacudía como diciéndome «aguántate». Luego la cerraba, me apuntaba con el índice, de la misma manera que el Cristo de La Habana apuntaba a la ciudad, pero con diferentes intenciones. A veces sacudía la mano abierta, como si tuviera algo que le quemara, pero en realidad era enviándome el mensaje de «prepárate». En ocasiones abría los brazos diciéndome «qué esperas», pero yo no sabía de qué tenía que aguantarme, para qué debía prepararme, qué cosa había que esperar. El hombre seguía algo distante con su mímica, el turista tirando fotos, la mujer observándome, consultando mapas, tomando notas en una libreta, pero cada vez que se cruzaban la mirada el hombre de lejos con la mujer, el hombre de lejos con el hombre del cigarro, o el hombre de lejos con la mujer y el hombre del cigarro, el hombre de lejos cesaba en su pantomima, se volteaba en dirección opuesta y hacía como que se iba, pero luego regresaba y se ponía a gesticular de nuevo cuando era yo solo su espectador, tonto, ensimismado, perturbado con aquella maraña de señales confusas.

Fuente del Parque de la Fraternidad, solté de pronto como un último recurso, ése es el nombre, La Fuente del Parque de la Fraternidad. Ellos sonrieron satisfechos, el hombre que acababa de escuchar en su idioma lo que yo le había dicho en el mío a su esposa, lanzó varias nuevas fotos sobre la fuente. La señora—compañera, a la que en apenas unos minutos ya me había acostumbrado a decirle sólo señora, sin que me causara un sobresalto, marcó algo en uno de los mapas e hizo anotaciones largo rato en su libreta.

Liberado de aquel momento intenté irme:

«Niño», dijo otra vez.

La señora quería tomarse una foto conmigo. Pegó su cara suave de la que emanaba un perfume con un olor sólo comparable al de la hierba húmeda, al olor del amanecer en el patio de mi casa. Juntó su cara a la mía y los dos rostros quedaron apretados. Ella sonreía, yo tenso, nervioso, extrañado por aquel olor. Su esposo preparó con lentitud la cámara para tomar la foto, y la mujer estuvo todo el tiempo abrazada a mí. En ese momento sentí la rica textura de la blusa azul, de la que también brotaba a borbotones un aroma que no tenía nada que ver con perfumes o cigarros, simplemente todo en ellos olía distinto. Y ese era justamente el punto. Ellos eran distintos, todo eso lo comprendí de golpe años después, y por esa razón el hombre de lejos como un payaso intentaba impedir que yo estuviera próximo a lo distinto, y procuraba evitar a toda costa que yo lo descifrara.

La india de la fuente, que por hermosa tal vez ya tuviera algo de mulata, me miraba encolerizada por cambiarle el nombre, pero también había un poco de pose en esa actitud, pues a veces me sonreía satisfecha, me movía sus hombros y me hinchaba sus pechos.

Finalmente los turistas se despidieron y comenzaron a alejarse después de darme un peso de regalo. Quedé detenido, viéndolos caminar despacio, mirando con curiosidad, cierta sorpresa y azoramiento lo que iban encontrando en su camino. El hombre con otro cigarro dejando una nueva estela de olor, llevaba en la mano la cámara con mi rostro grabado dentro. La mujer bamboleando su cuerpo algo pasado de peso, en una saya ancha, larga, que casi le llegaba a los tobillos. Se alejaban y yo los miraba a ellos y a la india, que también me acompañaba dentro del rollo de fotografía.

Una mano poderosa, sólida, descomunalmente furiosa me agarró del brazo, tiró de mí y con un tono que sólo invitaba a llorar de miedo me dijo:

«¡Estás preso maricón! ¿Tú no sabes que en este país no se puede hablar con extranjeros?».

Sentí mucho miedo y comencé a temblar. La mano no me soltaba, me zarandeaba y me repetía una y otra vez: estás preso, estás preso. La india, agazapada en su trono, me miraba tímida e impotente y Ballagas no se encontraba cerca para agregar nuevas estrofas a su poema. Los turistas andaban lejos, no habían vuelto a mirar atrás y yo necesitaba que lo hicieran, tal vez eso ayudaría a que me soltaran. «Estás preso maricón de mierda, vas a pasar mucho tiempo en la cárcel», me decía el policía que finalmente pude identificar como el hombre de lejos.

La multitud seguía caminando de un lado a otro, y al ver al hombre de lejos, ahora a mi lado, maltratándome, tal vez pensaba que era mi padre regañándome por andar por la calle con un pantalón roto.

A pesar de tener el solar a unas pocas cuadras tampoco mi tío acudía, ni siquiera mis abuelos muertos y ni mi tía Concha a quien nunca conocí. Desde la bahía llegaba el mar, pero como un vaho repugnante. La lancha zarpando lentamente desde el Muelle de Luz lanzaba chorros de agua que batían y salpicaban el embarcadero. El Cristo de La Habana dejó de señalar la ciudad, pero no extendió los brazos como el del Corcovado, sino más bien los cerró y bajó la cabeza. Desde La Cabaña escuché un fogonazo seco, estremecedor, certero, perforando el blanco. Todo se desplomaba a mi alrededor, la tarde perdió súbitamente su brillo, su aire tropical y caribeño, y ahí comprendí por primera vez, sentí por primera vez, algo que tampoco había leído ni escuchado antes jamás, pero que comenzó a posesionarse de mí, a aprisionarme hasta la desesperación y el ahogo: "la maldita circunstancia del agua por todas partes».

EL REGRESO

Precisamente en eso estaba pensando mientras aguardaba que anunciaran por los altavoces el momento de abordar. Sin saber la razón exacta, cada vez que asociaba su vida con su país de origen, lo primero en llegar a la memoria era aquella tarde lluviosa, que en esencia resumía el último recuerdo. No había nada más intenso, ninguna otra sensación capaz de deprimirlo tanto, como la idea de un torrencial aguacero en las tardes de verano.

Cuando el avión se aproximaba a su destino se hizo la pregunta que durante todos los preparativos había evadido, y era acerca de la verdadera razón de su regreso. Sin embargo, en el poco tiempo que le quedaba de vuelo, no encontró respuesta razonable, conformándose con vagas justificaciones, como la posibilidad de redescubrir los lugares de su infancia, y a su familia, con la que hacía mucho había dejado de cartearse.

Por una rara maniobra del viaje, forzosamente turístico, que lo llevaba de regreso a su país, fue retenido durante varias horas en un hotel de la capital antes de poder moverse libremente. Desde la habitación que le habían destinado, en uno de los pisos superiores del Hotel Nacional, se podía ver el mar con el intenso color del trópico. Hacia el otro lado se imponía la ciudad, cubierta por el vapor que el sofocante calor de la isla hacía brotar. Le pareció distinguir en la distancia, sobre el negro humo que brotaba de algunas chimeneas, sobre los techos, la iglesia de San Juan Bosco, la avenida de flamboyanes florecidos y el Banco de los Colonos. Se le entremezclaban tantas imágenes, que no podía señalar nada con exactitud. Eran más bien los recuerdos de lugares dispersos en su memoria que se iban colocando armoniosamente en los sitios más convenientes a su imaginación.

A empellones subió a un ómnibus atestado. Recorrió la ciudad intentando pasar inadvertido para el resto de los pasajeros, pero observando con detenimiento las viejas casas de altísimos puntales, los balcones coloniales, los edificios nuevos, los largos portales, los jardines de olores frescos. Llegó a lo que había sido su barrio. Vio el cine, el banco, el otro cine. La Habana siempre ha sido una ciudad atiborrada de cines, de gentes que no se detienen en su andar.

Mientras caminaba por la avenida de Santa Catalina, miraba de cerca los gigantescos flamboyanes que la diferenciaban de cualquier otra calle. Los miraba como si por primera vez en su vida los sintiera furiosamente encendidos, como si no recordara el color de sus flores, como si de su memoria se hubiera borrado la imagen exacta. Pero no, esa imagen resurgía ahora con más vigor, estaba allí, en las aceras cubiertas de aquel rojo intenso. Una fuerte brisa meció los árboles. El hombre recogió algunas vainas ante la anonadada mirada de una mujer que, con disgusto, barría el portal de su casa.

Cuando distinguió la bodega de Don Juan supo que al doblar la esquina vería, aunque algo distante aún, la fachada de su casa. Y allí estaba. Solitaria. Sobreviviendo a todas las catástrofes, imponiéndose a todo desastre posible. El color rosado de antaño había sido sustituido por un azul profundo y sin brillo. Las rejas del jardín seguían tan oxidadas como antes y goteando el rocío de la noche anterior. Mientras caminaba, la cuadra se le iba haciendo larga y extenuante. Sentía como si le fuera imposible llegar, como si para poder alcanzar el portal necesitara recorrer los mismos años de su ausencia.

Experimentó la proximidad de su casa. Vio que el edificio cercano estaba apuntalado y a punto de caer. El corazón le empezó a latir apresuradamente, la respiración se le hizo jadeante, su andar se volvió lento. Sacó el peine del bolsillo y trató de alisarse el pelo revuelto. Se cercioró de tener la camisa por dentro del pantalón. Se estaba preparando para el momento decisivo, el encuentro.

La casa tenía, como era costumbre en su familia, la puerta abierta de par en par. En el portal se mecían vacíos los sillones de hierro, que aceleraron su ritmo al verlo llegar. Entró despacio y se sentó en un sofá. El refrigerador seguía amarrado con una soga, quizás, pensó, la misma que pusieron cuando la puerta dejó de cerrar. Del piso brotaban nombres, seres vivos y muertos, objetos rotos, juguetes que recobraban su forma original en el instante de emerger. La personal e inconfundible historia de una familia aferrada a las losas de la casa.

Pensaba escuchar las mismas voces de ayer pero éstas habían envejecido. Le resultó tan significativo el cambio, que necesitó hacer un tremendo esfuerzo para poder distinguir entre los sonidos, alguno que lo acercara a aquellas gentes que en otros tiempos, ya casi olvidados para todos, fueron entre gritos y regalos, golpes y besos, el sentido de su vida. Aunque sólo escuchaba voces (todavía no había visto a nadie) presentía que se había abierto un gran espacio entre él y su familia. Mirando con detenimiento cada rincón de la casa, se dio cuenta que lo que había llamado durante años «recuerdos», no era otra cosa que imprecisiones de la memoria, palabras que señalaban algún que otro sitio, nombres que llamaban a personas amadas o simplemente significaban lugares.

Aunque en la casa había un televisor nuevo, y algunas otras cosas que no podía reconocer como suyas, la sola certeza del lugar lo hacía sentir, por momentos, seguro y dispuesto a enfrentar el reencuentro.

Pasó largo rato esperando a que alguien apareciera, tiempo que empleó en detallar cada sección de la sala. Nadie se daba por enterado de su llegada, y como él quería que de repente lo descubrieran, para disfrutar la emoción de su familia al verlo, prefirió seguir allí, en silencio. Sobre la mesa distinguió un periódico donde, como parte de un enorme titular, podía leerse la palabra «patria». Le sonó vacía, sin sentido, ni emociones particulares, como si decir «patria» fuera un llamado a una costumbre más, a una tradición más, a una experiencia más.

Se desligó de sus pensamientos cuando vio que a través de una puerta comenzaron a aparecer niños que, seguramente, serían sus sobrinos, pero que no podía reconocer como parte de su mundo pasado. Las tres mujeres que estaban con ellos también le eran desconocidas. Nadie se le acercó, ninguno le dirigió la palabra. Los pequeños se refugiaban en sus mayores. Ante una situación tan inusual, el hombre se sintió desorientado.

Se pasó los dedos por el bigote y esbozó una sonrisa tan suave, que no supo si los demás comprendieron que se trataba de un saludo afectuoso. No llegaba a entender qué estaba pasando. Le pareció muy significativo que no hubiera ninguna reacción afectiva ante su presencia como él esperaba, como él hubiera deseado. No supo qué hacer para romper el silencio.

Observó a las mujeres y a los niños. Eran extraños para él. Los niños porque habían nacido, sin duda alguna, después de su partida; las mujeres, porque estaba convencido de que jamás las había visto. Sin embargo, al entrar en la casa había escuchado voces que en algún momento pudo reconocer como de sus hermanas, incluso le pareció identificar la de su madre. ¿Pero dónde estaban? ¿Dónde estaban ellas? ¿Cómo era posible que no aparecieran por ningún lado? Trató de imponerse a su timidez y al miedo que siempre le había provocado una situación embarazosa. No sabía si podría actuar coherentemente ante tanta presión desatada por las mujeres, que lo intimidaban con sus miradas duras y sus rostros serios. Se volvió hacia la calle y vio un pequeño grupo de gentes en la acera, conversando entre susurros, justamente a la salida de su casa. Hizo un esfuerzo por hablarles a los que estaban cerca de él, pero todos se apartaron al escucharle.

Estaba seguro que eran sus familiares. Desde que se dieron cuenta de su presencia nadie más habló. La casa se envolvió en un silencio total, desesperante. Por un momento dudó de aquel lugar. Las ventanas estaban recién pintadas, pero eran las mismas estilo Miami. No había confusión para el hombre, la casa era la de siempre, lo que no alcanzaba a comprender era la actitud de los que estaba seguro debían ser sus familiares cercanos. La puerta de la calle seguía abierta de par en par, y aún conservaba la rajadura en la madera, producto de una patada de su padre en uno de sus arranques de furia. Se levantó del sofá, ante la inutilidad de su espera, para encontrarse sobre el aparador con los pomos de medicinas que su padre había usado rigurosamente hasta el mismo día de su muerte.

Miró el espejo de la sala y descubrió un detalle que no había notado al entrar en la casa, y eso lo turbó aún más. El inmenso espejo frente a la ventana del portal, reflejaba las hojas verdes y encorvadas de la mata de areca, que lentamente, durante años, fue creciendo hasta sobresalir por encima del techo de la casa. Sin embargo, al volver al portal, en el jardín, encontró sembradas otras plantas, marpacífico y croto.

Las gentes seguían amontonándose en la calle. Se acercó despacio a la reja que separaba la acera del jardín, pasó la mano por las barras ennegrecidas por el óxido y se recostó. Miró la cuadra a todo lo largo. Se le antojó interminable, sucia, abandonada. Había muchos huecos en el pavimento. El muro de la casa de enfrente estaba resquebrajado y cubierto de musgo. Vio un nido de pájaros decorando lo alto de un poste eléctrico y encontró un papalote abandonado en la cima de la mata de álamo, en el mismo sitio donde a él se le quedaba cuando empinaba de niño. Todo le pareció distinto, aunque prácticamente nada había cambiado. Recordó que antes aquel barrio le resultaba maravilloso, que no había nada que lamentar, nada que reprochar, nada que entorpeciera la belleza de aquella calle única, cargada de su propia existencia.

No podía comprender qué estaba pasando a su alrededor. Se sentía desorientado. Por un lado su familia evitándolo; por el otro, la muchedumbre que se agrupaba en la acera lo acosaba con su absurda presencia. Levantó la vista hacia el balcón de Nina y Blanca. Las vio allí, pendientes de la calle, como siempre. No se daban cuenta que había un hombre saludándolas con un gesto. Aunque a cada momento dirigían sus ojos hacia donde él estaba. Ya no tenían macetas con flores adornando los bordes del balcón, ni se escuchaba el ladrido de los perros hambrientos. El visitante miraba hacia ellas con una atención desmedida, pues no podía imaginarse a esas dos mujeres sin sus plantas y sus animales. De repente entendió que Nina y su madre eran ya la misma persona. Ella y su madre en un mismo rostro, como si en el transcurrir de sus vidas solitarias, se les hubieran mezclado en un sólo existir.

Fatigado y aturdido volvió al interior de la casa. Los que estaban en la puerta desaparecieron al verlo avanzar hacia ellos. En la calle el número de vecinos aumentaba por momentos, desatando un murmullo creciente. Dentro de la casa había muchas más personas de las que originalmente estaban. Aún dudaba de enfrentarse a esas mujeres y niños. Definitivamente había cometido un error al pensar que iba a encontrar la misma familia que él había dejado. Sólo había considerado cambios menores; pero todo, absolutamente todo, era diferente. En cierta ocasión, cuando las cartas comenzaron a escasear, creyó que la distancia no sería capaz de destruir una familia, que ella permanecía constante por encima de todo y a pesar de todo. Tuvo esa ilusión, pero el tiempo y la madurez, le hicieron ver que no era así, que algo más profundo se debilitaba lentamente, y no era precisamente el amor, sino eso que podía llamarse «concepto de familia» y que parece ser bastante frágil.

A medida que las horas pasaban la situación se le hacía más difícil, la concurrencia fuera y dentro de la casa aumentaba a un ritmo alarmante. Miró, una vez más, cada rincón de la sala. Casi todo permanecía igual. Se asomó al patio, y en el fondo vio a una mujer gorda, de pelo canoso, que movía el cuerpo mientras restregaba alguna ropa en el lavadero. No le podía ver el rostro, pero estaba seguro que era su madre. La llamó pero la mujer no respondió. Ni siquiera se volvió. Desde la entrada del patio se podía ver también la cocina. Entonces el hombre encontró que la misma señora que lavaba, estaba revolviendo una cazuela de arroz con una espumadera de madera. La volvió a llamar sin encontrar respuesta. El hombre comenzó a hablar apresuradamente, casi a gritos, hasta que se hizo una momentánea y casi total oscuridad a su alrededor.

Fue recorriendo pausadamente toda la casa. En el cuarto vio que el cuadro con la imagen de Cristo que colgaba encima de la cama, ya no inspiraba respeto; por el contrario, descubrió en el lienzo una sonrisa burlona. Detalló el librero, su librero. Ya no sabía ni de quién era y mucho menos cómo llamarle. No había libros, sólo trastos y adornos de mal gusto ocupando los estantes.

Primero con cautela, luego con cierto abandono y frustración, regresó a la sala que ya estaba colmada de gentes. Todos lo miraban con odio. Comprendió que nunca debió haber realizado el viaje, que su familia no existía, y que jamás sabría dónde encontrarla. Al llegar al salón, por primera vez los que allí estaban no se apartaron para abrirle paso, sino que se acercaron a él amenazantes, con los puños cerrados y los rostros enrojecidos por una furia delirante. Todo llegaba a su fin, pero a un final que aún no podía predecir.

El hombre sintió de repente tanto miedo que trató de huir sin conseguirlo. Un portazo que no supo de dónde provino, dejó la sala de la casa vacía, sin muebles, sin un televisor nuevo, sin pomos de medicinas con etiquetas vencidas. Sólo gente empujándolo hacia la calle, golpeándole el rostro. De pronto descubrió con horror que «su casa» estaba apuntalada como el edificio vecino, que las ventanas permanecían cerradas y polvorientas. La puerta de la calle, quizás por primera y única vez, estaba cerrada con llave. Las gentes comenzaron a gritar insultos y a patear al hombre que desvanecido permanecía inmóvil sobre el pavimento, escuchando nuevamente voces que le eran familiares, las voces de sus hermanas, de su madre, mezcladas con alaridos histéricos y de repudio. A medida que la algarabía se hacía ensordecedora y en el justo momento en que se retorcía de dolor, vio en el jardín, triunfante, alzándose como nunca, la enorme mata de areca cubriendo y penetrando la casa, de la que sólo quedaba ya una armazón en ruinas.

LA FAMILIA SE REÚNE

«Ven, mima, tú te sientas a mi lado, estoy seguro que va a ser una gran fiesta y quiero que estés cerca de mí. Hoy es un día muy especial y deseo aprovecharlo hasta que se consuma la última hora, abrazándote y besándote, como tú te mereces, y como casi nunca hago». Hacía tantos años que no nos reuníamos todos, o casi todos; pero ahora que la familia se reúne es importante aprovechar cada instante en todo su esplendor. Sabrá Dios cuándo podamos volver a repetir otra ocasión como ésta, tan inusual entre nosotros. Es una lástima que los niños sean tan pequeños, ellos no pueden entender el significado de este encuentro, quizás único e irrepetible. No sé, no quiero pensar qué ocurrirá mañana. Idania no está, pero todos sabemos que se ha quedado allá, que así lo decidió, que no hubo ruego que valiera para que nos acompañara en la nueva vida. Seguro mima está pensando en ella. A mi lado la siento recordar y sin duda se estará preguntando cómo sería esta noche si ella estuviera entre nosotros, participando con su hija que no conocemos, a no ser por fotos en blanco y negro, que de vez en cuando nos llegan con sus cartas. Es ya tarde y los cuentos son historias conocidas, hechos que todos vivimos juntos y que hoy se mencionan como si nos fueran ajenos. Se les agregan cosas, se embellecen con detalles oportunos, y parecen ahora más intensos que cuando ocurrieron. «¿Recuerdas cuando te llevaron a la policía porque le rompiste la cabeza a Rogelito, el hijo de Martha la que vendía durofríos?» Claro que lo recuerdo, fue en el placer. Hay cosas que jamás se olvidan. Cuando me hicieron volver tantos años atrás, sentí la necesidad de respirar profundo y esbozar una sonrisa que mi hermana mayor supuso aprobatoria. Eran cuentos que marcaban una vida en común. Hoy hace un día espléndido, pero yo cierro los ojos y siento la lluvia. Hace varios días está lloviendo. Es una lluvia pertinaz y con una ventolera arrasante. No recuerdo un temporal tan grande. Llueve horriblemente, y hoy, precisamente hoy, no escampa. Vengo enchumbado de haberme bañado en la inundación de Juan Delgado y Libertad, pero le digo a mima que el aguacero me cogió mientras caminaba hacia la casa. Siento la toalla en la cabeza, y las manos de mi madre que no dejan de frotarme todo el pelo —que ahora, sólo por un rato, sentiré lacio—. Mima me regaña y me amenaza con decírselo a pipo cuando regrese del trabajo, para que me mate a palos. Sin embargo no le dice nada. Casi siempre hace como que se olvida señalar la falta. En el noticiero de televisión anuncian intensas lluvias para lo que resta del día; pero si de algo estoy seguro es de que nadie faltará. Todos saben que me gasté un dineral comprando la comida en bolsa negra. Todos saben que durante muchos meses he estado planeando la fiesta, que no es más que un pretexto insignificante para que podamos estar juntos, al menos por una sola vez. Ya se ha ido la mañana entre la lluvia y los preparativos. Mima que ve cómo todo se va desmoronando, se empieza a poner seria, la noto preocupada. Incluso de repente me recordó que yo había ido hasta Pinar del Río para traer, a riesgo de ser detenido y encarcelado, el café que tomaríamos después de la comida. «¿Por qué me dices eso? Nada, muchacho, se me ocurrió. Ahora me acordé de eso y por decir algo te lo recordé». Nadie faltará, lo único que puede ocurrir es una tardanza por el mal tiempo, pero no la ausencia. En los días de lluvia los ómnibus se ponen malos, peor que de costumbre, pero todos vendrán, no pueden faltar, no quiero… Empezaron a llegar, al niño lo habíamos puesto a organizar el parqueo para que todos los carros cupieran. La primera en aparecer fue la mayor de mis hermanas que con sus hijos sacaba del maletero del auto las cajas con los regalos, para repartirlos después de la comida. La recién nacida venía durmiendo y la acostaron en mi cama; la otra, rubia y con su voz dulce, vino a mí para besarme y preguntarme de quién era la fiesta. «Cómo le vas a celebrar el primer año a la niña con tres cajas de refrescos y un cake de 5 pesos, que es lo único que dan por la libreta para los cumpleaños. No tienes ni caramelos, ni globos… y tú no vas a comprar preservativos como hacen las gentes… porque si cuelgas un condón inflado te juro que lo reviento… Es verdad lo que dice tu hermano, además tienes que invitar a todos los muchachos del barrio y lo poco que hay no va a alcanzar para nada». Increíblemente la lluvia era como nunca; el agua corría por las calles arrastrando latones de basura, árboles. Mima como siempre lamentándose de no tener teléfono, pero no se podía hacer nada, desde el año 59 se había solicitado el servicio y nunca llegaron a conectarlo. «Si tuviera teléfono llamaría a tus hermanas para posponer la fiesta para otro día. Total, cualquier día es bueno y es preferible perder el dinero antes que alguien se accidente por el camino». Mi hermana mayor se sentó en el sofá junto a pipo que aprovechó la ocasión para decirle que había adelgazado mucho. «Debes alimentarte mejor, tomar vitaminas y hacerte análisis, a lo mejor estás anémica». Seguían llegando, cada cual traía sus paquetes envueltos en papeles de colores, con cintas y flores de brillo, que sin duda alguna resultaban más atractivos que lo que se escondía dentro; pero así son los regalos. Al final del día ya no habrá ni cintas ni flores, sólo un montón de papeles en el fondo del tanque de desperdicios. La última en hacer su aparición fue Anlly, que a fuerza de insistir había logrado que la llamaran por ese nombre tan desproporcionado con su apellido. Como siempre vestía ropas extravagantes, con exceso de cosmético en la cara y una exótica mezcla de perfumes muy fuertes; lo sorprendente de su atuendo eran unos aretes que se encendían y apagaban cambiando de colores constantemente, lo que, desde luego, representaba su mayor encanto para la noche. «Allá ustedes que viven en el siglo pasado, yo sí estoy en la onda, en el grito». La comida estaba deliciosa, los hombres tomaban cerveza excepto yo, que desde que llegué a este país sólo tomo refrescos, o vino en el invierno. Como estábamos en verano, en un verano aplastante, todos llevábamos short y pulóver. Pipo vestía de traje, él siempre ha criticado el usar ropa ligera alegando que es indecente y grosero. Mi padre ya está viejo y todo rasgo de vitalidad le parece inmoral. Los niños estaban frente al televisor con un juego de video, y mis hermanas terminaban de limpiar la cocina, mientras en el sillón mima mecía a la niña que sólo tiene 20 días de nacida. «No para de llover y es tarde. Creo que es mejor suspender la fiesta para cuando pase el ciclón». Mucha lluvia, es un temporal devastador. Hoy el día ha estado esplendoroso y veo a pipo como habla pausado. Lo hace de una forma muy mesurada, hasta curiosa. No gesticula. En los momentos en que daba la oportunidad de intercalar algo, absorbía su tabaco, mientras el humo blanquinegro cargaba el ambiente de la sala. Si no fuera por su forma de hablar, casi como un monólogo, podría dar la impresión de ser un hombre culto. Él está preparado, maneja un vocabulario amplio que emplea con soltura, incluso puede ser halagador, sin embargo sus temas favoritos son las enfermedades y la medicina, algunas veces la planificación de la economía, y últimamente la política, siempre temas banales. Me gusta verlo persuadir a los demás, pero cuando está de mal humor sólo sabe usar la violencia como medio de convencimiento. Mis hermanas seguían haciendo cuentos de cuando vivíamos juntos en la casa, en la de allá, en la única que ha significado algo para mí. La que habitaba hasta el día que emprendí el viaje a este país donde cambio de casa con tanta frecuencia, que me siento turbado con cada mudada. Cada vez que empiezo a establecer una relación entre el lugar que ocupo y mi vida, casi siempre ocurre un cambio inesperado, súbito, que me hace sentir como si de pronto separaran algo de mí. Y no vuelve, y no vienen, y la lluvia acaba con este domingo de fiesta que no se podrá repetir. El agua sube al portal, y nunca, en todos los años que he vivido en esta casa, la lluvia ha llegado a alcanzar las losas rojas. No puedo entender por qué cuando ya no habito mi casa, tengo que escuchar a mi hermana Idania, decirme por teléfono que la corriente entró hasta la sala, que el cantero del jardín ha quedado arrasado. ¿Por qué todo esto ahora que yo no estoy allí? «¿Recuerdas el día de las hormigas bravas?» Claro que sí. Vuelvo a sonreír y una vez más mi hermana mayor comprende que he hecho contacto con ese detalle del pasado que está vivo, pero que morirá un poco con cada uno de nosotros. Fue una noche insólita, millares de hormigas salieron por debajo del refrigerador. Sí, lo recuerdo con una claridad asombrosa, como algo tan personal que sé que no podré transmitirlo. Nadie lo entendería, tan sólo resultaría una anécdota curiosa, propensa al olvido, pero para mí fue distinto. Mima nos subió sobre el aparador, cuyo espejo multiplicaba mi imagen. Ella echaba alcohol para matarlas, pero a cada instante salían más, cada una con más furia que la anterior. No sé si fue el olor intenso que produjo la mezcla del alcohol con la luzbrillante, pero no olvido que caí del aparador sobre las hormigas, sobre las vivas y las muertas, sobre las que me picaban y las que aplasté al caer sin sentido. En el momento en que desperté en la clínica y vi a mima dormitando en un sillón a mi lado, lo comprendí claramente todo, lo precisé todo. ¿Qué fue? ¿La presencia de tantas hormigas bravas, el olor, o mi imagen multiplicada innumerables veces en el espejo? ¿Aún estará el aparador repleto de pomos de medicinas o ya habrán desaparecido, como desaparecieron mis libros del librero para convertirlo en un armario para muñecas y adornos? Acaban de dormir a la bebita. Aún no me he atrevido a cargarla. Estoy muy junto a mi madre, que aprovecha que la niña se ha rendido para sumarse a los recuerdos que compartimos. Ella tiene el pelo cano y ahora lo tendrá así por siempre. Me alegra saber que nunca más se pintará el pelo. Ella se siente bien con su promesa y con nosotros juntos después de tantos años. Anlly está posando ante el espejo. Ya es muy tarde, los niños se han dormido frente al televisor o en los brazos de mis hermanas. Del pasado ya no se habla, como si en estas pocas horas se hubiera agotado. Sin embargo yo sé que faltan cosas por mencionarse, quizás las más importantes, pero no en esta noche que está por terminar. Ahora todos van hacia el cuarto para abrir las cajas con los regalos. Yo me acerco a la ventana y pongo un pretexto para quedarme en la sala. Mima sonriente y llena de alegría sale a enseñarme las cosas que le trajeron. Suena el teléfono anunciando una llamada de larga distancia. Es tanto el asombro de mima que se ha puesto a llorar como una tonta, al ver que su día se ha completado con la llamada de la única de mis hermanas que no ha estado presente. «Está lloviendo a cántaros, hace una semana que llueve sin parar. Si no fuera porque hace poco me pusieron el teléfono gracias a Fidelberto que lo nombraron director de una empresa, no hubiera podido salir a casa de la vecina para hablar con ustedes. Imagínate cómo es este diluvio que por primera vez que recuerde, el agua ha entrado en la sala y ha mojado todos los muebles. Esto es tremendo, hasta el carro que le dieron a Fidelberto por ser director de la empresa, se lo llevó la corriente y lo desbarató contra un muro, figúrate, y tanto que luchó por esa máquina y ahora la ha perdido en un momentico». Pipo que escucha por la extensión interviene para criticar el nombramiento. «¡Pero cómo es posible que a ese hombre que es prácticamente analfabeto, lo nombren director de una empresa, un cargo de tanta responsabilidad! Dime, qué sabe ese hombre de dirección». En eso interrumpe una de mis hermanas. «Mima, habla tú». Le contó de la fiesta y le recordó aquella otra, también de cumpleaños, que nunca se pudo realizar cuando estábamos juntos allá. «Hoy todos hemos pensado en ustedes». De pronto la operadora interrumpe para decir que los tres minutos reglamentarios para hablar con el extranjero se han terminado. Automáticamente se corta la comunicación en el momento en que mima le pedía que escribiera mucho. El comentario fue largo, pero luego se hizo un silencio que nadie se atrevía a romper. Ya todo estaba llegando a su fin y era realmente el fin. Ya cargaban a los niños y los llevaban a los autos. Es tarde, muy tarde, casi de madrugada. Todos se han despedido, todos se han marchado, y luego de la bulla de todo un día, la casa ha quedado más que revuelta, con el aroma y la frescura de un día especialísimo. Ya sólo quedamos mima, pipo y yo, que recogemos un poco —había papeles de colores, rotos y esparcidos, cajas despedazadas por todas partes—, organizamos las sillas alrededor de la mesa y nos vamos a dormir. Estando en mi cuarto leyendo, mima entra y se sienta en el borde de la cama, y pasándome la mano por el pelo —ahora sin toalla, ahora encrespado y revuelto—, y luego de mucho rato en silencio me dice que está contenta. «Al fin nos hemos encontrado todos juntos; figúrate que hasta Idania llamó por teléfono. Gracias a Dios la familia se ha reunido como tú tanto querías. Si aquella vez el torrencial aguacero hizo fracasar la fiesta, hoy todo se ha hecho mejor, con más comida y menos dificultades». Me da un beso y sale de la habitación cerrando la puerta con suavidad. Vuelvo a estar solo. Lo que ella no sabe, ni sabrá jamás, es que aquella fiesta era la más importante, la única posible, que ésta no ha sido otra cosa que la obstinación de tantos años. Esta fiesta sí se ha realizado, pero ha estado incompleta. Faltaba la casa.

FOTOS FAMILIARES

A menudo las cosas acontecen de manera fortuita, sin explicación aparente, pero ocurren y se hace necesario enfrentar las situaciones sin temor y sobre todo sin dar a entender a los demás, aun cuando sean allegados, que algo extraño pasa. Al menos de esa manera se proyectaba mi hermano Rolando y de ese comportamiento me nutrí, imitándolo al máximo y dejándole entrever a veces, sólo muy pocas veces, lo orgulloso que me sentía de él. Yo aprendí rápido agregándole a esa manera de vivir un toque personal que llegaba incluso a irritarlo en ocasiones.

Desde hacía algunos días, él me estaba pidiendo ciertas fotos que yo conservaba y guardaba celosamente en álbumes y cajas de cartón, que además mantenía bajo llave en una caja fuerte resistente al fuego y al agua, asumiendo de una manera implícita —la caja la habíamos comprado entre todos, era muy costosa—, un control total sobre un legado familiar, que de alguna manera, probablemente por nostalgia y amores filiales, tal vez exagerados de mi parte, literalmente atesoraba y controlaba con orgullo. Jamás otro miembro de la familia intentó hacerle frente a la responsabilidad, dejando de esa manera todo a mi cuidado, al extremo que aun casados y viviendo en diferentes partes seguían poniendo bajo mi control el «patrimonio» de sus nuevas familias. Cada vez que alguien requería de algún documento importante, inscripción de nacimiento, fe de bautismo, certificado de defunción o prueba de ciudadanía recurría a mí, que me las ingeniaba para nunca entregar los originales, sino fotocopias. En las escasas ocasiones en que era ineludible presentar un original, no dejaba de requerir su devolución inmediata, y no paraba hasta lograrlo.

Algo similar ocurría con las fotos. Yo trataba de que se olvidaran de ellas. Algunas veces, cuando éramos más jóvenes, me las pedían para enseñárselas a la novia o novio de turno —cosa esta que me desquiciaba, ya que de alguna manera mostrar viejas fotos es como desnudarse un poco, quedar desarmado—; pero en este caso mi hermano insistió tanto, desde luego sin darme explicaciones de para qué las quería, que tuve que ceder. Se las prometí para el fin de semana.

Además de las fotos la caja guardaba algunas prendas, los espejuelos que usaba mi padre, las escrituras de la casa, los títulos de algunos terrenos, así como los pasaportes de un país del que ya no somos ciudadanos, pero con los cuales lo abandonamos. También una propiedad en el cementerio y un libro forrado en terciopelo azul, con unos poemas escritos a mano por un tío que nunca conocí y que murió tísico. En mi adolescencia aquellos poemas me entusiasmaron mucho, creyendo identificar en su letra redondeada, casi de dibujante, y en los cuidadosos trazos, la voz de un poeta. Creo que en cierta ocasión me sentí optimista ante tal hallazgo, pero con el tiempo descubrí que no eran poemas de un verdadero poeta, sino el cansado lamento de un moribundo. Más nunca los he vuelto a leer, pero guardo el cuaderno por respeto a mi madre, y porque de alguna manera reconozco que me puso en contacto con la poesía. No obstante, el riguroso inventario familiar ocupaba un segundo plano ante el patrimonio más celosamente guardado que eran las fotos.

Como ya no éramos adolescentes existía una especie de consenso y confianza en cuanto al cuidado y uso de los bienes comunes. Por eso me llamó la atención que Rolando me pidiera con tanta insistencia las fotos. Las lecciones aprendidas de «no preguntes nada» me impedían indagar en torno al verdadero objetivo por ver de nuevo viejas fotos. Sentí un poco de miedo. Un mensaje breve en el contestador dejaba entrever a mi juicio algo macabro. Hasta mi esposa, algo inquieta, se refirió al «tono de Rolando». Sin embargo, como parte de ese juego de defender sobre todo la privacidad y el derecho de cada cual a confrontar sus propios problemas sin la mediación de ningún otro miembro de la familia, no me quedaba otra alternativa que esperar una nueva llamada telefónica, quizás, si lo notaba de buen humor, podría entresacarle algo.

Mientras seleccionaba las fotografías, un torrente de recuerdos y de sensaciones me invadieron, siempre me ocurre lo mismo, llevándome por ciudades, países, depositándome una vez más en mi ciudad, en esa ciudad única y maravillosa —pienso en el sentido desgarrador que Kavafis le imponía—. En una de esas fotos estamos todos reunidos en un parque a escasamente dos cuadras de la casa —para llegar había que cruzar una calle ancha y muy transitada, por eso siempre teníamos que ir acompañados de un adulto—. En ella la sombra de mi padre, que era quien tomaba la fotografía, se proyectaba en el piso alargada, dibujándose en la acera y a la vez integrándolo al grupo familiar. Mis hermanos sonreían alegres, creo que festejábamos un 6 de enero, Día de Reyes. Yo, mientras tanto, permanecía de pie, muy serio, mirando más a Rolando que a la cámara. Estábamos tan juntos él y yo, que parecíamos uno solo. Una noche lo soñé en ruinas, con la hierba tan crecida que sepultaba el lugar de mi infancia, el sitio exacto de la foto. Años después, en el sueño y en la realidad, el parque se convirtió en un enorme basurero, surcado por trillos para acortar camino.

Yo no sé si el destino funciona de esa manera tan caprichosa o si es eso que llaman karma, pero —no me canso de repetirlo, creo que es así—, de pronto ocurren hechos que comienzan a dejar marcas definitivas, de las que no es posible librarse nunca y no queda otro remedio que asumirlas. En un sobre, no en un álbum, encontré unas fotos que por supuesto eran las que andaba buscando Rolando, algo me lo indicaba, quizás había escuchado algún rumor al que no le di importancia, pero estaba seguro, ésas eran las fotos.

Al día siguiente de entregárselas, domingo por la noche, Rolando insistió en hablar conmigo. Traté al principio de hacerle ver que estaba muy ocupado, que me iba a ser imposible reunirme con él, pero sabía que había algo cruel en mis excusas. Yo le tengo un cariño como a nadie; no tengo valor de decirlo en alta voz, pero lo quiero más que a mis propios hijos. No sé por qué, pero es así, lo experimento continuamente, aunque no me atrevo a expresárselo. Tengo miedo, un temor creciente se apodera de mí al saber que vamos a conversar en privado y que saldrá a relucir lo único realmente importante que yo le oculté en toda mi vida.

Antes nos parecíamos mucho físicamente. Cualquiera al ver el retrato que pipo nos tomó en el parque, diría que somos jimaguas, a pesar de notarse desde aquel entonces, una mayor estatura de su parte. Pero el peinado... el vestuario. Yo siempre insistía en copiarle los gestos, hasta su manera única de reír, por eso podíamos pasar por gemelos en muchos lugares, y lo hacíamos, lo disfrutábamos, y cuando alguien lo ponía en duda, inmediatamente le decía que yo fui el último en nacer y que por eso mi aspecto era más débil. Con los años, después de casarnos, Rolando cambió sus hábitos de vida, se acostaba temprano, salía poco, comenzó a engordar de una manera descontrolada y a perder el pelo aceleradamente. Hoy mi hermano podría pasar por mi abuelo.

Al fin nos reunimos y sin muchos regodeos, me pidió detalles de las fotos suyas con Carmen y Gustavo en el jardín de la casa. Yo no deseaba mentirle, me resistía a perder su confianza, que ya de hecho había sufrido un fuerte golpe, pero comencé a hablar vagamente intentando averiguar qué exactamente él deseaba saber, y qué él exactamente sabía. Las fotos en cuestión eran intrascendentes. Una era un close up de Carmen y Rolando muy juntos, incluso mal encuadrada, pues le corté parte de la cara a mi hermano, dejando mucho espacio hacia la derecha. En otra Gustavo sonreía con los ojos entornados, mientras Carmen y Rolando miraban fijo a la cámara, casi inexpresivos. En algunas otras fotos, eran siete en total, se destacaban otros detalles que me fueron muy útiles entonces. En aquella época Rolando

196

llevaba el pelo largo —nadie diría que luego sería calvo—, por debajo del hombro y era la sensación del vecindario, se lo hice notar, pero no mostró entusiasmo.

Casi no hablamos, pero lo que dijo fue suficiente. Yo pensé que el tiempo podría servir para sosegar los errores, pero ocurrió todo lo contrario. Creo que Rolando, después de casarse, en vez de fortalecerse, comenzó a hacerse más débil, más hogareño y a la vez más introvertido. Me devolvió todas las fotos y me dijo que Carmen se había casado con Gustavo, también que se habían divorciado ya, que tenían tres hijos, y que uno de ellos se le había muerto de una manera horrible; no dio más detalles. Con todas esas referencias era obvio que se habían encontrado recientemente, pero todavía no acababa de decirme si con Gustavo o con Carmen. En resumidas cuentas en aquella época y ahora también, a mí sólo me importaba mi hermano, no lo quería perder, Carmen lo hubiera apartado definitivamente de mí, porque con el tiempo todo se hubiera sabido. Yo le llené la cabeza de temores, le hice ver a Rolando como un enfermo, un ser malvado, capaz de destruir a todo el que le rodeaba, le mostré «evidencias» de cosas inventadas por mí. También le metí a Gustavo prácticamente por los ojos, por eso quizás hasta se casó con él. Pero no era mi problema, y aunque nunca debí haber dañado a mi hermano ya es tarde para arrepentirse, ya no hay regreso. A mí sólo me importaba la felicidad de Rolando, que era a su vez mi propia felicidad. Creo que al apartarlo de Carmen, lograba mantener unida nuestra familia por más tiempo. Mientras pude evité el matrimonio de mi hermano, que representaba, hoy ya no lo veo de esa manera, la dispersión, el fin de la familia.

Cuando entró en su carro, un Cadillac —en eso nunca lo pude imitar, los automóviles jamás han tenido para mí otro valor que el utilitario—, bajó la ventanilla eléctrica y me hizo un gesto con dos dedos, que reconocí como un símbolo infantil, una clave casi olvidada, que vino acompañada de esa sonrisa perfecta que los años no han podido borrar.

Éramos muy jóvenes —si se quiere, se puede tomar como una buena excusa—, además fue la manera que encontré para conservar a Rolando, que era lo único que me interesaba en aquel entonces, a mi lado por más tiempo. Todo puede resultar como una gran justificación, pero el precio fue alto. Hoy mi hermano no me habla, he perdido parte del legado familiar y mi mujer sigue insistiendo en que le explique qué pasó, la verdadera razón por la cual mi hermano Rolando me odia tanto.

TODO UN VERANO

A mi abuelo

Tengo que confesarte que tres años atrás, antes de ser esto que ahora eres, yo atravesaba todas las tardes el pabellón increíblemente limpio, para llegar hasta ti. Casi hasta ti. Y ante la blancura de las batas de las enfermeras, y las sábanas, y las nubes que entrecortadas pasaban y penetraban a través de la ventana, yo te hacía llegar algo. No sé qué era, tal vez mi acercamiento. Sin embargo ha pasado mucho tiempo, es de mañana y he venido a este lugar para buscarte, aunque presiento que no te encontraré.

La citación aclaraba que todo se realizaría a las nueve de la mañana. Para ello cambié el turno de trabajo, pero no pude dormir en toda la noche. Me levanté temprano y vi como la claridad del día, de un nuevo día, se impulsaba sobre la noche sin alcanzarla. Me sobrecogió pensar que llegaría a un panteón en el cementerio, y que detrás de la madera podrida te encontraría, ya no sin vida, sino sin tiempo.

—Te vendo la máquina de escribir de tu abuelo, que en paz descanse. Está trabada, pero figúrate, desde que enfermó no pudo escribir más en ella. A lo mejor con un poco de grasa vuelve a andar. Dale, no pierdas la oportunidad, dame los 150 pesos que yo sé que tú la quieres.

Las guaguas pasaban con una frecuencia alarmante. Todas menos la ruta 69, que tardaba más de lo acostumbrado. Pero como yo no iba para el maldito trabajo, opté por no preocuparme por la demora y esperar. Lo insólito era que el resto de las personas amontonadas en la parada tampoco mostraban impaciencia alguna; por el contrario, reflejaban un estoicismo desmesurado, fuera de lugar. Llegué a pensar que como estaba sobresaltado por lo que me aguardaba en el cementerio, había llegado a sentir alterada la monotonía de los días.

—No seas bobo muchacho, no está cara. También tengo otras cositas de tu abuelo que seguro te van a interesar.

Aunque no lo creas, antes de subir al aula me detenía en la sala para verte. Me resultaba difícil aceptar que esos tubos y esa respiración entrecortada, formaban parte de tu vida, que fueran su sostén. Aún no me explico por qué nunca me acerqué a ti, por qué no logré pasar más allá de los límites que nos separaban. Pensándolo bien, no me parece haber visto tu rostro; tal vez nunca lo miré. Pero estoy seguro que tú intentabas volver la cabeza para encontrar la puerta, quizás creyendo que yo estaría detrás. Supongo que debes perdonarme. En vez de rezar como se acostumbra en estos casos, lo único que me interesaba era controlar mi confusión ante la muerte que te rondaba en silencio. Pero la espesura de la tarde soleada de todo un verano envolvía el cuarto y te cubría, y te perdías. Y ya sin ti no tenía sentido continuar allí detenido entre los empujones de los pasajeros, cargados con más jabas, más carteras y más de todo que de costumbre.

Luego del viaje y el calor, de los pasillos atestados de enfermos y de viejos agonizantes, pensaba que Rebeca esperaba por mí en la puerta del aula, que después de subir las escaleras siempre interminables y agotadoras, besaría su rostro. Mis ojos recorrerían el escote de su blusa imaginando ver sus pezones hinchados por el roce de mis labios. Su cuerpo deseoso me haría muy bien, me ayudaría a creer que tú nunca has estado en el hospital, que ese sitio jamás fue para ti.

Mientras la guagua todavía repleta seguía su rumbo, yo me acercaba apresurado a mi destino. Compré el periódico que no pude ni hojear, para satisfacer mi inexplicable gusto por leer noticias viejas y distorsionadas, cuando alcancé a distinguir el enrejado negro, y detrás las sucias bóvedas, abatidas por el tiempo y el abandono. En los bancos de la oficina del cementerio, me puse a leer el editorial del día mientras aguardaba la llegada de mis familiares. Un editorial inusual que parecía dar respuestas al silencio en el ómnibus, a la demora agotadora de la ruta 69 y no sé a cuántas cosas más.

—Qué bien me vienen estos 150 pesos, como caídos del cielo. ¿No te interesa el librero? Es de caoba, se lo regaló un Presidente de la República a tu abuelo. Yo sé que tú tienes los libros tirados en el suelo. ¿Lo vas a comprar?

Ya tenía ante mí nuevamente el enrejado de largos y gruesos barrotes terminados en punta, como lanzas; detrás, cientos de gentes turbadas e indecisas; gritos ensordecedores. «Salta, brinca, aquí no sabemos nada pero no nos pueden sacar, dale, brinca. Oye, dale un pie a éste. Ten cuidado con los pinchos al saltar». El terreno húmedo, innumerables árboles, pero sobre todo gentes, voces de gentes, manos de gentes hambrientas. Una lista demasiado larga de nombres y números de carnés de identidad. Se presentía el final, días interminables de incertidumbre, de inquietud y tiros.

Todo acabaría en mayo, era otra vez día de escuela y de pasar a verte desde la puerta, pero casi por instinto, por un impulso involuntario, me fui acercando hasta encontrarme a tu lado, o tú al mío. La enfermera con su uniforme blanco vino junto a la cama y en ese instante todo se tornó como una transparencia que se abría en la extensión del cuarto. Ella fue la que me dijo que te estabas terminando, me parece que la escuchaste, pues ya no volviste a hablar. La respiración fue tomando fuerza y después de llegar al encuentro con lo desconocido fue bajando y cesó. Un fresco en enredadera pasó rozando la ventana, le extendí la mano para atraparlo, para traértelo como regalo, pero en el preciso momento en que lo iba a tocar giró, hasta entrelazarse con los días que seguirán pasando.

Un editorial confuso, una declaración del gobierno, una foto y datos biográficos de un hombre muerto a balazos. Pasaban los entierros en un desfile lento bajo el arco principal del cementerio, que en lo alto recoge una frase en latín que nunca pude entender. Entraron mis familiares y fueron ocupando los restantes bancos en la oficina. Al final llegó la dueña del panteón. Se mostraba indignada porque —decía— delincuentes comunes habían asesinado a un combatiente del Ministerio del Interior.

—¿No te interesa el juicio de Hubert Matos? Está estropeado e incompleto, pero tú mismo has dicho que es un documento histórico. Esto sí te lo doy bien barato, llévatelo. Yo lo que necesito es dinero.

Los exhumadores harapientos y sudorosos, realizaban su labor ante nuestras insistentes miradas. Manos toscas y encallecidas forzaban la tapa de mármol blanco. Atentos, todos contemplábamos a esos hombres, que en unos instantes más, transformarían el recuerdo de abuelo, en una nueva e imborrable imagen. A mi lado Zoila estaba como distraída, tal vez porque a sus años, un acontecimiento semejante, no la impactaba como a mí, como a mis primos.

Cuando sacaron la caja deshecha de la fosa, mis familiares se pusieron a llorar, sin dejar de mirarse entre sí, para saber quién no lo hacía; yo no, ya no había por qué llorar, sabía el tipo de escena que vendría a ver. Lo lamentable de este encuentro es imaginar que detrás de esa nada no hay nada, que ni siquiera esos restos, pueden relacionarse con aquel cuerpo del que alguna vez formaron parte. Te juro que no pude asociar lo que vi con el rostro que yo te conocía.

Las guaguas siempre llenas, siempre extenuantes; los olores desde los asientos, olores desde las puertas, las ventanas; olores ocultos, escurridizos. Manos levantadas, fuertemente asidas a las barras, cuerpos balanceándose, carteras presionándome la espalda, tetas comprimiéndose contra mi espalda. Golpes contra el techo, patadas contra el piso, alaridos insultando al chofer; pero es imposible hacer que se detenga el ómnibus. Casi todos leyendo el editorial del periódico, el de al lado metiendo la cabeza; comentarios al oído. Yo que vengo del cementerio, yo que voy para el trabajo y no sé qué hacer. Pero el escándalo se extiende, la guagua abarrotada no se detiene en Luyanó y los golpes ya no los puedo soportar. Se ha pasado tres cuadras y ha venido a frenar frente a la casa de Rebeca. Ella que asume que yo vendré por su cuerpo, ya me espera desnuda sobre la cama. Empiezo a recorrer su figura con mi lengua. Hace unos años conocí de la muerte y hoy supe lo que queda de la muerte, es por eso que su cuerpo me estremece distinto en esta tarde tan especial. Estoy vivo y desnudo contra su cuerpo, los dos gimiendo, y sé que ésta es una solución breve, insignificante, que luego vendrán más dudas. Pero qué otra cosa deseo ahora más que saberme vivo, aunque tal vez, al salir de su cuerpo descubra, que ni siquiera he presentido la calma.

Es de noche y el diario de la tarde reproduce textualmente el editorial de la mañana, que las gentes vuelven a leer tratando de encontrar algo nuevo, al menos una palabra distinta, pero todo es inútil. Viajo en un ómnibus abarrotado donde nadie parece dispuesto a apearse, donde nadie habla ni murmura, donde todos los pasajeros tienen jabas en sus manos repletas de panes, latas de leche, azúcar en bolsas de nailon. Algunas mujeres con niños recién nacidos en sus brazos. Pero todos en silencio, todos mirándose entre sí y temerosos.

—Sí, he venido por tres meses, fue un papeleo tremendo y pensar que yo antes venía todos los años a pasear con tu abuelo y gastábamos grandes cantidades de dinero comprando cuanta cosa se me antojaba. Pero el comunismo acabó con todo eso. Ahora que vengo me encuentro todo cambiado, irreconocible. Verdad que este país es grande. Allá nosotros pasamos hambre y calamidades; pero ese hombre se cae, algún día se cae, y entonces sí podré vivir como antes. Suerte que tú pudiste venir con eso de los barcos. No olvido tu cara el día de la exhumación de tu abuelo. Estabas muy nervioso, con aquel periódico que decía lo de la embajada. Pobre gente. Aquello daba grima, golpes, atropellos, qué horror.

Es un verano interminable y el calor consume las imágenes. Tengo sed y la única cafetería de la calle 70 está cerrada. Los pies me duelen de caminar, el fresco que debía soltar la proximidad del mar no existe; pero nadie se detiene, caminos atestados de gentes, autos abandonados en plena calle. Y la cerca, el enrejado, los gritos, manos aferradas violentamente a los barrotes, caras a medio salir de entre los barrotes… y el agotamiento. Me siento en un contén a la sombra de un edificio pintado de franjas multicolores por la Brigada de Reanimación Urbanística. Pero no puedo reposar, la gritería, el barullo, el desconcierto, una vieja desdentada y encorvada, llamando frenética a la policía para que me obligue a seguir.

Atardecía. Caía una lluvia ligera. A cada momento crecía la multitud, familias cargadas con jabas de saco, guaguas rumbo al lugar exacto: camino a la Embajada de Perú, que ya en el curso de un día tan breve y confuso, se había abarrotado de millares de seres humanos, condenados por su propio instinto a escapar.

—Cuéntame qué hiciste con la máquina de escribir de tu abuelo que te regalé. Yo pensé que al irte me la devolverías, pero bueno, qué vamos a hacer. Ay, qué bien me siento en este país, si pudiera quedarme lo haría. Allá todo es hacer el paripé para que se crean que una es comunista, y así poder coger un bono para comprar un televisor o una lavadora que tanta falta hacen. Esta vez no me dieron el refrigerador, porque una tipa ahí, había trabajado cuatro horas voluntarias más que yo. Pero para qué hablar de esas cosas ahora. Yo lo que voy a hacer es aprovechar el tiempo que voy a estar aquí y decir todo lo que quiera, porque figúrate, cuando regrese tengo que seguir en el comité y la federación y todo eso. Tú sabes bien que la cosa no es vivir sino saber vivir, y en eso yo soy la campeona.

Los días se deshacían volando, los editoriales del periódico eran cada vez más temibles exhortando a la violencia. Barcos llegando al puerto de Mariel, el lugar más deseado en toda la isla. Y yo fui hacia él, en una guagua donde era obligatorio llevar, a pesar del calor, las ventanillas cerradas; donde estaba prohibido hablar o gemir, llorar o respirar, mirar o quejarse. El viaje se hizo largo, recorría la ciudad, casi con la seguridad de que sería la última vez. Al pasar por el hospital regresaste a mis recuerdos. Miré al tercer piso, a la sala de ortopedia como intentando despedirme de ti. Pero me descubriste al pasar, y con tu pelo cano y rizado, como el mío, viniste en silencio hasta sentarte en mis piernas, o yo en las tuyas, no lo recuerdo bien.

Luego no sé qué más pasó. Tengo que confesarte abuelo, que hoy es invierno y tengo frío, pienso en ti y no sé si tú harás lo mismo, pero lo trascendente, creo, es que estamos aquí los dos juntos, en esta noche que se estrecha contra la oscuridad.

BALSEROS

Teníamos que ponernos a trabajar en cuanto llegáramos, sin embargo no había un plan preparado con anticipación, lo cual nos ponía en desventaja frente a los otros medios de noticias en el lugar. Sólo sabíamos que tras pasar por la rigurosa burocracia aduanera de la isla, debíamos partir a la playa de Cojímar, y sobre la marcha darle coherencia a la información que transmitiríamos hacia Miami esa misma tarde en vivo. La asignación requería además, acumular material suficiente para realizar una miniserie o un programa especial sobre el tema de los balseros.

La tarde transcurrió rápidamente. Hicimos el primer envío al satélite a las 6. La cobertura gráfica transmitida fue lo suficientemente abrumadora como para crear un impacto en la audiencia. También resultó bastante decorosa la entrevista que le hice a un hombre de poco hablar, pero de comportamiento muy enérgico, que se preparaba para lanzarse al mar con su familia en una balsa a todas luces incapaz de cruzar el Estrecho de la Florida. A título personal, y fuera de cámara, traté de persuadirlo, no porque no existieran poderosas razones para que se largara de Cuba, sino por el estado paupérrimo del «artefacto», así le llaman a las balsas, en el cual arriesgaría su vida.

Cuando se está cubriendo una noticia en desarrollo, las horas pasan vertiginosamente. Los materiales se acumulan, las entrevistas nunca parecen suficientes y mucho menos las adecuadas. En escasos minutos volvería al aire el noticiero de la noche y junto a mí un grupo de jóvenes aguardaba el momento para manifestar su descontento por el régimen y mostrarnos en cámara los neumáticos forrados con lona y sacos de yute, con los que emprenderían el viaje hacia la «yuma», como le dicen en la isla a los Estados Unidos. Sin embargo, en medio del reportaje, Arturo, mi camarógrafo, me señaló hacia la orilla, donde comenzaban a desembarcar los balseros que había entrevistado a las 6. Corrí hacia ellos, los niños mostraban una expresión de miedo, la mujer sólo sabía decir: eso es espantoso, mientras el hombre afirmaba que en cuanto arreglara los problemas volvería a intentar el viaje. La balsa se inclinaba mucho a la derecha, no había manera de estabilizarla, decía, mientras forcejeaba con la embarcación para sacarla del agua, que a esa hora de la noche, quizás porque ya había entrado la marea alta, se mostraba bastante inquieta. La noticia en vivo, con el detalle del balsero regresando, le dio a la información un carácter de inmediatez y exclusividad, que diría mucho de mi reportaje.

Como Arturo es cubano, lo conmovía la tragedia de sus compatriotas lanzándose al mar en cuanta cosa lograra flotar, y lo manifestaba sustituyendo la cordialidad y el buen humor que le he conocido durante los años que llevamos trabajando juntos, por una expresión fría y un rostro contrariado y hasta en ocasiones triste. Desde luego, yo también me sentía impactado por aquel deprimente espectáculo de cientos de personas, que sólo sabían, podían y querían hablar de irse de su propio país, arriesgándolo todo y dejándolo todo, por lograr la libertad, un futuro mejor y un poco de dignidad. Manejando desde Cojímar hacia el hotel Riviera, en La Habana, nos cruzamos en la carretera con prácticamente una caravana de vehículos llevando balsas en los techos y hasta nos detuvimos a filmar el momento en que un carro tirado por caballos, remolcaba con dificultad una rudimentaria, pero inmensa embarcación. Le dije a Art, que podíamos documentar algunas de esas situaciones con vista a la serie especial.

En el hotel comencé a preparar el reportaje del siguiente día, donde quería incluir, para balancear la información, una entrevista con algún funcionario del Ministerio de Relaciones Exteriores de Cuba, así como trasladarme hacia otros puntos de donde estaban partiendo en masa los cubanos. Sin embargo, todo cambió de un momento a otro. La familia de Arturo iba a comenzar la construcción de una balsa y me pareció que no había mejor reportaje que ése, pero no sabía cómo planteárselo a mi camarógrafo. Por suerte él mismo tomó la iniciativa, que yo secundé de inmediato.

Partimos hacia su casa. Allí supe que esa era la casa de su infancia y adolescencia, hasta que salió hacia los Estados Unidos. Su hermana permaneció en la isla y la heredó. Durante el viaje me hizo un bosquejo de su vida, dándome detalles muy personales, que nunca antes habíamos abordado. Para mí, su familia estaba toda en Miami, pero no era así. Descubrí que el Arturo que yo conocía no era más que un pálido reflejo del verdadero, incluso me pregunto si al desnudarse ante mí, lo hizo del todo, o tan sólo dejó entrever aquella parte que se necesitaba para la noticia.

Su hermana era una mujer hermosa, trigueña, algo tímida, que se paró delante de la cámara muy recta, sólo encorvando los hombros ligeramente, como evadiendo un golpe, temerosa de ser agredida por el lente. Se daba un aire a Art. Su marido, algo mayor que ella, era el vivo retrato del oportunista, con el que, seguramente, no me sería fácil tratar para el reportaje.

El barrio donde vivían tuvo que haber sido en su tiempo un lugar acogedor. De todas las casas en el área sólo una estaba conservada y era precisamente la de Art, quiero decir, la de la familia de Art. No le faltaba pintura, y el único carro que había en la calle, además del nuestro alquilado, pertenecía también a esa casa. Los vecinos le tienen terror pánico a mi hermana y al marido, piensan que son informantes, me dijo Arturo casi en complicidad en un momento en que nos quedamos solos. Incluso creo que se sentía un poco abochornado por esa realidad, que por evidente se vio forzado a revelarme. A modo de excusa se apresuró a proteger a su hermana. Él ya vivía como un rey desde antes de conocer a mi hermana, dijo en voz baja y salió al portal.

La belleza de una calle, por cuyas orillas corría una frondosa arboleda, la utilicé para sacar a Art de su apuro. Yo no había requerido en ningún momento intimidades familiares, pero todo indicaba que él necesitaba esclarecerme algunas. Filmamos los flamboyanes que por ser casi verano estaban florecidos. La toma de Arturo, un profesional con muy buen gusto, la utilizaría para contrastar la belleza de una ciudad, por momentos esplendorosa, y en otros, una ruina hasta en el detalle más insignificante, con el éxodo sin par que estaba aconteciendo. También captamos imágenes de una escuela todavía activa, al menos había muchos jóvenes en el interior, cuyas paredes estaban cubiertas de un moho negruzco, producto de la ausencia total de mantenimiento, y unas maderas apuntalaban los muros exteriores. El tiempo empleado en la filmación sirvió para concluir la conversación sobre su familia. Luego supe, por su sobrina, que asistía a esa escuela, que su tío también había sido alumno de ese centro.

Quise recurrir a mi asistente como elemento fundamental del trabajo, sería algo impactante la participación del camarógrafo en la historia, pero se negó, empleando incluso, un tono cortante y agresivo, que llegó a enfadarme bastante.

Yo soy un emigrante económico, se apresuró a decir el cuñado de Arturo, ante la cámara. Si esta filmación llega a manos de los compañeros del Ministerio del Interior y del Partido, quiero que sepan que yo apoyo la revolución cien por ciento…

Aquel discurso, esa sarta de sandeces y cobardía, provocó una discusión que casi termina a golpes entre los dos hombres. No sé por qué la hermana de Arturo me veía como un mediador potencial, pues continuamente requería mi intervención para solucionar aquel problema doméstico. Tal vez el no ser cubano le hacía creer que podía asumir un criterio imparcial, sobre asuntos incluso tan inexplicables para mí, como el uso de una libreta de racionamiento. Luego supe que esa libreta, la cual me mostraron y grabé para el reportaje, era la que daba acceso a la poca comida que venden en los establecimientos. Arturo se excusó conmigo y no sabía qué hacer para halagarme. Estaba apenado. Creo, incluso, que temía que al regresar a Miami, yo desatara un chismorreo en el canal, sobre los pormenores de la vida privada de mi asistente. Desde luego que yo no haría cosa semejante, y me las ingenié para hacérselo saber, sin necesidad de volver al tema de la bronca. Después de todo, parece que el cuñado de Arturo, años atrás no sólo aspiró a conquistar a la hermana, sino también la casa donde vivía la muchacha, y para lograrlo hizo alteraciones comprometedoras en documentos oficiales que llevaron a Arturo a la cárcel por varios años. Estas interioridades me las hizo saber la propia mujer, aunque siempre sembrando ciertas dudas. La actitud de mi compañero de trabajo, denotaba un espíritu superior, capaz de echar a un lado traiciones oportunistas y mezquinas, en beneficio de la reunión familiar.

De lo único que disponían para comenzar la construcción, era de tres cámaras de tractor, lo suficientemente grandes como para hacer una balsa, pero no existían otros medios necesarios, como tela, lona, hilo, maderas, clavos, remos, sobre todo una brújula para poderse orientarse. Poco a poco el cuñado de Arturo fue dejando la cobardía a un lado, probablemente ayudado por una botella de ron, a la que llamaba «chispae'tren», y se entregó de lleno y con ingenio, a la construcción de la embarcación, aunque continuamente tomaba precauciones exageradas, como poner la radio muy alta a la hora de martillar, y vigilar a través de la ventana a los vecinos. Cualquiera te denuncia aquí, me dijo sonriente.

Art y yo, tuvimos que alternar la filmación de la balsa, con la salida de otros balseros ya listos y lanzándose al mar. En el hotel, mientras me duchaba y cambiaba de ropas para ir al MINREX —había logrado una entrevista con un funcionario de menor rango, pero era algo—, Arturo compró en la tienda del hotel, un llavero del cual pendía como adorno una brújula. Ya les tengo la brújula, me dijo cuando salimos a realizar la entrevista. Se notaba contento, su rostro parecía haber recibido una dosis de energía, al poder resolverle algo fundamental a su familia.

Salimos al aire en una cobertura de equipo. Miami, Washington y La Habana. La entrevista con el funcionario de relaciones exteriores no la transmití, sólo me hice eco de ella, donde el funcionario afirmaba que era una falacia decir que los cubanos se estaban tirando al mar por millares. Una toma panorámica del malecón habanero, mostraba catorce embarcaciones rudimentarias adentrándose en las profundidades del mar. Además, el servicio de guardacostas norteamericano reportaba el rescate de casi dos mil personas ese día.

La hermana de Arturo saltó de alegría al ver la brújula, que era prácticamente de juguete, así como botellas plásticas de agua y algo de comida, que servirían para la travesía y para subsistir los días previos. Con orgullo mostró una bomba de aire para bicicleta, que habían comprado con unos dólares que obtuvieron vendiendo un colchón y una puerta de la casa. Filmamos cuando vinieron a recoger la puerta. Pregunté por el interés que una puerta podía tener para sus compradores y me dijeron que la utilizarían para hacer una balsa. Quise entrevistar al comprador, pero se negó rotundamente.

El reportaje se estaba logrando a la perfección. Los preparativos de la familia de Art marchaban aceleradamente, aunque los problemas se precipitaban uno sobre otro. Desatornillaron y desencolaron el sofá para convertir los largueros en remos. En este asiento se quedó muertecita mi abuela, que en paz descanse, dijo la hermana de Art con cierto aire melancólico, pero sin remordimientos, mientras su marido lo despedazaba para utilizar la madera en la balsa. El mueble, verdaderamente una reliquia, de madera sólida, había sido de los abuelos maternos de Arturo. Con parsimonia lograron hacer unos remos fuertes y de calidad, aunque el mango no era redondo, sino plano. Las camas, que llevaban en esa casa al menos cuarenta años, fueron desbaratadas para reforzar la balsa, y la tela de los colchones, donde el propio Arturo dormía de niño, la emplearon en forrar los neumáticos. Por su parte los alambres de los bastidores también encontraron su utilidad en la confección del «artefacto» destinado a acomodar a una familia entera, y resistir los embates del mar.

Las imágenes las tomaba yo. Mi camarógrafo se había entregado de lleno a la construcción de la balsa con su familia, incluso señalándome tomas específicas en las que él aparecía. Aquello lo asumí como su aceptación, para ser usado en la producción. Se mostraba inquieto, febril, demostrando unas habilidades que yo no le conocía. Partí a cubrir una conferencia de prensa donde no permitían tomar videos, dejando a Art trabajando con su familia, tratando de desmontar una viga de la casa, y desclavando el techo para utilizar los clavos en la balsa y el papel de techo como fondo impermeable.

Por Cojímar seguía saliendo el mayor número de balseros, pero deseaba agregar a los reportajes otros sitios también importantes como Santa Fe y Jaimanitas. Además, me habían hablado de Guanabo. Allí llegué conducido por un muchacho de unos 25 años que por unos pocos dólares me sirvió de guía. Él no se iba a lanzar al mar, me dijo, no porque no tuviera también deseos de largarse de Cuba, sino por miedo. Tengo miedo a morir, y no me da pena decirlo, afirmó no sin cierta amargura. La misma frase me la ratificó, ya más animado, cuando le pedí que la repitiera frente a la cámara, para incluirlo en el reporte de esa noche.

Me llevó por oscuras calles, por verdaderas fábricas de balsas, donde cientos de personas discutían precios y exigían un trabajo de calidad, que pudiera resistir la dura travesía. Documenté el recorrido que cinco balseros realizaban hasta la orilla del mar, seguidos de una multitud que los acompañaba a la costa, dándoles ánimo y demostrando solidaridad.

La embarcación de la familia de Arturo tomaba forma por minutos. Habían arrancado la plancha de plywood de un escaparate, para utilizarla como fondo. El motor de un antiguo refrigerador muy deteriorado, pero todavía en uso, lo utilizaron como elemento de la propela, ciertas placas de metal como quilla, y una soga que fungía como tendedera, la emplearon para fijar los neumáticos entre sí. De un librero de caoba, recuerdo de un abuelo ya fallecido, sólo quedaba una montaña de madera, lo mismo ocurría con la mesa del comedor.

Con paciencia, la hermana de mi compañero preparaba pequeños paquetes con fotos, inscripciones de nacimiento y otros documentos importantes, para llevarlos en la travesía. Los envolvía bien en plástico, y con una plancha caliente sellaba los bordes. Me mostró algunas fotos en blanco y negro de Arturo niño, así como del resto de la familia. En una aparecía Art recién llegado a Miami, muy delgado y con los pómulos marcados. Me mostró un papel amarillento, que extrajo de una cartera de piel de cocodrilo, fechado en abril de 1959, donde su madre solicitaba la instalación de una línea de teléfono. Han pasado los años y todavía esperamos por el teléfono, dijo moviendo el papel en el aire y sonriendo. Luego, con la misma parsimonia, rellenó varios pomos de medicinas, para mi sorpresa todos con etiquetas vencidas, que extrajo con cuidado de una caja, como si se tratara de una reliquia familiar, con monedas antiguas, sellos de correo y algunos dólares.

Cubrimos el momento en que las autoridades cubanas sacaban del agua los cadáveres de tres personas, una de ellas, un hombre que había sido mordido por tiburones. Al poco rato una lancha guardacostas desembarcó una balsa despedazada. Un guardia me dijo que eran cerca de 20 los náufragos. Días después se supo que dos fueron rescatados por otra embarcación y contaron cómo se les volcó la balsa. Los muertos llegaron a 14. El rostro de Arturo se enrojeció cuando fuimos al pueblo de Regla a entrevistar a los familiares de los náufragos. Sólo lo había visto antes en ese estado, cuando cubrimos el terremoto de México unos años atrás, que también a mí, me afectó muchísimo.

Editamos las entrevistas para el reportaje de esa tarde en el noticiero y para la asignación especial y filmamos un trasiego notable, sin que nadie tomara precauciones, de neumáticos y maderas por toda La Habana. Logramos que un adolescente nos dijera en cámara, que aguardaba en el muro del malecón la oportunidad de unirse a algún grupo que partiera por ese lado. Hoy sería el día ideal, mira que cielo más azul; no hay ni olas, dijo señalando el mar. Cuando le pregunté si no tenía miedo a morir, me enseñó unos collares de santería, y afirmó que Yemayá lo protegía.

De regreso a la casa, en medio de una oscuridad total, encontré a Arturo trabajando en una pared, ayudado por su cuñado que trataba de alumbrarlo con una vela, pero no supe qué hacían. El lugar no se parecía al que yo había visitado escasamente dos días antes. Todo estaba en ruinas, montones de maderas y de escombros regados por todas partes. En el techo había un enorme boquete, por donde sacarían la balsa esa noche. No podemos usar la puerta de la calle, me dijo la sobrina de Art señalando las dimensiones de la embarcación. El «artefacto» lo sacaron por el techo entre todos, en medio de un apagón eléctrico generalizado, y que luego supe duraba 10 horas diarias. Caminando por peligrosas y oscuras azoteas llegaron hasta un camión donde depositaron y taparon la balsa. El que conducía el camión era el mismo hombre que había comprado la puerta. El precio de transportar la balsa incluía mil pesos cubanos, un antiquísimo televisor y dos sillones de hierro.

Filmamos todo el recorrido hasta el puerto del Mariel. De allí partirían esa misma madrugada. Al llegar, una multitud comenzó a hacer proposiciones para comprar la balsa o para que los llevaran en el viaje a cambio de promesas de pago en el futuro. Con cuidados extremos colocaron la embarcación en el agua. Inmediatamente un bamboleo intenso comenzó a agitar la balsa, que no sé por qué, me parecía majestuosa y resistente. Varios desconocidos se lanzaron al mar y la sujetaron con fuerza. La hermana de Art y su hija subieron con nerviosismo, luego de tomarse varias pastillas para el mareo y los vómitos. El cuñado hizo lo mismo, pero primero mostró frente a la cámara un carné rojo. Éste era antes mi orgullo, se refería a su carné de militante del Partido Comunista de Cuba, pero ahora, agregó con tono burlón, es mi deshonra. Por su parte mi camarógrafo se acercó a mí, y dándome un inesperado abrazo me dijo que se iría con ellos.

Arturo no necesitaba hacer eso. Tenía un boleto de avión para regresar a Miami al siguiente día. Además, era ciudadano norteamericano. Lo que estaba haciendo era una locura. Discutimos un buen rato, traté de disuadirlo, le dije que éramos un equipo de trabajo, pero nada resultó. Mi compañero estaba dispuesto a partir con su gente. Después de todo no me caben dudas de que poderosas razones lo impulsaban a compartir la misma suerte que su familia.

La balsa fue alcanzando estabilidad y ritmo a medida que se adentraba en el mar. Utilicé lentes de largo alcance para seguir la trayectoria el mayor tiempo posible. Levantaron una rudimentaria vela y la embarcación desapareció en el horizonte unos instantes después.

SOMBRAS DE UNA CARTA

*Siempre encontramos algo que
nos produce la sensación de
existir.*
Samuel Beckett

Si en vez de esa luz que pasa a través de los cristales y que ocupa lentamente el cuarto, entraras tú, te aseguro que todo sería distinto. Si ese ruido que acabo de escuchar en la reja de la calle, que para mí ocupa el centro de la noche, fuera tus manos tratando de abrirla para alcanzarme, nada entonces hubiera ocurrido. Me pregunto cómo contarte lo que pasó, detalle por detalle, como sé que a ti te gusta que lo haga, sin que al intentarlo no esté pensando en tu reacción.

Una vez más estoy en esta habitación, donde el silencio se encarga de abarcarlo todo. Donde el único olor reconocible es el mío, y me abruma. Estoy sobre la cama, supongo que hace frío, pero no me cubro. La luz está apagada, y como afuera hay viento, los escasos árboles que conforman el paisaje monótono de la ciudad, se mueven escapando y ocupando el sitio del farol público. Mi cuarto se inunda de esa sombra, y es una sombra más que descubro.

Me resisto a pensar en lo que pudo, o aún puede significar el encuentro. Sólo me atrevo a recordar que hacía una cola inmensa para entrar al cine, cuando de pronto la vi abrazándome. Lo hizo con tal fuerza que perdí el equilibrio. También me besó. En estos dos detalles específicos está lo importante, pues después de mucho tiempo, por primera vez, en ese instante irrepetible, sentí como si me estuvieran amando. Sus brazos se envolvieron en mi cuerpo, y el color que le había dado a sus labios, si había alguno, lo imaginé delineado en los cañones de mi barba. Creo hasta haberla llamado, pero en la confusión y la muchedumbre no recuerdo bien cómo ocurrieron las cosas. Sabes, me sentía tan solo, que al verla, los espacios se empezaron a llenar de su figura y la mía, hasta hacerse algo cerrado, realmente compacto. El cine, los salones atestados, hasta las gentes, comenzaron a tomar parte de esa armonía. Me alegré de verla, o de volver a verla. Sin darme cuenta me bastó su extraña presencia para sentirme menos solo. Y eso me hizo temer.

Como generalmente ocurre en esos encuentros fortuitos, la conversación se desarrollaba entre palabras que uno se resiste a escuchar y el tono conveniente que el momento exigía. Hablamos de la película que veríamos, de libros recién leídos y de todas esas otras cosas que se olvidan, porque no reflejan nada más que una pose, un comportamiento intelectual. De repente estábamos mirando juntos la película. Su piel rozaba la mía. Y en el momento más insignificante de la tarde, que ya pretendía caer, me vi con ella en el carro. El lugar reservado para ti, tenía a otra persona. En realidad no preví que pudiera ocurrir un inconveniente de ese tipo.

En la oscuridad estoy sobre la cama, y pienso en ella; pero tu imagen se interpone y me detengo. En realidad desconozco qué incoherencia se esconde en mí. Nunca he podido imaginar todo un cuerpo. Sólo pedazos de cuerpos, seres fragmentados. Pero aún así, en destellos, resultan bellos y hasta armoniosos.

Con el tirón que le dio a la puerta del carro, su pelo rubio comenzó a girar, más bien a danzar, hasta llenar el interior del auto. Yo me debatía entre el enredo que desataban sus cabellos y el olor que producían. Al entrar puso el cerrojo a la puerta. No sé por qué lo habrá hecho; pero desde ese momento comencé a sentir miedo. Como suponía, la conversación se hacía larga y aburrida. Habría que saber limitar el tiempo de una visita, de un encuentro, de la confrontación de dos cuerpos. De repente me cogió las manos. Fue ella. Yo no hice nada, aunque había pensado hacerlo. Al sentir mis manos entre las suyas, no pude evitar apretárselas. Le sudaban como si lloviera a través de ellas. Tal vez fueran las mías. Me dijo que le gustaba acariciar mis manos. Estas, pensé. Estas manos que sólo yo conozco y que en el tiempo se han ido deformando. Un dedo torcido por una herida, las llagas que el trabajo infernal e incesante, me ha producido. Pero eso dijo, y como me pareció una burla, traté de olvidarlo; sin embargo, ya ves, no he podido.

Sigo en mi cuarto, que es a su vez toda mi casa, y me siento indeciso. No sé si continuar, o describirte lo que está pasando en este mismo momento. Sí… todo ha comenzado a moverse. Los libros se caen de sus estantes y se abren en las páginas más blancas. El pomo de la puerta hace por girar. Las cosas lentamente se tornan menos humanas, más reales. Pienso que puedas ser tú. Deseo que seas tú. Pero ¿y si es ella? Aquí no la quiero. No estoy dispuesto a mostrar ni mis miserias, ni mi casa. Paso el cerrojo, aseguro las ventanas, me escondo bajo la cama; pero ésta comienza a levantarse de su base, y me descubre. Sus manos —o las tuyas— dan puñetazos contra la madera, contra los cristales, contra el viento que revienta. Comienza a llover.

Traté de mirarla bien. Hasta ese momento todo había sido una gran mezcla de imágenes que se amontonaban sin sentido. Intenté varias veces mirarla, pero desde ella se extendía la noche y una oscuridad infinita. Al fin la vi, eso creo, tal vez lo esté imaginando. No sé, una piel blanca, muy blanca. Quise acariciar sus senos, pero me pareció que era mejor esperar. Me gusta ir descubriendo los cuerpos lentamente. Un cuerpo desnudo es como haberlo alcanzado todo de una vez, y eso no me interesa. De pronto descubrí que estábamos solos en un enorme parqueo. El mar que se suponía tan lejano comenzó a inundarlo, y a expandir su olor, que al menos yo inhalaba profundamente para saciarme. Sin embargo ella no mostraba señales de entender lo que pasaba, lo que venía aconteciendo desde el instante en que nos vimos.

Me habló de su vida, supe de sus temores, y yo le hablé de tu amor. Ella supo de tu existencia, pero mis palabras fueron tan vagas, que nunca pudo imaginarte. Aunque creo que entendió, pues sus comentarios traían la esencia que yo había manejado. Volvió a apoderarse de mis manos, mientras yo me sentía regresar a un encierro ineludible. Habló de mi forma de mirar, y le sonreí. Sin embargo sus ojos sí me recuerdan otros:

los tuyos. Pero aún así son distintos. Creo que no hay nada que los iguale a los tuyos. Tampoco lo quiero... Tal vez un ligero tono en el color. Su piel no es joven, pero su pelo se asemeja a mayo, huele casi a verano. Demora en hacerse oscuro.

El estacionamiento inundado de mar, nos fue empujando hacia una extraña orilla, que por serena, se hacía comparable a la muerte. Nos apeamos del auto, y ahí me sentí más cerca de ti. Caminamos cogidos de las manos, le pedí un beso, y me rechazó. Nos sentamos en la hierba bajo un árbol envejecido que chirriaba por el viento. Le pedí que me hiciera el amor. Se lo dije porque mientras hablaba estaba recordando que, unas horas antes, al verla, había experimentado la sensación de ser amado. No me respondió. Le abrí la blusa y acaricié uno de sus senos suavemente. Ella apretó sus labios.

Me acosté sobre la hierba y cerré los ojos. Trataba de encontrar un desenlace para acabar con toda esa situación creada, tal vez por tu presencia, o la mía. Al abrirlos ella ya no estaba a mi lado y yo tampoco continuaba cerca del mar. Para mí, muy despacio, todas las cosas habitadas se me fueron haciendo reconocibles, mientras algo brotaba y llenaba mi cuarto.

Pero lo más importante no es que sigo tendido, sofocado y hastiado sobre la cama —que mañana al amanecer aparecerá marcada con una mancha de bordes irregulares— sino que he descubierto que ella ha estado espiándome desde la ventana. De repente sus manos se apoyan extendidas sobre el vidrio, y al cerrarlas lentamente siento como si me atraparan. La siento llegar al borde de la cama y reír. Sus ojos me miraron como los tuyos, estaba casi seguro que ya estabas a mi lado. Me sentí tan confuso que les grité... Al pronunciar tu nombre se fueron. Cuando miré de nuevo a la ventana el paisaje era otro, mucho más luminoso. No la vi partir, no la he vuelto a ver. Pero cada día que pasa, presiento que me persigue como una sombra; la sombra más extraña y misteriosa. Sin embargo a veces quisiera que volviera, aunque sea por un instante brevísimo. No sé exactamente para qué deseo que regrese; pero a veces pienso que necesito decirle algo revelador. En realidad la he buscado por todos los sitios que visitamos juntos sin resultado. El único lugar que no he podido localizar ha sido la otra orilla, aquella a la que fuimos a parar esa noche, esta noche. Quizás esté allí. Necesito encontrarme de nuevo con ella, para hablarle, decirle cosas que oculté, para tratar de saber, si esta duda que me agobia es cierta. Si en ella estabas tú, o tú en ella.

CONTRATIEMPOS

Llevaban una infinidad de horas encerrados en la habitación. No tanto como encerrados, pues las ventanas permanecían abiertas y bastaba con hacer girar la manigueta de la puerta para abrirla. Era la tarde del domingo y las horas que se suponían las últimas de un fin de semana que transcurría pausado y sumergido en el paisaje indescifrable del trópico. Desde que amaneció se esperaba uno de esos días insufribles de verano, donde el sol hace arder con más rigor los techos de las casas. A pesar de un sinnúmero de detalles dispersos que reducían los espacios a su más mínima expresión, aun aquellos que parecen los más abiertos, la tarde flotaba envilecida como acostumbra a hacer en el verano. Mientras tanto los dos hombres permanecían sudorosos en la habitación, negando de alguna manera, lo esencial de una verdadera tarde, un cielo completamente limpio, esplendoroso, sin una nube.

La habitación ocupaba el mismo vórtice del verano, y en su interior sofocante, ellos se limitaban a hacer cosas dispares. El maestro calificaba unos exámenes sobre un viejo y algo deteriorado sillón de madera, que por obra y gracia de una larga tabla se había transformado en una útil pero no confortable mesa de trabajo. A medida que realizaba su labor, la tarde iba dispersándose entre el fogaje acumulado y el silencio. A su lado, Rafael permanecía acostado sobre la cama, escuchando un partido de pelota por radio y expresando a cada rato, pero sin recibir respuesta a cambio, era como una letanía que aburría, sus deseos de tener un ventilador. Trataba de dormir, no por cansancio o agotamiento, sino porque eso era parte de su esfuerzo por apresurar la caída del sol, que quemaba aun en el rincón más apartado y ventilado de la casa. El juego de pelota que escuchaba valiéndose de unos audífonos, para no entorpecer el trabajo del maestro, era parte de las formas de acelerar el derrumbe del día. Pensaba que tras oscurecer podrían salir a la calle.

Cuando estaba a punto de ocurrir una jugada importante para el partido, Rafael retiraba el audífono del oído para no ser testigo de un momento crucial. Era entonces que comenzaba a percibir un murmullo desconocido, el de las hojas de los exámenes pasando de un lugar a otro sobre la improvisada mesa. Las hojas emitiendo sonidos suaves al ser movidas, ya marcadas con el tradicional lápiz rojo o azul.

No se hablaban. Ni una palabra se habían cruzado en el largo tiempo que llevaban juntos. Había entre ellos un silencio preocupante, que se prolongaba. Cada uno haciendo algo, o muchas cosas a la vez, cosas incoherentes para que pasaran las siempre interminables horas de las tardes de verano.

Rafael, sin embargo, se veía impaciente por salir a la calle, a cualquier sitio, aunque fuera para derretirse en el camino hacia el paradero de ómnibus de la Víbora. Cualquier cosa, pero salir a la calle, sentir ese domingo. Estaba tan aturdido por el calor, que llegaba un momento en que no deseaba absolutamente nada, ni moverse; tan sólo cerraba los ojos sin proponérselo, sin estar cansado. Su idea fundamental era alejar el tiempo, los minutos interminables, olvidarse del paisaje, de las calles repletas de autos destartalados, de las avenidas empegotadas de chapapote, de la calzada de Jesús del Monte encharcada de agua pestilente y burbujeante.

Jugaba a descubrir el momento preciso en que pasaba de estar despierto, a dormido; pero no lograba encontrar ese instante mágico. Por el contrario al regresar de su entretenimiento, lo único que reconocía era el sonido de los papeles. Y lo disfrutaba, y se iba metiendo dentro de esas hojas atiborradas de números, hasta convertirse en un examen repleto de ecuaciones absurdamente resueltas.

... y como soy un examen, siento cuando él me toca, y me aprieta, y me acerca a los cristales de sus espejuelos de armadura dorada. A través de ellos veo sus ojos gigantescos, y le pregunto que por qué no me dice nada, pero no me responde, quizás no me escuche. Para él aún estoy acostado en la cama y por eso me ignora, no me reconoce en sus exámenes. Si supiera cómo soy ahora, cómo he podido estar tan cerca de él, entonces, casi seguro, dejaría de calificar y estableceríamos una conversación interesante sobre la metamorfosis del hombre en papel. Este papel amarillento y duro. Pero como no logro interesarlo en mí como algo nuevo, novedoso, al menos fuera de este sin sentido al que nos hemos acostumbrado, o nos han obligado a pertenecer, me molesto e intento abandonar la hoja. Pero siento cuando él hace

correr un lápiz rojo sobre un trinomio, y eso me hace
bien, aunque la tachadura ha venido a cubrir mis ojos.
Y como veo en rojo, como ya no siento nada, vuelvo de
un salto sobre la cama.

El calor acumulado en el cuarto lo hacía flotar todo,
hasta el tedio corría descontrolado de un lado a otro de
la habitación sin encontrar escape posible. El cuadro
de la abuela se derrite como muerte. Es la muerte. El
blanco se mezcla con el verde y se torna luz. El clavo
que lo sostiene en la pared se desprende, y cae estruen-
dosamente rompiendo el cristal también reblandecido,
transformando los rostros en figurillas aladas como
ángeles o monstruos erotizados, que en el revolotear
desesperados por el cuarto, caen calcinados al tropezar
con el techo prácticamente en llamas.

La tarde, dando un salto apresura su paso, mientras
Rafael revisa el librero. Sin un interés marcado lee algunos títulos, pero no llega a sacar ninguno de los estantes.
Camina de un lado a otro por entre los minúsculos espacios no ocupados por tarecos, desgraciadamente todos útiles, algunos imprescindibles. Con disimulo mece
el sillón donde el otro trabaja, pero éste sin pronunciar
palabra lo detiene, y continúa haciendo marcas enloque-
cidas sobre los exámenes. Rafael casi consciente de que
hay muchas cosas por hacer, pero sin deseos de hacer
ninguna, comienza a imaginar cómo será la noche después de uno de los días más calurosos jamás padecidos.
Piensa que quizás una brisa se apiade de la isla, que los
árboles vuelvan a mecerse, que al menos dejen de sudar
las manos, que las horas de la noche inciten a los hombres a abandonar de prisa el cuarto, a los amantes a hacerse el amor con más pasión, al Malecón a abanicar la
ciudad, al mar a disuadir a tiempo a los suicidas.

Rafael encuentra un pedazo de cartón, algo arqueado y comienza a abanicarse. Es la carátula de un libro que también se ha despegado por el calor. Dirige el cartón hacia el maestro que califica los exámenes. Éste al sentir el aire cálido, se pasa las manos por la cara, por el pelo húmedo de sudor. Pero aun en ese momento especial de la tarde, no reacciona como Rafael esperaba, y se mantiene en un silencio impenetrable. El joven ve como las colillas de los cigarros acumuladas en el cenicero, se avivan por el aire del cartón y comienzan a quemar las aristas de un polígono todavía por calificar, pero no hace nada por impedirlo.

Cansado de mover el cartón de un lado a otro sale al patio en busca de la brisa, aunque sabe que no la va a encontrar. El olor del verano lo atrapa y lo lleva al mismo centro del traspatio. Como ha salido sin camisa, el sol le quema la espalda y los hombros, levantándole de inmediato ampollas. La piel va cayendo sobre las piedras también ardientes y se funde con ellas. Rafael, adolorido por sus hombros en carne viva, se apresura hacia el lavadero y mete la cabeza bajo la pila de agua, pero como es más de las seis de la tarde, hora en la que, religiosamente, el acueducto retira el suministro a la ciudad, sólo recibe un ligero chorrito de agua también hirviente, el poco que aún quedaba en la cañería.

Vuelvo a ser una hoja o varias a la vez. El maestro que está muy molesto por el calor, la claridad insoportable del verano y las sombras que se lanzan hacia todos los rincones, da un manotazo sobre un examen, sin saber que me lo está dando a mí. Al hombre se le acentúa su malestar. El calor final de la tarde comienza a derretir las ventanas, que ya goteaban su sustancia dejando una mezcla babosa en el piso de la habitación. De malhu-

mor prosigue calificando como si no le importara lo que estaba pasando a su alrededor, pero de reojo mira cómo la ventana se va tapiando sola. Con una rapidez asombrosa y como para procurar que al menos el poco aire caliente de la calle siga llegando, atraviesa una regla de madera entre las persianas, pero ésta también se derrite.

Una hoja desarrolla una voltereta mágica en el aire, emitiendo su sonido característico: acaba de ser virada para calificarla por detrás. Ahora soy un examen por la otra cara. Estoy de espaldas y tengo la nariz comprimida contra la tabla. El disgusto del maestro parece una explosión, por lo que asume son borrones. Pero me siento bien, muy bien, sus dedos recorren los pasos desarrollados por el alumno, pero en realidad están aliviando el dolor de mi espalda. Mientras eso ocurre, el papel se va abriendo en poros, son poros. Siento cuando su uña levanta los números, que no son otra cosa que las ampollas, todavía sobre la espalda. Y es mi piel olvidada por un instante del calor y las quemadas, que ahora está mejor.

El maestro hace una pausa. Estira sus brazos, junta las manos sobre la cabeza, luego las baja hasta la nuca. Se le nota cansado. Sin pronunciar palabra prende un cigarro, Rafael hace lo mismo. El humo se confunde con el vapor acumulado en el cuarto y se hace una nube espesa que no los deja verse.

Rafael aprovecha el intermedio para hablarle al maestro.

—¿No vamos a salir hoy?

—No hay a donde ir.

—Sí, vamos a Coppelia.

—No, seguro hay mucha cola.

—Entonces al Parque Lenin.

—No puede ser, hay mucho calor y tengo que entregar los exámenes calificados mañana temprano.

—Vamos al Malecón.

—Te digo que hay mucho calor.

—Allí se supone que exista el fresco, es el mar.

—Aquí nada se puede suponer.

—Al cine, qué te parece el cine.

—No hay nada que ver.

—Sí, una película rusa que estrenaron el jueves.

—Si es rusa tiene que ser mala.

—No importa, entiéndelo, no importa, al menos cogemos aire acondicionado. ¿No te persuade la idea del aire acondicionado?

—Seguro que va a estar roto.

—Bueno, ya lo tengo, a Artemisa a tomar batidos de plátano.

—Vete al carajo. Déjame terminar esta mierda.

—¿Entonces no salimos?

—No, hoy no es posible. Haz algo, coge los exámenes calificados y pasa las notas al acta de comparecencia.

Rafael mira un trabajo donde hay una función seno y la alarga, y la empieza a hacer girar como si fuera una suiza.

—Deja de hacer eso, ahora se ha convertido en una parábola y tengo que quitarle los puntos al alumno por tu culpa.

Los dos volvieron al silencio. El hombre calificaba desesperadamente, trataba de acabar con toda aquella cantidad de papeles lo más pronto posible. Las hojas continuaban murmurando entre sí, como chismeando, y Rafael que ya había descubierto el lenguaje de las hojas, lo disfrutaba. Era un sonido suave y calmado.

Rafael pasaba las notas a la libreta del maestro.

—¿Qué dice aquí?... ¿Krokusca?... ¿Kukuca Rodríguez?... ¿Cómo es el nombre?

El hombre sonríe, mira a Rafael, le habla con un tono mágico, hace cosas como si jamás hubiera actuado de esa forma con Rafael empapado en sudor. Se le acerca y tomándolo por la oreja, le dice: *Bestia, ahí dice Katiuska Rodríguez*. El maestro extiende su mano hacia el pelo rizado y revuelto de Rafael, y con una sonrisa, en susurro le dice: *cuando terminemos aquí vamos a salir.*

Hay una claridad cegadora penetrando por una hendija de la ventana, ya totalmente derretida. El insoportable calor del trópico en una isla confundida por una luz aplastante y sus sombras. Las calles más alargadas que nunca y sus densas sombras, la naturaleza y sus sombras, los ómnibus abarrotados, y las gentes, y las colas, y entre todo primando esas sombras… El cuarto proyectando los exámenes, los números, las ecuaciones, los objetos, hasta las propias paredes lanzando sus sombras sobre la ciudad convertida por el agotamiento y el horror, en la más imborrable de las sombras conocidas.

Rafael, desesperado, seca el sudor de su cuerpo con una toalla, traga en seco y cierra los ojos para hacer su propia y personal sombra; pero de inmediato los vuelve a abrir, ahora más expresivos que nunca, por temor a que al volver a la realidad esté de nuevo solo en el cuarto, que ya era una pasta a punto de licuarse.

El maestro había dejado de calificar, y Rafael que conocía la razón del hombre, se suma a ese momento disfrutándolo plácidamente. Una bandada de gaviotas se hunde en el mar, se refresca en el mar, que aunque distante ellos lo hacen próximo a la casa. Ven a los adolescentes bañarse en el mar, en los arrecifes, en las pocetas. Una patrulla interrumpe a los nadadores y los arresta. Los dos hombres en el cuarto, bien lejos del mar, regresan al calor de la habitación, tan derretida, que se ha reducido a espacios inhabitables.

El silencio vuelve a ser total, desquiciante a ratos. El maestro califica los exámenes finales y Rafael enciende el radio para continuar escuchando el partido de pelota, pero lo apaga de inmediato, pues todas las estaciones han comenzado a transmitir, una vez más, el último discurso.

Rafael extenuado, avanza arrastrándose hasta la puerta de la habitación, mira al patio y trata de descubrir por las sombras sobre las piedras cuánto faltaba para que concluyera el día, definitivamente interminable, único. Rafael se peina y se prepara para marcharse, ya que era evidente que no saldrían a pesar de la promesa. Al despedirse, el maestro, sin emotividad, le dice que no se preocupe si al día siguiente no tiene ocasión de volver. Rafael se va confundido, sin entender ni preguntar, lo que le quiso decir.

Al salir de la casa encontró en la puerta un carro bastante nuevo, pero no le prestó atención, aunque se le hizo extraño un vehículo de esa naturaleza en un barrio pobre de una Habana en ruinas, detenida en el tiempo. Continuó su andar hacia la parada de ómnibus, pero en vez de llegar la ruta 1, que era la única que pasaba por allí, la que apareció fue la 14B. Otro detalle desconcertante; nunca había visto una ruta que tuviera letras, y mucho menos aire acondicionado en su interior. No le dio importancia a la confusión de los números de las guaguas, más bien pensó que sería consecuencia lógica de algún examen. Al llegar a su casa, notó la ausencia de las losas rojas en el portal. Al entrar, el interior era el de un edificio alto, muy limpio. En la puerta del elevador había un anuncio en inglés, donde alguien ofrecía una recompensa, por una perrita extraviada. Extrajo el llavero y encontró numerosas llaves desconocidas. El interior de la casa no se parecía a la suya, ni a la del maestro. Estaba algo aturdido. Encendió el televisor y en el noticiero estaban dando el parte del tiempo para Miami y sus vecindades. Rafael estaba sorprendido, pero sonreía distinto, como quien llega al fondo de un asunto complicado. Se propuso caminar un rato por el barrio, y al salir encontró junto a la entrada del edificio un buzón que tenía su nombre. Comenzaba a forzarlo cuando tomó conciencia de que con toda seguridad, una de sus llaves lo abriría. Extrajo una carta, y tras abrirla comprendió que llevaba mil ochocientos treinta y ocho días sin él.

TARDARON BASTANTE

El programa lo tenía guardado entre unos libros, como siempre hacía, para consultar los horarios de las películas. Tuve suerte de conseguir uno antes que se agotaran. Lo recogí en la puerta de la cinemateca la última vez que estuve allí, una tarde lluviosa, para ver tres películas seguidas de Bergman. Al salir del cine la ciudad se me venía encima, me aplastaba, me invitaba a tirarme bajo un carro. Estaba exhausto y totalmente desesperanzado; habían sido muchas escenas juntas de muerte y soledad. Sólo la descomunal cola en Coppelia a donde llegué como un sonámbulo me hizo regresar a la realidad.

Yo estaba atento a las fechas para volver a la cinemateca cuando proyectaran *Una ternura infinita*, película francesa que se exhibiría sólo una vez, en un caprichoso horario, a las 4 de la tarde, y cuya sinopsis decía que mostraba las imágenes de un asilo para niños minusválidos, donde dos de ellos, imposibilitados de hablar y hasta de valerse por sí mismos, entablan una asombrosa relación de dependencia, que culmina con la muerte de uno de los niños y la furia incontrolable del otro. Ese día el cine estaba lleno, y aunque era usual me llamó la atención la cantidad de escritores conocidos que estaban en el vestíbulo esperando el momento de pasar a la sala. A otros no los conocía de nombre, pero sin duda había un sorprendente ambiente intelectual. Entré. Me gusta sentarme en la fila 8, al centro. Es el sitio ideal para mí.

La película era brutal, tan desesperanzadora como las de Bergman, pero ésta no era ficción, ni un tratado sobre las relaciones humanas y la incomunicación, sino un documento fílmico, real, de unos niños en una suerte de hospicio, donde las relaciones humanas y la verdadera dependencia no venían dictadas por el egoísmo y el individualismo, sino por la imposibilidad física y mental de poder establecer un contacto afectivo.

En la salida me encuentro con Rey que también estaba impresionado. No nos habíamos vistos por al menos dos años, desde que cayó preso, por rebelde y escritor, por anticastrista y homosexual militante. En realidad desde antes, cuando escapó de la policía y estuvo escondido en un parque por más de un mes. El encuentro fue muy emotivo, trascendía la habitual reunión de dos amigos que se tropiezan casualmente.

Me abrazó como diciendo: ya estoy de vuelta y listo para la lucha. Nos fuimos caminando rumbo al Almendares. Cruzamos el puente y bajamos la escalinata hasta encontrar un sitio tranquilo junto a la corriente del río. En lo alto del puente, que apenas unos minutos antes habíamos pasado narrándome las peripecias y vicisitudes que estaba padeciendo, ya que su tía no le permitía regresar al cuarto donde había vivido hasta que cayó preso, se parapetó un hombre con espejuelos oscuros. La persistente mirada de Rey fue la que me alertó que algo estaba sucediendo. Rey comenzó a agitar su mano con insistencia mientras me decía: ese es el policía que me persigue a donde quiera que voy, lo saludo para que sepa que lo he descubierto, pero no lo mires mucho, es muy tímido.

Narró algunas de sus experiencias en la cárcel, de su labor de escribano, haciendo «millares» de cartas para las mujeres de los presos (en él todo era hiperbólico), y me asombré al escucharle decir que no había tenido sexo con nadie en todo ese tiempo en la prisión. Elaboró una explicación bastante convincente del porqué de su abstinencia, y aunque me pareció difícil de creer, no lo dudaba del todo, pues si algo había demostrado Rey a lo largo de su vida, era una entereza y una poderosísima resistencia física y mental ante las adversidades. Aunque estaba delgado se mantenía fuerte. Siempre me maravilló su constitución física, puro músculo, ágil, capaz de soportar con estoicismo los eventos más crueles, como cuando enfermó de meningitis o vivió en las alcantarillas del Parque.

Rey me habló del Morro donde cumplió su condena. Recordé que sus murallas encierran desde la época de la colonia una historia de horror y muerte, pero no le dije nada. Su estado de ánimo era bueno, incluso dentro de la cárcel, donde moldeó y memorizó una cantidad de trabalenguas, que iba a incorporar a su próxima novela, cosa que hizo. Eran burlescos juegos de palabras mofándose de las figuras de la cultura cubana (algunos de los cuales habíamos visto un rato antes en la cinemateca) y de sus enemigos, aunque algunos también resultaban homenajes. Yo me desternillaba de la risa escuchándolo, eran sorprendentes, muy irónicos. Esos trabalenguas le permitieron «sobrevivir», en una de las más sórdidas prisiones castristas, me dijo, en ese momento sí, creo, con cierta amargura.

Cuando comenzó a caer la tarde, más bien al cerrarse la tarde, estaba a punto de oscurecer, volvimos a andar las calles de la ciudad, hablando de proyectos literarios inalcanzables y de la siempre esperanzadora idea de largarnos de aquel país. El policía nos seguía de cerca. Hicimos una larga cola en una pizzería, tan larga como la de Coppelia, la noche de las películas de Bergman. El perseguidor que no le perdía pie ni pisada cometió un grave error, entró al baño. A toda prisa Rey fue tras él, pero antes de partir me dijo: ahora vuelvo, voy a ver si lo atrapo. Tardaron bastante.

MANDRAKE EL MAGO BRILLA EN EL SOUTHWEST

Para Leandro Eduardo Campa, in memorian

En Párraga, Víctor había visitado una cuartería similar, realmente tenebrosa y agresiva como ésta, aunque
por fortuna menos oscura. En aquella ocasión intentaba darle alcance a una muchacha, de escasa estatura
y pechos innecesariamente poderosos, provocadores y
firmes —a su edad con la belleza bastaba—, que había
conocido la tarde anterior, en medio de una multitud
que forcejeaba frenética por obtener un preturno para
entrar a la sala de espera donde se entregaban los tur-
nos oficiales, que daban acceso a una ventanilla para
inscribirse en la lista de espera, y poder comprar el boleto para abordar el ferry que viaja a Isla de Pinos.

Ahora, muchos años después y a pesar de haber
entrado en el edificio varias veces, un breve olor que
no pudo identificar y mucho menos retener, le hizo co-
nectar aquel lugar aislado y hasta hace unos pocos momentos prácticamente olvidado, con los vericuetos de

esta especie de solar caro de Miami, donde el tufo a aguas albañales y a orina, era sustituido por el de la mariguana.

Como inspector de viviendas del Condado, con frecuencia se veía forzado a visitar sitios realmente desagradables. Éste, en la parte más deteriorada de La Pequeña Habana, donde ya residían más centroamericanos que los propios cubanos que le dieron nombre al vecindario, constituía uno de los más deprimentes, porque aparte del ambiente —drogadictos, alcohólicos, minusválidos, enfermos de Sida en fase terminal, conviviendo con ancianos retirados, también enfermos y sin recursos—, se sentía algo que no había experimentado en otros lugares: la resignación a vivir en medio de una especie de catástrofe generalizada, que cada uno de ellos había asumido, y de la que ninguno daba muestras, ya no de escapar, sino de realmente querer apartarse.

Se detuvo unos instantes para orientarse. El elevador quedaba, contra toda lógica, al final de un largo y estrecho pasillo en cuyo techo, dos bombillos, bien distantes uno del otro, permanecían encendidos. En los otros lugares, donde debían estar las lámparas, colgaban cables sueltos con las puntas envueltas en teipe eléctrico. La falta de luz provocaba una oscuridad cegadora tan pronto se pasaba el umbral. Al final de esa suerte de túnel, por un boquete en la salida de emergencia, justo a unos pasos del ascensor, se filtraba una pequeña bocanada de la luz del día, balanceando en algo el impacto de la negrura inicial. Sin embargo, a medida que se habituaba a la oscuridad, se iba revelando un ambiente aún más sórdido del que esperaba confrontar. Todo aún más derruido que en la última visita, unos dos meses antes. Víctor tenía que observar el interior de los apartamentos, no el exterior, de manera que no importaba lo que encontrara en los pasillos o alrededores.

Los pocos inquilinos que en verdad tenían intenciones de mejorar sus viviendas, y que ya conocían a Víctor, habían comprendido que en la práctica él no podía solucionar ninguno de los numerosos problemas que confrontaban, por eso ya no se le acercaban, como hacían al principio, para presentarle quejas contra el dueño y otros vecinos. Soy empleado del gobierno del Condado y no Mandrake el Mago, les decía, a veces hasta con un tono amargado, dejando confundidos a los que no conocían al personaje de las historietas.

A Víctor no le agradaba su trabajo, lo soportaba porque recibía un decoroso salario teniendo en cuenta lo que realmente hacía, además de verdaderos privilegios, como seguro médico, plan dental, fondos de retiro, cuatro semanas de vacaciones al año, 16 días feriados, 9 de enfermedad, así como teléfono móvil, auto y gasolina, todo pagado por los contribuyentes, entre los cuales se encontraba él mismo, naturalmente.

Víctor sabía que los programas sociales existentes o por existir jamás sacarían a esas personas de la miserable vida que llevaban. Tampoco ellos estaban dispuestos a sacrificar la ayuda del gobierno en efectivo, cupones para alimentos y sobre todo el Plan 8, que les permitía tener un apartamento a precio subsidiado. Esa conclusión era patética, pero real. Recordaba a Ana, una mujer que hablaba español, inglés y creole y que además, por tener una hermana sordomuda, dominaba el lenguaje de signos. Ella rechazó propuestas de trabajo como traductora en los tribunales, con un salario generoso y otros excelentes beneficios, porque si lo aceptaba perdería la ayuda del gobierno.

Algunos, sentados a la entrada de sus apartamentos, reaccionaron rápidamente al escuchar el sonido de la puerta de acceso al edificio. Al comprobar que se trataba del inspector, permanecieron inmutables y continuaron aspirando crack. Otros, al verlo pasar camino al ascensor, sólo levantaron la mano en la que llevaban una lata de cerveza en señal de saludo. Uno que nunca antes había visto, un mulato delgado, de baja estatura y fumando en pipa, pulía con una gamuza una prenda, que parecía un brazalete de oro blanco. Al llegar al elevador, el mulato le ofreció venderle la joya.

«¿Quiere mirarla?», dijo extendiendo el brazo a todo lo largo para que el posible comprador tomara confianza y además, hacerla brillar aún más con el movimiento que le imprimía con la mano.

«No, no me interesa», le respondió Víctor con indiferencia.

«Cómo sabe que no le interesa si no la ha visto bien», añadió el hombre dejando escapar una bocanada de humo.

La puerta del elevador se abrió con un estridente ruido metálico y volvió a cerrarse unos segundos después sin que Víctor entrara, lo cual le hizo pensar al vendedor que tenía una posible presa.

«Mírela usted y compruebe su belleza... es un recuerdo de familia, pero necesito dinero para comer».

Víctor la tomó entre las manos, la examinó y preguntó su valor.

«Veinticinco dólares; es una ganga», puntualizó el joyero ambulante.

«¿Tú vives aquí?», preguntó Víctor.

Ante la pregunta el hombre perdió momentáneamente el control. No entendía por dónde venía el inspector, además, le preocupaba que Víctor pudiera tener un sitio preciso donde localizarlo.

«No, no vivo aquí, soy de Puerto Rico y estoy de paso por Miami», respondió con una sonrisa tímidamente nerviosa, pero dominante, con la seguridad de alguien que sabe desenvolverse en situaciones de peligro.

«Óyeme bien. Yo soy el inspector del Condado y visito este edificio a cada rato. Yo sé que estás viviendo aquí, sé cuál es el apartamento y que pagas cinco dólares por noche para dormir. Eso es ilegal… Si te compro la prenda y es falsa, vas a meterte en graves problemas… ¿Te arriesgas a vendérmela?», dijo, sabiendo que con un poco de presión sobre cualquiera de los inquilinos podría averiguar quién era el individuo.

«Es legítima. Yo no vendo nada falso. Pero para su tranquilidad es mejor que no me la compre», respondió extendiendo la mano para recuperar el brazalete y desaparecer tan pronto lo tuviera a buen recaudo.

El que estaba tirado en el piso en éxtasis retorció los ojos en dirección a Víctor, rió estúpidamente y se sumió tranquilo en los efectos de la droga.

Cuando Víctor entró al elevador para subir al cuarto piso, donde visitaría por primera vez a una mujer que recién se había mudado al edificio, contó las tres últimas latas vacías. En el pasillo del cuarto piso también escaseaba la luz, pero había más bombillos que en la planta baja. Como casi siempre le ocurría al llegar a la puerta del apartamento, sintió deseos de marcharse, de tirar todos los papeles al suelo y salir huyendo. Estaba seguro de lo que encontraría del otro lado de la puerta. Hasta las planillas se podían llenar sin necesidad de inspeccionar nada. Salideros en las pilas, aire acondicionado defectuoso, lavamanos tupidos, ventanas que no cierran, puertas caídas, hornillas de la cocina que no calientan, las telas metálicas de las ventanas rotas. Un sinfín de calamidades anunciadas y que el Condado tardaría una eternidad en reparar, si es que llegaba a hacerlo.

Casi siempre había que escuchar con estoicismo y cara de comprensión, el discurso narrando las miserias. Las mismas historias de abuso infantil, maltratos, abandono de la familia, drogadicción y exilio. Y ante la tragedia ajena, Víctor, como un remedio muchas veces repetido, le recomendaba al inquilino que acudiera a solicitar ayuda económica del gobierno para pagar el alquiler y la electricidad, sellos de alimentos para comprar comida, aunque sabía que algunos los cambiaban por dinero en efectivo para seguir comprando cervezas y cigarros, que, desde luego, no podían adquirir con los sellos. Esa era la realidad que escuchaba a diario, algunas veces acompañada de lágrimas y amenazas de suicidio.

Como tardaban en abrir la puerta comenzó a escribir la nota oficial para dejar constancia de la visita. Mientras lo hacía advirtió que lo estaban observando por la mirilla de la puerta. Mostró su identificación, que como todas, nadie puede leer a través de una estrecha ranura, pero que de alguna manera ofrece una especie de seguridad a las personas. De inmediato comenzaron a sonar los numerosos pestillos y trampas que protegían la entrada al apartamento. Desde el interior se podía escuchar una voz femenina excusándose por la demora en abrir.

La mujer sonrió alegre, invitándolo a pasar con una cordialidad inusual. Ésta todavía no me conoce, seguro cree que soy Mandrake el Mago, pensó el inspector mientras se disponía a sacarla de su error, pero se abstuvo de hacerlo. El apartamento no guardaba relación con el exterior: limpio, ordenado, decorado con buen gusto, algunos adornos muy baratos, y cortinas de uso, pero sin duda alguna un lugar deslumbrante en comparación con el resto del edificio. La mujer se apresuró a encender el aire acondicionado.

«Sabe, yo lo pongo poco, la electricidad sube mucho», dijo mientras se aprestaba a cerrar una ventana, la única que había en el apartamento.

Tras la rutina, verificación de nombre, fecha de nacimiento, y número de seguro social, le explicó que la razón de la visita era hacer una inspección de todo el apartamento. La mujer se puso nerviosa y comenzó a dar excusas para no permitir que Víctor pasara al cuarto de dormir. Finalmente, el inspector tuvo que recurrir a la amenaza, que ya venía escrita en una de las planillas: o permite la inspección, o se le retira de la vivienda subsidiada con fondos públicos. La pobre mujer se puso a llorar histérica.

«¡Por favor ayúdeme!», clamaba la señora, mientras Víctor pasaba fríamente inspección a la cocina y el baño. Luego entró al cuarto de dormir, donde había un camastro arrinconado en una esquina. La mujer se perturbó todavía más y acercándose a la ventana amenazó con lanzarse al vacío. Víctor no le hizo caso. Corrió la puerta del armario, vio ropa de hombre colgada en varios percheros y sobre la mesa de noche algunos brazaletes muy parecidos a los que vendía el individuo en la planta baja y una máquina de escribir, con algunos papeles mecanografiados a un lado.

Víctor comprendía la histeria de la mujer, pero no podía permitir que la situación lo desconcentrara. Ella sabía que las regulaciones prohibían dar alojamiento a personas no autorizadas.

«Es mi sobrino y necesita ayuda por unos días, hasta que encuentre donde vivir», dijo la señora. «Además, tengo mucho miedo y él me protege… usted debe comprender mi situación… Soy una vieja…».

No parecía haber relación familiar. El vendedor de joyas era mestizo y la mujer de tez muy blanca. Víctor no podía hacerse cómplice de una violación de los códigos de vivienda, pues podía perder su puesto, que era en resumidas cuentas lo único que le importaba.

La mujer firmó sollozando el reporte de inspección. La mano le temblaba, porque sabía que le mandarían una carta certificada con una nota señalándole que tendría siete días para desalojar al intruso. Pero Víctor no señaló la violación, sólo se refirió a que la tela metálica de la única ventana, por la que amenazó tirarse, estaba rota y que tenía que repararla por su cuenta. Ella no se percató de lo anotado, no leyó el informe, sólo extendió la mano, firmó el documento y dobló la copia que le entregaron.

Al salir del elevador se encontró de nuevo con el mulato, puliendo una prenda diferente a la anterior. El hombre tomó conciencia de la presencia del funcionario, le sonrió, esparciendo una bocanada de humo, pero esta vez intentó mantenerse distante.

«Esa me parece mejor, déjame verla», le dijo Víctor, acercándose al hombre. El vendedor dudó unos momentos ante el repentino cambio de actitud del inspector, pero finalmente cedió, no podía darse el lujo de perder un cliente. Tras examinarla, el vendedor le propuso de nuevo no hacer negocio. Hubo un silencio largo.

«Sabes, me la voy a llevar de todas maneras. Dile a la señora del apartamento 406 que esté tranquila», dijo Víctor, mientras introducía el brazalete en el bolsillo y comenzaba a alejarse.

No recibió respuesta, sin embargo Víctor sintió que lo seguían con la vista mientras caminaba por el oscuro pasillo, esquivando al drogadicto que todavía no había vuelto en sí.

Al aproximarse a la puerta de la calle volvió a su memoria el solar de Párraga, pero no por un particular olor, sino por asociación, al recordar la tranquilidad que sintió al salir tembloroso e impotente de aquel sitio habanero donde el hermano de la bella muchacha le pidió prestado el reloj para enseñárselo a una amiga y nunca volvió a ver ni el reloj ni al hermano. Mientras caminaba hacia su carro oficial pensaba en lo contenta que se iba a poner su esposa al recibir el regalo que le llevaba.

CUENTOS DE OTRAS TIERRAS POSIBLES

UN AMOR IMPOSIBLE

Han pasado casi tres años y todavía no puedo apartar a ese hombre de mí. Lo conocí incluso antes de comenzar a trabajar en el laboratorio, pues él era el gerente general y tenía que entrevistarme. Yo llegué a la cita bien elegante; una saya ajustada negra, sólo unas dos pulgadas por encima de las rodillas, lo suficiente para que discretamente resaltara mi figura. Arriba, una blusa de escote, mostrando con deseo el entreseno, como me gusta hacer para con sutil ingenuidad provocar y forzar a que me miren. Pura coquetería femenina. Ese siempre es mi mejor momento. El color rojo de la blusa contrastaba con mi piel, por lo que la combinación acentuaba algunas pecas salteadas que adornan justamente donde la zanja divide los pechos y descansan las medallas de las cuatro cadenas de oro que siempre llevo. La combinación de elementos obliga al curioso a agudizar la mirada y a permanecer unos instantes más con los ojos fijos en el área para poder asimilar el detalle de las pecas, que en realidad son pequeños lunares.

Tal como esperaba, todos mis pronósticos se cumplieron. Saludo risueño, ligero roce de las manos, ojos en avanzadilla hacia mis pechos y la invitación a sentarme. La conversación transcurrió con mucho profesionalismo, aunque al supervisor le costaba trabajo controlar sus ojos. Le mostré mis credenciales, los cursos tomados y las licencias requeridas por la ley. Le hablé de los años como laboratorista bacteriológica en el Hospital Nacional de La Habana y luego en algunos centros en Estados Unidos, primero en Detroit, luego en Des Moines, Iowa, y finalmente, antes de llegar a Miami, en un consultorio médico en Atlanta. A modo de chiste me dijo que *«fui bajando»*. Me reí con ganas, pues servía para relajar la tensión, y pensé decirle que también ejercí la profesión en Toronto, Canadá, antes de comenzar el descenso hacia la Florida. Fui prudente al no comentar eso, pues tras las sonrisitas me preguntó con mucha seriedad por qué había dejado tantos trabajos, en época de crisis y desempleo. ¿Qué coño pretendía con esa pregunta? Le expliqué que buscaba el calor tropical y trataba de responder a los ruegos de mis padres que deseaban estar en un ambiente cubano. Añadí que siempre he sido muy apegada a los trabajos y que los cambios no me simpatizan (empleé la palabra más rebuscada que pude para no decir con simpleza *«no me gustan»*). Añadí que yo no era una mujer sola, que tenía personas por la que velar. Me agradó también el término *«velar»* en vez de cuidar, pero éste me salió espontáneo. En fin. Me dio el trabajo. Como todos, un lugar horrible, brutal. Cada día pinchaba a unas sesenta personas para sacarle tubos y tubos de sangre; clasificar muestras de orina, excremento, líquido cefalorraquídeo, exudados faríngeos y vaginales, entre otros tipos de especímenes.

A las pocas semanas, cuando ya estaba totalmente familiarizada con el ambiente, y realizaba el trabajo más como rutina que como apego laboral, comencé a observar a Víctor con otros ojos. Era un hombre apuesto, cincuentón, pero lo que más me atrajo de él fue su voz. Parecía un locutor de radio, con una dicción perfecta, un resonante timbre que diferenciaba los tonos con precisión. Me dominaba emocionalmente la afectación sonora que lograba para colocar en su sitio perfecto una «s»; la determinación al pronunciar la «d» final, con un remoto, pero preciso dejo vibrante. Desde luego yo hice, con cuidadosa cautela, mis averiguaciones sobre el hombre. Algunas compañeras de trabajo me dijeron que era discreto, otra enfatizó «muy discreto», «demasiado discreto para mi gusto», apuntó una mulata dominicana, que no sé por qué, pero me pareció que le había echado el ojo sin éxito. Yo expresé algo sobre su voz y riendo casi al unísono dijeron que eso sí les gustaba a todas. Pasaron varios días… Yo no me apuro, soy muy calmada y persistente en mis propósitos. En realidad aprendí ese recurso con un hombre que tuve en La Habana. Me enseñó las claves de cómo fisgonear con clase, cómo observar con glamour.

Víctor siempre olía a una colonia muy masculina, vestía casual, pero muy limpio y vistoso. ¡Qué hombre! Un hombre que decidí conquistar ya que él no me prestaba atención como yo deseaba. Comencé a sonsacarlo con los ojos. Cuando lo veía dejaba caer suavemente los espejuelos para forzarme a mirarlo por encima de la armadura. Mis ojos verdes reafirmaban la acción. Aunque siempre reparaba en mi proceder respondía con un movimiento rápido, pero muy frío con la boca, apretando los labios para que la comisura se estirara levemente hacia los lados, dejándome saber de esa manera que recibió el coqueteo, pero a su vez sembrando precisas dudas en cuanto a que constituía una aceptación formal del flirteo.

Después de seis meses perforando venas, miles de agujas abriendo la piel de los pacientes, cuando menos me lo esperaba recibí un sms desde el celular de Víctor: «hoy estás muy elegante Yaidí». ¡Cómo!, me dije. Me puse nerviosa. Fui al baño y temblaba. Por qué hoy, cuando peor vestida estoy, con esta bata blanca todos tenemos, me dije. Me maquillé un poco, apenas los labios, para que resaltara un color casi natural, pero que hacía la diferencia por cierto brillo que propagaba. Demoré cerca de una hora en contestarle. No lo veía, pero sabía que me estaba observando desde algún lugar. Gracias, es usted muy amable, le respondí. Nada más ocurrió ese día. Un par de veces pasó por delante de mi cubículo, pero no reparó en mí, aunque no me cabían dudas de que mi mirada por encima del espejuelo y el toque en los labios no habían pasado inadvertidos para él. Días después… ¡días!, varios días después, llegó el segundo sms. «Me gustaría invitarte a almorzar». Luego muchos otros y establecimos una relación muy cuidadosa, donde nunca se hablaba de nosotros, sino de temas laborales y de asuntos banales, aunque cada vez que podía yo intentaba referirme a algún aspecto íntimo, que él escuchaba con marcada atención, pocas veces calificaba y nunca lo motivó a responder con alguna anécdota suya. Ya éramos un poco la comidilla del laboratorio, pero por tratarse del jefe nadie se atrevía a decir nada en alta voz. El sms definitivo arribó un viernes, casi a la hora del cierre: «Me he enamorado de ti». ¡Enamorado!, me dije algo confundida. Así tan de repente, pensé. Qué le estaba pasando a ese hombre, me dije. Comenzó un va y viene de mensajes a lo largo del fin de semana, pero ya con otro tono. En realidad yo deseaba que todas aquellas frases galantes, que llevaban implícitas sensaciones y deseos de un lado a otro, salieran de esa garganta tan seductora.

Yo lo trataba de usted. Me pedía que lo tuteara, pero yo sabía que estaba ejerciendo cierta presión al darle el tratamiento respetuoso. Poco a poco comencé a percibirlo como el hombre capaz de darme protección, de proporcionarme seguridad emocional. ¡Coño, un hombre de verdad! Yo llevaba varios años con relaciones más o menos funcionales, pero siempre prácticas y efímeras. Hombres que me llenaban, pero con los que sabía que nunca llegaría a formar pareja. Víctor era distinto. Aunque era reacio a hablar de su vida y siempre se las ingeniabas para desviar la conversación y adormecerme con su voz, pude sacarle que vivía solo y que no tenía hijos. ¡*Wow*, el príncipe azul! Un hombre apuesto, sin arrastre, gerente general de una firma de servicios de laboratorio, seguramente con una buena cuenta bancaria, al menos manejaba un Lexus del año, el tipo perfecto. Pasaron semanas de sms. Usted me hace sentir tan bien cuando lo veo pasar delante de mí, le escribí. Un lacónico gracias era a veces la respuesta, sin embargo, en otra era extenso, con frases encantadoras y provocadoras. ¡Qué tipo más raro!… pero ¡qué tipo! Me emociono al verlo, y hasta me pongo nerviosa, garrapateé en ocasiones, muchas veces, en muchos textos, algunos los envié intencionalmente con erratas para que transmitieran lo exaltada que estaba. Un día decidió responder: «Yo también me emociono». Uhh, me dije, en cualquier momento llega el paso definitivo.

Un viernes, al salir del trabajo me citó para ir a comer. Habíamos almorzado muchas veces, pero era la primera cena, la primera noche. Conversamos mucho, pero le saqué poco. ¡Qué difícil era!, dominaba con maestría el arte de la evasión. Hicimos el amor y fue una experiencia inolvidable. Yo tengo una larga vida en estos andares. A los 12 años perdí la virginidad y desde entonces no he parado, no he podido, ni querido parar. Hombres van y vienen, hasta he hecho tríos, dos hombres conmigo, dos mujeres con un hombre. He participado en grupos. Sí, en orgías. En el sexo no hay nada desconocido por mí. Sin embargo Víctor era todo un artífice de la buena cama. El sexo oral lo practicaba con sabiduría, el ritmo cuando me penetraba lograba una armonía perfecta que conducía a un orgasmo tras otro en el momento preciso, ni antes, ni después, justo cuando el cuerpo lo pedía. Eyaculaba a borbotones y el olor de su semen me embriagaba. ¡Qué macho!

Tras un año de encuentros semanales, siempre eran los viernes, después del trabajo, comencé a presionarlo, pero invariablemente lograba darme evasivas, no quería nada formal. Según él, cuando una relación se convierte en convivencia poco a poco pierde el impulso, mientras que la espera por la llegada de cada viernes crea ansiedad y lujuria. Tenía algo de razón, pero yo no me conformaba ya con esas migajas y... tengo que decirlo, con su ayuda económica que era generosa y me permitía vivir más holgada, aunque en realidad yo no la necesitaba, pero claro, no lo iba a rechazar. Él me decía que estaba enamorado de mí, que la idea de no tenerme más lo desesperaba. Esa frase me humedecía hasta las entrañas, me hacía sentir más seductora. Yo le decía lo mismo, pero era un círculo vicioso dominado por un sexo impetuoso y lleno de fantasías que nos inventábamos y que conducíamos con precisión, como el libreto de una telenovela.

El tiempo pasa tan rápidamente que un día ya estábamos celebrando nuestro segundo aniversario. En esa cena íntima y exquisita comprendí que yo ni siquiera sabía dónde vivía, quiénes eran sus familiares, quién le cocinaba y le lavaba la ropa. Dos años y nada conocía de ese hombre delicioso que me llenaba como yo deseaba, que me embriagaba con su voz y que una y otra vez me decía: «tengo una vida difícil, complicada y bastante inusual», pero no agregaba nada más y no permitía que le hiciera preguntas. De mí no había nada más que aportar. Me sobrepasé bebiendo uno de los viernes más complicados que hemos tenido y eso me envalentonó y le reclamé con fuerza la verdad sobre su vida. ¡Me ocultas algo, de eso estoy segura!, le grité atrayendo la atención de la mesa de al lado. Nos fuimos sin comer el postre, ni tomar café. Se molestó por mi tono y pidió la cuenta. Ya en el carro, tras un largo silencio me dijo: «Hay algo muy importante en mi vida que nunca te he dicho». Me quedé perpleja; qué podría ser. Cómo era posible que un hombre con el que llevo dos años intimando tenga un secreto que calificó de importante y que yo no supiera. No me dijo nada esa noche a pesar de mi insistencia. Pasaron dos semanas más de textos, llamadas telefónicas, pero sin citas de los viernes. Lo inundé de sms y de email, pero él no cedía. De pronto comprendí que la demora en decirme el importante secreto era para irme preparando, para que yo pensara que me iba a hablar de una familia, de su mujer, de hijos y nietos; sí, nietos, porque ya estaba en edad de tener nietos. Pero no era eso. Nunca me pudo pasar por la mente lo que me dijo: que llevaba 27 años conviviendo con otro hombre, que su pareja era un hombre. ¡Dios mío, yo templando dos años con un maricón! No lo podía creer. Era algo muy fuerte, difícil de asimilar. Víctor era todo un macho, no había en él el más mínimo indicio de homosexualidad. Llegué a hablar con un amigo. Le conté la historia y fue al laboratorio para conocerlo y me dijo que no, que me estaba engañando, que la historia de la relación homosexual no podría ser cierta, que siguiera averiguando, que el secreto tenía que ser otra cosa más grande. Quedé aún más confundida, si un gay tan afectado como Alberto no fuera capaz de reconocer a otro gay es porque no lo es, pienso... Pero cómo Víctor me va a engañar con una cosa así, me dije alarmada.

Sin embargo, aún con el arrastre de aquella revelación que resultó ser cierta, seguí viéndome con Víctor. Viernes tras viernes, sexo como de dioses, y lo peor es que desde que supe que era homosexual comencé a disfrutar con más ganas los encuentros. Claro, algunas cosas cambiaron, o yo las hice cambiar, o mi mente las cambió. No sé. Cuando me hacía sexo anal pensaba en otros hombres que me lo habían hecho.

Si una relación nunca se olvida, la de Víctor y yo ocupará un lugar primordial en mi vida. Yo estaba preparada, y de hecho así me ocurrió, en aceptar como pareja a un hombre casado, pero no a un hombre casado o viviendo con otro hombre. Eso es único... y también me hace única. Han pasado casi tres años y todavía no puedo apartar a ese hombre de mí. Ahora vivo en Baton Rouge, Louisiana, sigo sacando sangre como una vampira y Víctor viene una y otra vez a mi mente como una obsesión. Lo deseo y me ha llegado a excitar con mucho morbo las ganas, el deseo de seguir siendo la querida de un maricón, que ya si siquiera me responde a los tanto mensajes que le mando.

OJALÁ NO EXISTA

Vamos a hablar claro, le dije con un tono autoritario que de inmediato surtió efecto, mucho más pronto de lo que yo esperaba. Su rostro adquirió una expresión de incertidumbre que hasta a mí me daba pena observar. Sin embargo no podía permitirme vacilaciones. Lo siento, me dije a mí mismo, mientras arremetía de nuevo y con más intensidad.

Yo estaba exigiendo una honestidad total, reclamaba lo que sería incapaz de brindar, pero tenía que hacerlo de esa manera, incluso me veía obligado a mostrar una agresividad que no formaba parte de mi comportamiento. Gesticulaba, la señalaba con el dedo índice aproximándoselo provocador a la cara. Luego, tras una pausa que parecía estudiada, la atraía, le acariciaba el cuello con suavidad, le hablaba en voz baja. Más tarde retomaba el fuerte tono inicial. Al final ella movía la cabeza despacio, como afirmando que era justo lo que yo quería.

Comenzó a llorar a mares, la voz entrecortada por el llanto no dejaba entender prácticamente lo que decía y confieso que me alegraba no comprenderla. Bastaba con que aceptara la situación tal y como la deseaba. Ni ella ni yo podíamos hacer nada, había que encarar la realidad. Sin embargo, de pronto me sentía culpable, me cuestionaba conceptos importantes de mi vida que se desmoronaban en segundos. Pero así tenía que ser. Yo no lo deseaba, no quería que lo tuviera.

De repente pensaba que me podía engañar fácilmente y me aterrorizaba tanto, que me sentía provocado y volvía a atacarla, buscando reafirmar puntos que ni yo mismo tenía fuerzas para sostener por mucho tiempo.

Un simple letrero de Centro Médico sin ninguna otra indicación, sugería que ésa era la clínica. Sin perder tiempo —ya habíamos perdido demasiado dando vueltas para encontrar el sitio—, entramos apresuradamente, como evitando ser vistos. Una enfermera, para mi asombro sonriente, la tomó de la mano y desapareció con ella tras una puerta de cristales nevados. Me senté a esperar. Al principio estaba cabizbajo, evitando cruzar la mirada con otros dos hombres que allí estaban y que de alguna manera también parecían dejar entrever cierta inquietud. Uno de ellos salía a fumar sin cesar, mientras yo trataba de entretenerme hojeando cuantas revistas había sobre una mesa de centro. Sin embargo cada vez que la puerta de cristales se abría, todos mirábamos ansiosos y cada vez que eso ocurría yo me sentía peor.

Salí tembloroso, me costaba trabajo ayudarla a caminar hasta el auto. Todo había acontecido muy rápido, yo creía que llevaría horas, que tendría que soportar quejidos, dificultades al andar, mareos, incluso me preparé para insultos, reclamos posteriores, acusaciones fundadas, que tendría que rebatir con vehemencia. Pero nada de eso ocurrió, lo aceptó todo con naturalidad. Llovía fuerte, la apreté contra mi cuerpo como para protegerla y la sentí caliente. Ella dejó caer ligeramente su cabeza en mi hombro. Los nervios no me dejaban encontrar la llave para abrir la puerta del carro. Muchas cosas se atropellaban en mi mente. Pensaba en Dios.

Al ponernos en marcha me costaba trabajo mantener el control del carro. Con frecuencia cambiaba de carrilera sin mirar por los espejos retrovisores y sin necesidad. Al mirarla le sonreía como intentando alcanzar cierta naturalidad, pero la ausencia de una conversación fluida me desquiciaba. Manejaba descuidado, sin evitar los baches. En los semáforos me enteraba que cambiaban a la luz verde porque con una voz débil ella me lo señalaba. Sentía miedo, angustia, frustración. Un dolor en la boca del estómago me indicaba que estaba impaciente, ansioso, los músculos del brazo me temblaban incontrolables, en algunos momentos jadeaba, sentía los labios resecos y era absurdo, pero tenía como miedo de ser descubierto.

La llevé a su casa y hasta me dio un beso al apearse. Yo pensé decirle gracias, pero me pareció una muestra de debilidad demasiado evidente, aunque ya alcanzado ese momento podía decir cualquier cosa, ya no había peligros. Me molestó la ausencia de remordimientos de su parte. Al quedar solo bajé las ventanillas para que entrara la lluvia y me sentí más relajado.

Sólo pensaba en Dios. Ojalá no exista.

A LA CARTA

Al principio daba la impresión de que estaba respondien-
do a un cuestionario. Pero aquella voz significaba mucho
más. Eran datos básicos, nombre (eso sí, sólo el nombre),
estatura, peso, edad al momento de la grabación (se hacía
énfasis en señalar que era al momento de la grabación,
pero tampoco se aportaba fecha), color de la piel y de los
ojos, constitución física, entre otros aspectos personales.
Nada revelador, pero lo suficientemente preciso, estudiado al detalle por quienes prepararon las preguntas, para
que aparecieran los elementos formales que permitieran
hacerse una idea (siempre vaga), de cómo y quién era el
individuo. Había continuidad y precisión en la voz del
hombre, pero también apatía en la manera de cumplir
con aquellos evidentes requisitos. Algunas respuestas
tenían propósitos médicos, se referían a enfermedades
padecidas en la infancia, tales como sarampión, paperas,
años en que las había contraído, entre otras. También
detallaba el historial médico de la familia, antecedentes
de cáncer, diabetes y problemas cardiacos, separados
por «parte de madre» y «parte de padre».

Unos minutos antes había llegado el disco en un camión de Federal Express, con acotaciones precisas para la entrega: «personal y confidencial», decía en azul, y letras grandes. Una etiqueta pegada tenía marcada una casilla indicando «entregar sólo al destinatario», en otra se señalaba «obligatoria verificación de identidad», y desde luego requería la firma del destinatario. Martha tomó el paquete que tenía en el remitente unas iniciales que ella identificó de inmediato. Esperaba el sobre, era parte del contrato, pero le sorprendió la prontitud con que llegó. Sólo habían transcurrido siete semanas desde la confirmación. Sin embargo, se puso nerviosa, el corazón se le alteró y sintió un repentino y agudo dolor de cabeza, concentrado en las sienes. Pensó que la intranquilidad pudiera afectarle el embarazo, incluso perder el bebé. Primero dudó en si poner el disco de inmediato en el equipo de sonido, o esperar a que Rosa regresara del trabajo para escucharlo juntas.

La grabación parecía hecha en un lugar cerrado, a prueba de sonidos perturbadores, pues no había ruidos externos que afectaran la calidad. Se trataba de una voz clara, agradable, joven. Las palabras sonaban cristalinas, con buena dicción, y con un indiscutible acento cubano.

El paquete le temblaba en la mano. Sólo atinó a llamar por teléfono a Rosa, que le ordenó no abrirlo hasta que ella llegara del trabajo. Martha le mintió, le dijo que ya lo había abierto. Entonces no lo escuches, le dijo Rosa a gritos, pues por la altura y el batir del viento en lo alto de la grúa de construcción que operaba, la comunicación era difícil.

La mujer abrió el sobre. En su interior sólo había un estuche de plástico. En el lado izquierdo, una propaganda de la agencia y algunas instrucciones. En el derecho, aparecía el disco donde se podía leer como única referencia los nombres de ella y Rosa.

Martha se sentía inquieta. Nada la había hecho temblar tanto como el sostener el disco en la mano. Era la primera vez que sabría algo concreto de él, que tendría algo de él y que, probablemente, también sería lo único, por lo cual, el sobre se convertía en un tesoro de incalculable valor. Fue al baño, se embadurnó las manos de una crema mentolada e hizo girar de manera circular la yema de los dedos alrededor de las sienes, mientras permanecía con los ojos cerrados buscando aliviar el dolor. Cómo no sabía cuál sería la reacción de Rosa cuando llegara y oyera la grabación, hizo sin escucharlo, una copia del disco, tenía miedo sentir aquella voz estando sola en la casa.

Cuando se realizó la fiesta para celebrar el primer cumpleaños de la niña, anunciaron que presentarían al papá de la bebita. Eso fue tarde en la noche, cuando apenas quedaban invitados, los más íntimos tal vez, y alguno de ellos ostensiblemente borracho. Se hizo al principio un impresionante silencio. Luego unas amigas de la pareja aplaudieron la decisión en señal de apoyo. Otra invitada, grande, gorda y de pelo muy corto, rechifló, mientras con el puño cerrado agitaba la mano en señal de aprobación. Los que estaban al tanto de la situación no salían de su asombro, pero a su vez, sobre todo las mujeres, se entusiasmaron ante la posibilidad de saber algo del padre de la criatura, que era, y de hecho lo seguiría siendo, todo un misterio. Alguien en un susurro dijo: el padre es un pomo.

Martha apareció en el patio con el sobre, del que extrajo el estuche sin pronunciar palabra, pero sonriente. En aquel momento Martha se veía linda, satisfecha por tener a su niña. En realidad la mujer era bella. Pelo largo y rizado, que le caía sobre los hombros. Un cuerpo bien cuidado, rondando los treinta, que se realzaba con unos tacones altos y un vestido negro, abierto al lado, dejando ocasionalmente al aire una piel blanca y resplandeciente. Rosa se puso a su lado al verla aparecer con el paquete en la mano. Se le acercó, le echó el brazo por encima y la besó con cariño. Vestía una guayabera de hilo blanco, que parecía quedarle algo estrecha. Pero ella también tenía un rostro lindo, sobre todo coronado por una sonrisa natural y fresca.

Rosa hizo una breve introducción explicando con voz potente, aire algo ceremonioso y tal vez con cierto nerviosismo muy bien contenido, que escucharían la voz del «proveedor», lo que causó risas entre los que escuchaban, mientras se repetía el rechiflo. Tras el discurso se escuchó la voz de él. No hubo comentarios sobre lo que decía, ni intentos de inventarle un rostro. La mayoría aplaudió al finalizar la presentación. Unas abrazaron y felicitaron a la pareja, que con alegría, ya hablaban de usar las restantes cuatro dosis que les quedaban del paquete total de diez que habían comprado, para buscarle lo más pronto posible, un hermanito a la niña.

LA OTRA CARA DE LA LUNA

A propósito de Vencedor.

Para José Abreu Felippe

Aunque se paró en la puerta con la intención de tomar un taxi, al final prefirió caminar las pocas cuadras que lo separaban del lugar. Pensó que podía llegar sudado, pero como el calor de noviembre no era tan intenso y muy pronto la tarde comenzaría a caer, definitivamente decidió ir andando, a su aire, observando las casas y edificios que a pesar de los cuatro años transcurridos todavía estaban en constante y evidente restauración. Recordaba el febril auge de construcciones que vio en Berlín tras la caída del muro, y el empecinamiento de los alemanes por borrar todo vestigio del pasado comunista.

Poco antes de llegar, miró el reloj y calculó que de cualquier manera lograría arribar a tiempo, así que se desvió un poco del camino recto y decidió entrar a la universidad por el frente, por la escalinata. Con una marcada falta de aire llegó a la cima. Ya no era el mismo, tenía implantado un marcapasos y la vida sedentaria y sobre todo la falta de ejercicio le habían hecho perder las habilidades que un hombre de su edad debería todavía conservar. Sintió que había transpirado un poco, se pasó el pañuelo por la frente, pero no dejó huellas en la tela blanca. Se detuvo para recuperarse y mirar la escalinata desde lo alto, distinguiendo en la distancia numerosas grúas de construcción esparcidas por diversos puntos de la ciudad. Volvió a comprobar la hora y descubrió que aunque llegaría a tiempo, entraría casi al inicio de la ceremonia.

Localizó el Aula Magna y siguió la flecha que decía «Prensa». Se identificó ante dos hombres jóvenes y risueños, vestidos de traje negro, pero con camisa azul y corbatas de un fuerte color rojo; aquel vestuario requería algo más discreto, un color más suave, pensó, mientras escribía en un libro su nombre y el medio para el que trabajaba, trazando los caracteres con la mayor sencillez de que era capaz, para encubrir su áspera caligrafía.

Entró al recinto por una puerta lateral. El salón estaba lleno, los dos niveles colmados de público y un murmullo cargaba el ambiente, dejando entrever entusiasmo y expectativa entre los asistentes, muchos de ellos gente joven, lo que le imprimía un aire todavía más acogedor al lugar. Entre el grupo de periodistas buscó a Robert, el fotógrafo, que ya debería estar allí. Aunque siempre había sido puntual, Osvaldo le había dicho que quería fotos del momento en que el escritor entrara al Aula Magna. En ese cruce de miradas vio a algunos colegas que también habían llegado desde Miami para cubrir el evento. Los saludó desde lejos y se sentó sin saber definitivamente si Robert había llegado.

De acuerdo al programa, el acto debía haber empezado hacía unos cinco minutos, y tratándose de la

Universidad y una ceremonia solemne, la puntualidad jugaba un papel importante, protocolar. La tardanza sería resaltada sin duda alguna en las crónicas periodísticas al día siguiente. Por la entrada principal continuaban arribando espectadores. Se abrió la puerta por donde entrarían los protagonistas del acto. Una exclamación recorrió el recinto. El susurro fue disminuyendo al comprobarse que se trataba de una falsa alarma. Esa situación se repitió en dos ocasiones más, hasta que finalmente, con doce minutos de retraso hizo su entrada el rector seguido de los demás catedráticos para dar inicio a la ceremonia de entrega del doctorado Honoris Causa al más importante escritor cubano vivo, que regresaba a su país tras muchos años de exilio.

Una estruendosa ovación recibió al escritor, un hombre alto, muy voluminoso, calvo, de andar pausado y con las marcas de una larga vida en el rostro. Con timidez agradeció los aplausos, intentando sentarse para dar por concluida la aclamación, pero tuvo que volver a levantarse y recibir más vítores. Los fotógrafos disparaban sus cámaras y Osvaldo sintió alivio al ver a Robert haciendo su trabajo. Al terminar los aplausos comenzó la ceremonia de entrega del título honorífico. Con toda la indumentaria y pompa que requiere el galardón.

La mayor expectativa sería el discurso del escritor, pero para ello habría que aguardar unos minutos más. Osvaldo hizo algunas anotaciones de lo que decía el rector y de los pormenores protocolares: «En esta ocasión nos reconoceremos en nuestro galardonado, que se destaca en el ámbito del saber humano y la literatura», expresó el decano y Osvaldo recogió la retorcida frase para citarla en su reportaje. Otras de las expresiones que interesaron al periodista estaban relacionadas con la obra literaria, el legado y el aporte del escritor a la nación cubana desde su prolongado exilio. Ya Osvaldo sabía cómo iba a comenzar su reportaje: «La ceremonia de investidura con el doctorado Honoris Causa al más grande escritor cubano vivo, se convirtió en un acto cultural que rebasó los límites académicos para acoger a pintores, escritores, músicos y en general, a un nutrido grupo de personas interesadas en el arte y que se quisieron sumar al homenaje que se tributaba a uno de los creadores de mayor prestigio internacional...».

El escritor agradeció la investidura y se dispuso a ofrecer su discurso. Hizo algunas bromas relacionadas con su escasa visión y con voz pausada comenzó a hablar del exilio y de los años que vivió entre las montañas, evadiendo las grandes ciudades, aspirando a la calma que dijo nunca alcanzó. Profundizó en cómo la civilización moderna ha ido separando a los hombres, haciéndolos más dependientes de artilugios y de necesidades artificiales, alejándolos de lo verdaderamente importante. Las palabras fluían con precisión, el recinto se impregnaba de la voz de un hombre que decía estar agotado. Aunque el hilo conductor de su obra literaria había sido la relación del hombre y la muerte, en su discurso el tema no fue abordado. Sin embargo, se detuvo a enjuiciar algunos temas contemporáneos y dijo que «la compañía virtual no era más que patética soledad física», algo que ilustró con algunos ejemplos.

Osvaldo sabía que al terminar la investidura, durante la conferencia de prensa que ofrecería, la pregunta que tendría que hacerle al homenajeado debía estar relacionada con el porqué no aludió en su discurso a un tema recurrente en su literatura como era la muerte. Las últimas frases del escritor fueron extraordinarias.

El periodista tomaba notas a toda prisa. Hubo unos importantes segundos entre el «muchas gracias» final dicho por el escritor, el inicio de la ovación, la exclamación y el silencio que se impuso después.

El cerrado estruendo de aplausos transcurría cuando Osvaldo hacía las anotaciones finales. Al levantar la vista, justo en ese instante, vio los espejuelos del escritor cayendo del estrado. Al chocar contra el piso saltó un cristal y la armadura rebotó, volviendo a caer unos centímetros más lejos. Ahí, justamente, fue cuando Osvaldo supo la razón por la cual el escritor durante muchas décadas había rehusado volver a su país, y sobre todo, la causa por la que no mencionó la muerte en su discurso. ELLA estaba allí, rondando, escuchando, esperando.

Robert corrió y lanzó una andanada de fotos sobre el rostro del escritor que con una triunfal sonrisa acababa de morir. Los otros fotógrafos intentaron lo mismo, pero de las fotos recogidas por la prensa a la mañana siguiente, ninguna reflejaba el rostro de liberación que Robert había capturado. Osvaldo centró su artículo en la ausencia de la palabra muerte en el discurso, la verdadera muerte que le tocó enfrentar, y la foto, que recogía no sólo la muerte, sino el preciso momento en que el escritor estaba muriendo, esbozando la sonrisa de un vencedor. Sólo al morir, al estar cerca de Dios, escribió Osvaldo en su periódico de Miami, se puede alcanzar esa decisiva sonrisa.

ENCUENTRO

Caminaba lentamente por el centro comercial mirando sin mucho interés las vidrieras. Más bien observaba aquello como parte del paisaje que obligatoriamente tenía que atravesar antes de llegar a su destino, casi al final de un ancho pasillo luminoso, atiborrado de tiendas por departamentos y otras especializadas en cuanta cosa se pudiera vender. El ambiente era el de un público en constante hormigueo hurgando, con más curiosidad que verdadero interés por comprar, en las tarimas donde impávidos armazones de plástico imitando figuras humanas servían de modelos para exhibir atractivos vestuarios, intentando convencer a los posibles clientes de lo bien que ajustarían aquellos atuendos en sus cuerpos.

La zona más o menos central de esa suerte de largo callejón techado, con aire acondicionado y una poco vistosa fuente esparciendo un aburrido hilo de agua, la poblaban establecimientos menores. Mercados que ofrecían olorosos inciensos, cremas para la piel, productos de quincallería, cadenas y brazaletes de fantasía, teléfonos, espejuelos para el sol y carteras de diferentes tamaños. Todo ello armonizando con sitios para comer y bancos metálicos de color verde.

Manolo tenía como meta una conocida juguetería. Quería comprar un regalo para su primer nieto que acababa de nacer. Un poco tarde para mi edad, se decía, pero al fin podría disfrutar esa experiencia. Al llegar, como siempre le ocurría, no sabría qué comprar, todo le resultaba una bobería, de poco interés; además, estaba convencido de que para un bebé no hay realmente gran variedad de juguetes. Primero consideró una maruga, pero le pareció algo con un precio tan irrisorio que pensarían que lo compraba para ahorrar dinero. Una bañera, la cuna, el andador, todo ello ya lo había recibido su nuera como regalo de «*baby shower*», esa suerte de fiesta encaminada a que las amistades sean las que costeen lo que los padres tienen la obligación de comprar. Ya Manolo había entregado su obsequio durante el festejo, un equipo de esterilización para los pomos de leche del niño, pero deseaba regalar algo personal, que fuera verdaderamente para el recién nacido, no otro objeto utilitario más, que con el tiempo se rompa, o se eche a la basura al crecer el niño y quedar en desuso. Al fin encontró un juguete de goma, alargado, en forma de espiral, que al presionarlo emitía el mismo sonido que todos los otros que se aprietan, pero le pareció que aquel gusanito, o aquella oruga tenía una simpatía especial en el colorido, en los rasgos. Decididamente pensó que era algo con lo que un niño querría jugar. Aunque al final estuvo dudando, se dejó llevar por el instinto, creyendo encontrar definitivamente el juguete con el suficiente atractivo como para dárselo a su nieto Javier. De cualquier manera atesoraba la idea de que le gustara al bebé, y que lo conservara, y que incluso pudiera recordarlo cuando creciera como uno de sus preferidos. Manolo evocaba con satisfacción un auto convertible negro, al que se le encendían las luces delanteras y que había sido el regalo que más apreció en su niñez.

Emprendió complacido el camino de regreso, por el mismo tedioso, iluminado y largo túnel, observando la enfermiza tendencia de unos por comprar y de otros, desde luego, más comprensible, por vender. Al pasar nuevamente al área central, donde la fuente alteraba el camino lineal y los inciensos le imprimían al ambiente un toque sensorial, se fijó en una mujer sentada en uno de los bancos. Junto a ella, una bolsa no muy grande de algún establecimiento local. De pronto recordó que ella estaba allí mismo sentada cuando él se dirigía a la juguetería. Calculó el tiempo que empleó en llegar a la tienda, escoger el gusano para el niño, la espera para pagar, y el camino de regreso; habían transcurrido entre veinte y treinta minutos. Ella había estado allí sentada, inmóvil cerca de media hora.

Los olores se fusionaban, era difícil identificar uno en particular, pero el conjunto esparcía un aroma placentero. Se detuvo, hurgó en algunos paquetes de aquellos delgados palillos de madera de los que brotan perfumes deliciosos y prefirió entre los de rosa y jazmín, de vainilla y sándalo, los de Sai Baba. Había algo específicamente en aquella esencia procedente de la India, que lo conectaba con esa fragancia; tal vez brotaba un aroma con el poder de un bálsamo, capaz de provocar una armoniosa calma, como un alivio. Era posible que la mujer que descansaba cerca de allí estuviera abstraída por los olores, pensó por un momento. Este incienso lo traen directamente del ashram de Sai Baba, escuchó decir a la vendedora, que se le acercó y casi susurrándole le ofreció una copia del collar del guía espiritual.

Manolo, aturdido por el torrente de palabras que la agresiva dependiente le había lanzado, se alejó presuroso, demostrándole que huía de ella.

Por un momento se distrajo de la mujer del banco. Se sentó a su lado, dejando un espacio prudencial. No hubo reacción. Ella dirigía todo el tiempo la mirada hacia un pasillo lateral que conducía a una salida de emergencia. No había nadie por allí. Manolo especulaba sobre lo que justamente, en aquel preciso momento, pudiera estar afrontando esa mujer. Vestía un pantalón azul que parecía bastante ajustado al cuerpo. La blusa de un color crema, dejaba ver unos brazos suaves, de piel aceitunada. Su rostro no podía detallarse, pues se cubría la cabeza con un pañuelo que anudaba al cuello. Reflexionó, por ciertos movimientos extraños, sobre la posibilidad de que estuviera borracha o drogada, pero el lugar no se prestaba para ello. Como no hubo respuesta a su estridente sentada, Manolo decidió marcharse pero intentó un nuevo contacto; bruscamente colocó el regalo que le llevaba a su nieto para que el paquete tropezara con el de ella y lo zarandeara. Tampoco hubo respuesta. La mirada clavada, los olores cargando la atmósfera. Al rato se preguntó qué lo había llevado al banco, qué sentido tenía buscar un acercamiento con una extraña. No sentía hacia ella atracción especial, pues ni siquiera le había visto bien el rostro, ni apreciado del todo su figura. Era sólo la curiosidad, tal vez la misma de los compradores, absortos en las tallas, los colores, en la idea de impresionar a sus parejas, a un familiar, a los compañeros de trabajo con una prenda nueva; pero en su caso lo que le atraía era el posible misterioso trasfondo de otro ser probablemente angustiado, torpemente confundido o lúcidamente cansado de todos los avatares de la vida, que prefirió tumbarse sobre sí misma, dejándose caer ligeramente hacia delante como un último acto de liberación. En fin, no sabía nada, lo ajeno le parecía tan perturbador como sus propios problemas, sus propias preguntas.

El insignificante hecho de haberla visto al ir hacia la juguetería y la coincidencia de reencontrarla en el mismo sitio al regresar, era la única causa de su inusitado comportamiento, la razón para confrontarla. Otras personas caminaban frente a él, hombres y mujeres normales, pero lo trastornaba lo misterioso, lo inusual. De repente asumió que todo interés por aquella mujer se había esfumado con la misma prontitud e intensidad con que había comenzado. Luchaba contra su propio absurdo, que tal vez tuviera sus antecedentes en los años que estudió sicología, carrera que abandonó con el mismo ímpetu con que la inició. Se levantó y tras dar apenas unos dos pasos lo llamaron en inglés, con un potente acento latino: Excuse me, Sir. Al volverse la mujer apuntaba hacia el suelo donde había caído el recibo de compra. Manolo rápidamente localizó el papel, pero de inmediato regresó al contacto visual con la mujer; lo atraía aquella mirada. ¿Qué la hacía distinta de las otras? No lo podía definir, no había tenido tiempo suficiente para explorar nada, pero la mirada calaba profundo. Sin darle tiempo a que dijera nada más le respondió en español, con la total seguridad de que lo iba a entender: Gracias, no me había dado cuenta. De inmediato calculó que la mujer pudo haber tomado aquel accidente real de la caída del comprobante de compra como un pretexto para un acercamiento; ya lo había él intentado sin éxito, entonces por qué tendría que ser ella la iniciadora si hacía unos minutos él había dado el primer paso sin aparente respuesta. Habría sido todo intencional, una celada para entablar un encuentro, pensaba Manolo, que no dejaba de buscar una explicación racional al hecho fortuito de la caída del vale, el llamado de la mujer señalándoselo y la mirada penetrante, sin olvidar su propio comportamiento descabellado. Algo no le permitía poner todo aquello en orden. No quedaba mucho espacio para el análisis y mucho menos para la espera. Allí estaba ella, se aguardaba por el siguiente paso y sabía que tendría que darlo él, ya ella había movido su ficha.

Nadie, nadie lo había mirado así. Era como un grito. Sin embargo, ese alarido lo lanzaba un rostro que parecía tímido, frágil, por momentos inquieto. Por qué se empecinaba en encontrar dobles lecturas en aquel acto simple y normal de llamar la atención sobre algo que cayó al suelo. Hasta su propio comportamiento tenía matices razonables, simplemente le llamó la atención, alguien en una misma postura por largo rato, así de simple. Pero él insistía, estaba seguro de que se había iniciado un contacto espontáneo, sin aparentes ataduras, sin preguntas de uno, ni del otro. Como si nadie tuviera necesidad de aclarar nada. Se sintió abatido, un instante más sin reaccionar y sería la debacle, sin duda la perdería.

Con destreza se inclinó y recogió el papel del piso, lo extendió, le echó un repaso y lo comenzó a doblar mientras dirigía la mirada a la mujer. Como si aquel talón de compra fuera un documento extraordinario, soltó un suspiro, hizo un gesto con la boca y se sentó de nuevo junto a la mujer. Tenía que apresurarse y salirle al paso, no podía dejar un espacio sin llenar con palabras o cierta mímica exagerada que indicara preocupación. Fue una suerte que se diera cuenta a tiempo de la caída del recibo, tal vez otra persona no se hubiera tomado el trabajo de advertírmelo... Es que le compré un regalo a mi nieto recién nacido... Se llama Javier... El comprobante es importante por si hay que cambiarlo, sabe. De nuevo le doy las gracias por su gesto tan amable... Pienso que a otra persona no le llamaría la atención un papel caído al suelo. No sé... Yo... Manolo había emprendido un monólogo, pero se dio cuenta de que ya era demasiado largo, que podía abrumarla, o simplemente parecerle excesivo y exagerado. Intentó comportarse cortés, agradecido, pero a su vez denotar un gran alivio por recuperar el papel.

La mujer no dijo nada. Manolo no podía quedar como un torpe comunicador, además, creía advertir en esos ojos la necesidad de una compañía. Pero, entonces por qué ella no le daba continuidad, ahora le tocaba a ella responder. No lo hacía. Te invito a un café, le dijo Manolo. No le quedaba otro remedio que responder, algo tenía que decir. Con toda seguridad sería un NO acompañado de alguna excusa, así que ya estaba preparado. No, gracias, estoy esperando a alguien. Fue un gran triunfo, una respuesta esperada, hasta la evasiva posible había sido estudiada por Manolo que, convencido del éxito de su invitación, señaló una cafetería a unos pocos pasos de distancia. Ya no habría negativa, salvo aquella de «no tomo café», pero también ya tenía un plan de contingencia.

Por suerte no hubo contrarrespuesta, ella aceptó la invitación con más disposición de lo esperado. Caminaron uno junto al otro. No llevaba tacones altos, sin embargo era casi de la misma estatura de Manolo. La delgadez se le acentuaba con el pantalón azul que sin resaltar nada en particular le quedaba bien.

Él se había propuesto dejarse penetrar por aquellos ojos lacerantes, descubrir si lo que expresaba por fuera esa mujer era lo mismo que escondía en su interior. Averiguó el nombre, Mercedes, y dijo estar esperando a unas amigas que estaban comprando en una de las tiendas. Aunque más breve y mucho más coherente, ella también hizo su monólogo, hablando de su trabajo, en una oficina cercana al comercio, de la que no ofreció referencias precisas, de lo agotada que se sentía por padecer de fuertes períodos de insomnio. A Manolo se le disparó lo de sicólogo, pero no dijo nada. De acuerdo a lo estudiado, las irregularidades al dormir eran señales muy claras de soledad, si estaba divorciada o vivía sola; de conflictos matrimoniales si tenía su marido. También significaba acoso por parte de algún jefe en el trabajo, y lo más probable de agudos conflictos de insatisfacción sexual.

Mercedes pidió un coffee en vez de un café. En un principio se sintió un poco confuso. Concluyó que la mujer había nacido en este país o al menos llevaba tanto tiempo que se había americanizado en su gusto. Tampoco dejó escapar la posibilidad de escoger el coffee para extender el encuentro, pero en la mesa un café cubano y otro americano provocaba un desbalance; el cubano se terminaría más pronto, y la mujer apuraría el suyo para no estar bebiendo sola. Un error de cálculo para Manolo que reparó en que la mujer no miraba hacia el pasillo donde debería encontrarse con las personas que supuestamente estaban con ella.

La penetrante fijeza de sus ojos había perdido su intensidad, algo comenzaba a aflojar, aunque se mantenía una cierta inquietud que no lograba descifrar. Desde el instante del papel en el suelo y la mirada como un alarido, sólo quedaba un rostro agradable, una sonrisa simpática y suaves gestos con las manos al levantar la taza, luego descenderla al plato y volver al entablar un contacto visual con Manolo que sintió unos deseos tremendos de deshacerse de aquello que había perdido de repente todo interés.

Por fortuna la mujer se despidió con premura y Manolo se sintió liberado de una conexión que lo comenzaba a asfixiar. Ella se mezcló con el resto del público y se perdió entre la inquieta multitud.

El problema comenzó cuando Manolo regresó a su casa. A las seis de la tarde, en el noticiero de televisión, mostraron las cruentas imágenes de un asalto a un camión blindado en el centro comercial donde él había estado esa tarde. Las imágenes que transmitían dejaban ver las cintas amarillas de la policía, un charco de sangre, una pistola y el camión de transporte de valores cerca de una puerta. La reportera entrevistaba a un testigo, un hombre bastante joven, que gesticulaba mientras apuntaba hacia un sitio que la cámara no tomaba. Otro entrevistado, con mejor compostura describía al asaltante como una mujer de cincuenta años, vistiendo un pantalón azul y llevando un pañuelo en la cabeza. Al final del reportaje, un policía ofrecía a la periodista la versión oficial, refiriéndose a dos heridos, uno de ellos un empleado del camión blindado y a una mujer, que señaló como presunta cómplice o asaltante directa, añadiendo que fue aerotransportada al hospital en estado crítico. El vocero de la policía expresó también que se reportó un Toyota SUV de color blanco escapando a toda velocidad de la escena. Para el cierre, añadió, las autoridades examinaban los videos de vigilancia del local para hallar otros indicios y posibles cómplices.

UNA MUJER

A los pocos días de cumplir el segundo año en el negocio todo cambió de manera radical. Las finanzas de la empresa, que fluctuaban entre meses mejores y otros verdaderamente preocupantes, comenzaron a levantarse. Las ganancias netas se hicieron sentir tanto, que no quedó otra alternativa que contratar a una contadora, capaz de hacer los ajustes necesarios para librarnos de la enorme carga impositiva que se estaba llevando parte del dinero.

Aunque la compañía se mostraba muy saludable y las ventas subían aceleradamente, en realidad los vendedores, muy buenos y eficientes, marcaban la pauta, no mostrábamos entusiasmo al principio, al menos públicamente, para evitar —mi mujer es excesivamente supersticiosa—, que algo «fatal» cayera sobre nosotros. Nadie se explicaba cómo *ZAP Computer* había crecido de esa manera, a todas luces inexplicable, ya que en los alrededores existían otros negocios similares, sin alcanzar, ni medianamente, los mismos resultados que nosotros.

Apenas un año después, hubo que trasladar las oficinas, que ya llamábamos ostentosamente *centrales*, a un sector más exclusivo de Miami. Se comenzó a exportar hacia Latinoamérica y el Caribe de una manera consistente y cada semana aparecía un anuncio, a página completa, en ocho importantes periódicos del área. En fin, con ganancias de millón y medio de dólares, los temores al fracaso se desvanecieron, a pesar de las continuas consultas de mi mujer a cuanto santero, espiritista, cartomántico y líneas síquicas hubiera en la ciudad.

Tanto dinero, porque las pautas las trazaba el dinero, desembocó en nuevas amistades y relaciones familiares que antes no existían. Mi esposa, con la que mantenía una relación conyugal que calificaría de equilibrada, se convirtió en cliente de una exclusiva *boutique*, comenzando a frecuentar reuniones —donde las viejas de sociedad se hacían llamar por apodos, como Chicha, Cuca, o por el diminutivo de sus nombres, Esperancita, Carmencita—, que yo aborrecía, pero a las que concurría en ocasiones ineludibles. Ese mundo de superficialidad y falsa distinción que tanto me abrumaba y me extenuaba, dio lugar a tontas discusiones con mi mujer que había tomado aquello con excesiva seriedad. Por su parte mi hijo también me tenía agobiado, pero por razones diferentes: la abundancia que le proporcionábamos su madre y yo, la empleaba en coleccionar arte, pero me enfurecía que primara siempre, por sobre el gusto estético, el factor de la inversión monetaria.

El problema más grande de todos lo tenía yo mismo y el reconocerlo era un alivio a medias. Me excitaba de una manera incontrolable la contadora. Unos meses antes yo había seleccionado a mi secretaria, una muchacha joven que reunía las características físicas que más me complacían, pensando en un romance pasajero, ésa era mi inclinación como nuevo rico, pero por culpa del fisco hubo que traer a Isabel como contadora, cambiando la situación: era esa nueva empleada la que deseaba como secretaria, contadora, asistente personal, y como cualquier cosa, con tal de mantener un contacto directo y continuo con ella.

Algo extraño, sin embargo, la envolvía. No era una mujer bella. Su estatura sobresalía, dando la nota donde quiera que llegaba. Por momentos su comportamiento carecía de ese esperado toque femenino. Lo más llamativo eran las manos que dejaban entrever algo inusual. Me gustaba que siempre lucía un maquillaje aplicado con buen gusto y mesura, y que se arreglaba las uñas con un color suave de pintura. Como empleada era insuperable, muy curiosa, escribía 94 palabras por minuto, se sabía todos los trucos existentes para pagar lo menos posible al gobierno, hablaba poco, prácticamente había que sacarle las palabras de la boca, y me encantaba su prudencia, aunque precisamente algunas de esas cualidades la hacían impenetrable.

Las circunstancias crearon, un poco propiciado por mí, debo confesarlo, un contacto significativo entre ella y yo, pero a pesar de almorzar juntos con frecuencia y hasta hacer viajes fuera de la ciudad y del país, había algo que nos separaba. En ocasiones llegué a pensar que ese distanciamiento, que sin duda alguna ella procuraba, era intencional. Yo la deseaba, Isabel lo sabía, pero en realidad lo más importante no era acostarme con ella de inmediato, creo que eso lo hubiera podido lograr sin mucho esfuerzo, como ocurrió con la secretaria, sino todo lo contrario, prolongar al máximo el momento del encuentro físico. Todas las vibraciones y fuerzas que recorrían mi mente cada vez que la tenía al lado, me excitaban más que la posibilidad real de desnudarla en la

oscuridad —algo que también me ilusionaba tremenda-
mente—, y después de un largo tiempo de confrontación
y disfrute, encender nerviosamente la luz, para que se
revelara ella tal y como la deseaba, justamente como la
había imaginado durante todos estos meses.

Mi secretaria, la pobre, bastante torpe y con un cerebro deficiente, pero deslumbrantemente bella —debo
reconocer que sus pechos tan jóvenes y duros me enlo-
quecían—, vino a sustituir la novedosa frialdad de mi
mujer, una «dama de alcurnia», que desde que descubrió que las viejas con las que se codeaba sólo tenían
sexo con sus maridos una vez a la semana, y que dormían en habitaciones separadas, transformó el mundo familiar y las costumbres que habíamos adoptado
como pareja, alejándose de mí, dedicando el tiempo,
que antes empleaba en buscar nuevos contratos para la
empresa, a obras benéficas y de caridad.

Tomé como pretexto un viaje con mi hijo a una subasta para tratar de poner en orden mis pensamientos
y definir mis prioridades reales, que de alguna manera,
por culpa de Isabel, se estaban dispersando; además,
era una manera de poder compartir con él algunos momentos, alejados de la presión del trabajo.

El muchacho insistía en comprar una pieza de Rodin, realmente a muy buen precio, que de acuerdo a
sus cálculos le aportaría muy buenos dividendos en un
futuro próximo. Sus palabras me hacían perder la paciencia. Intenté, asumiendo una actitud paternalista,
demostrarle que se debe llevar el control, hasta el último centavo, de una empresa, de una inversión en general, pero nunca de una obra de arte, porque eso sería
un ultraje, un insulto imperdonable hacia la creación.
Me afectaba que mi hijo no entendiera que algo mez-

quino se escondía detrás de sus continuas cotizaciones. Yo, que ya había consultado el catálogo de la subasta, lo animaba con otra pieza, una escultura de Camille Claudel, que era más barata y sobre todo, a mi juicio, mucho más bella. Pero el cretino rechazó mi recomendación, insistiendo en el valor a corto y largo plazo de Rodin. No me quedó otra alternativa que comprar la de Camille.

Muy incómodo abandoné la subasta. Un rato después el aire fuerte y ruidoso sobre el Golden Gate, fue acallando la intransigencia que mostré hacia mi hijo. A través de sus ojos descubrí ese intento feroz y honesto por entender aquello que yo le mostraba, sin conseguirlo.

Alcatraz se confundía en un mar de veleros que corrían aceleradamente hacia el puerto, huyéndole a la espesa neblina que comenzaba a entrar amenazante desde el Pacífico. Después de todo mi hijo era ya una persona adulta, a la que muy poco podía aportarle yo. Además sería ridículo, a estas alturas de mi vida, tratar de inculcar ideas y señalar valores, sobre una cosa tan abstracta y personal como es la belleza. Bastante satisfecho debía sentirme al poder proporcionarle independencia y estabilidad económica. Quise permanecer en el puente hasta verme cubierto por la niebla, pero sentí miedo y tristeza. Pensaba en mi hijo, en mi mujer que ya no soportaba, en el cuerpo armonioso y fresco de mi secretaria y en Isabel que se había convertido en mi prioridad mayor. Por suerte la compañía no me preocupaba, me había hecho de un equipo muy profesional y eficiente que coordinaba hasta los más mínimos detalles en los negocios, sólo requiriendo mi presencia en contadas ocasiones para firmar contratos muy específicos o como figura decorativa. Sin embargo había algo que se estaba resquebrajando en mi entorno y me resistía a aceptarlo como un hecho. Le propuse a mi esposa, en un intento por sacarla de la bobería en la que el dinero la había sumido, un viaje a Europa, pero no mostró entusiasmo con la idea. Durante dos meses y medio no compartimos juntos ninguna actividad, y desde que la nombraron presidenta del club de antiguas alumnas de una escuela a la que nunca había asistido, todo vínculo entre nosotros se rompió. Pero ella no se sorprendió cuando se lo hice notar, por el contrario se resistió a creerlo, argumentando que estábamos mejor que nunca.

En el intermedio de una reunión de negocios, donde se firmaría un complicado contrato que requería la asistencia de abogados especializados y otros profesionales, como nunca antes —el acuerdo de exportación requería la instalación, asesoramiento y puesta en marcha de una gigantesca red de computadoras, haciendo énfasis en numerosos códigos de acceso y de seguridad, que los clientes insistían en matizar claramente en el contrato—, aproveché para acercarme a Isabel.

Procuré hacerle ver que ya había abandonado la idea de conquistarla. Ante sus miradas como diciéndome *qué esperas*, aparenté aburrimiento. Sin embargo aquel cuerpo monumental —que tenía predilección por los aretes desmesurados y los tacones altos—, su voz grave, me estaban llevando al paroxismo del deseo más irracional y me costaba trabajo disimularlo.

Me provocaba más que nunca, al menos así parecía. Durante las maratónicas conversaciones para puntualizar las condiciones de los códigos de seguridad en la instalación, ella dejaba correr sus largas uñas —que para mi asombro impregnó ese día de un rojo intensísimo—, por una abertura en el escote de su vestido, aparentando ingenuidad y abstracción. Aquello me erotizaba y creo que en algún momento notó que estaba excitado. Propuse, aprovechando cierto estancamiento en las negociaciones, por una cláusula en el contrato, un receso hasta el día siguiente, mientras matizábamos el alcance del punto en cuestión. Desde luego se aceptó mi propuesta e Isabel y yo nos fuimos a la oficina para hacer ciertas consultas al respecto, y continuar con otras obligaciones. Allí, luego de otra sesión con los asesores y abogados, nos quedamos solos. Una vez más intenté ser bastante específico y directo con ella. Los efectos se hicieron sentir de inmediato, comenzando un jugueteo que terminó en los primeros besos y roces, pero todo rigurosamente controlado por ella. Yo me dejaba dominar, era así como deseaba que ocurriera, sin embargo a veces me parecía que no le gustaba mucho mi comportamiento, pero no me importaba.

Poco a poco llegaban mis triunfos. Mi nombre y el de la compañía aparecieron en la lista de los negocios de más rápido crecimiento en el estado. La entrega de una proclama oficial, por parte del alcalde, declarando el día de *ZAP Computer* en el Condado, me reunió con mi familia en un evento social, por primera vez en mucho tiempo. Tras los apretones de mano, fotos, entrevistas y los sonoros elogios de rigor, salí a toda prisa para ver a Isabel, que deseaba festejar privadamente conmigo, léase acostarse conmigo, el día de la proclama. Para mí las causas eran obvias, buscaba que yo estuviera de excelente humor para afrontar cualquier «eventualidad».

Vestía como nunca, se había frotado en la piel una crema con olor a vainilla que me excitaba en extremo. Desde luego, nada podía compensar el tamaño de su cuerpo, pero era parte del juego, resultaba ser la esencia de ese deseo. Me sonrió con malicia, mientras descolgaba lentamente, con gestos lujuriosos, como una prostituta bien entrenada, los aretes de sus orejas. Parecía decirme: tú eres quien lo desea.

Había llegado el gran momento. Con suavidad e incontrolables palpitaciones en el pecho, la atraje, la apreté, la acaricié con dulzura, mientras sentía, al chupar el pezón dilatado, el dulce sabor de la vainilla en mis labios. En verdad la disfrutaba como nunca a nadie.

En medio de una oscuridad intensa que yo había propiciado, me arrodillé. Tras una concentración total —acababa de llegar al momento culminante—, introduje mi cabeza entre sus piernas. Isabel gimió brevemente y yo me detuve, me levanté, como había planeado. Corrí sin pronunciar palabras hacia el interruptor de la luz y la vi asustada, tratando de cubrirse. Casi a la fuerza la hice levantar y despojarse de la sábana. Pienso en el miedo que tenía y siento compasión por ella, pero todo fue tan decepcionante, Isabel resultó ser exactamente lo que era, una mujer.

EL «*LAUNDRY*»

Jamás pensé resistir aquel infame trabajo por mucho tiempo. Al principio me parecía una humillación estar lavando las inmundicias de los demás, teniendo que soportar pestes ajenas. Sin embargo lo hice, y no sólo eso, sino que se supone que le deba agradecer al desgraciado y repulsivo dueño del tugurio, que me diera empleo en su pocilga sin hablar ni una palabra de inglés, y sin tener permiso de trabajo; porque en aquel momento yo era ilegal. Acababa de entrar a los Estados Unidos por la frontera, para más pelos y señales, por Brownsville, Texas, pero ésa es otra historia, que si la cuento, me darían el Premio Nobel de los Sufrimientos... porque mi vida ha sido un calvario...Ha sido muy dura mi vida... Créeme, durísima... Para que tengas una idea muy por arribita, yo salí de Cuba para Nicaragua poco tiempo después que los sandinistas agarraran el poder en ese país. Yo iba para ayudar en la campaña de alfabetización, que es lo primero que hacen los comunistas, enseñar a leer y a escribir, para luego prohibirte leer lo que tú quieras... y de escribir... ni hablar. Figúrate, lo primero que tuve que hacer fue aprender a entenderlos. Entre el ahorita por ahora; la pacha por el biberón; la chiche por la teta; chavalo por niño; y el pues que sueltan para todo, no había comunicación. Yo me decía: Ay Dios mío y todavía tengo que enseñarles a leer y a escribir a estas gentes. El resto de la historia es para alquilar balcones. Cuando logré amarrar todos los detalles, abandoné la escuela donde enseñaba y pasando las mil y una noches, atravesé toda Centroamérica, pasé México, para al fin llegar a Estados Unidos...

Es cierto que el propietario del «*laundry*» me dio la oportunidad de trabajar, es cierto, no lo puedo negar; pero también hay que reconocer —porque a mí me gusta ser claro, yo no tengo pelos en la lengua—, que el «señor», a ese hijo de puta había que decirle señor, me explotaba, pagándome por debajo del salario mínimo y haciéndome trabajar como una perra hasta 16 horas diarias, semanas enteras sin un día de descanso, todo por unos miserables dólares, y desde luego amenazándome constantemente con denunciarme a inmigración para que me deportara. No sé a dónde coño me iban a mandar, pero así y todo era un temor constante, un sobresalto sin fin. Pero eso es harina de otro costal.

En realidad, al principio, no podía soportar mi destino, lloraba a mares cuando me veía manipulando la mierda pegada en los calzoncillos, sacando de las bolsas plásticas, que con prepotencia los clientes dejaban sobre el mostrador para lavar por libras, todas aquellas cosas hediondas... No me lo explico... debería darles vergüenza cómo dejan las ropas... Es increíble... Ropa interior marcada a la altura de la portañuela con residuos de orina. Amarillos a más no poder. Como si se cambiaran una vez a la semana. ¡Qué asco! De las sábanas ni hablar, hay que verlas manchadas de sangre. Le baja la menstruación a una mujer y ni le pasa un pañito húmedo para disimular la sangre. Nada. Allá va eso. Las medias, ¡Dios mío!, salían encartonadas de las bolsas, ¡se paraban solas!... y así era todo... Ah, qué te digo de las costras de semen, querida... Es un mundo, pero a nadie le importa un comino lo que tienen que pasar los demás. Los clientes siempre llegan apresurados, no dan ni los buenos días, lanzan el bulto y exigen que se lo tenga listo «lo antes posible». Sí señor, es mi respuesta. Sí señora, les contesto con una sonrisa de oreja a oreja, como me exige el «señor dueño», pero por dentro cagándome en la puta de su madre... Algunos dan propinas, es cierto, buenas propinas incluso, pero son los menos. A veces pienso que no lo hacen como una gratificación, sino para pagar por sus vergüenzas, para ocultarlas, para hacerme cómplice de sus cochinadas... Como diciendo: estos asquerosos dólares que pongo en tus manos es para que te calles la boca... Acabo de comprar tu discreción, tu silencio cómplice... Si ves las almohadas te quedas *a–no–na da–da.* Vienen llenas de marcas de saliva, como si durmieran babeándose toda la noche. No quiero hablar de las cosas que he sacado de los bolsillos de los pantalones... porque te caes para atrás... desde condones usados, hasta servilletas envolviendo pedazos de hambergues ya verdes, con moho. Podredumbre hija, sólo podredumbre.

Ven, acércate un poco, tengo que decírtelo bajito —perdona que sea tan franco contigo, pero me has caído bien—, también he encontrado dinero, y hasta un prendedor de oro blanco que era una preciosidad, grande, bien valioso, con piedras bellísimas... Lo vendí de inmediato en una casa de empeño... ¿Qué iba a hacer?.. Fíjate si era buena la prenda, que me dieron 400 dólares... Nada, sin regateos, ni muchas preguntas.

Déjame seguirte el cuento. Cuando comencé en la lavandería, yo me decía: ¡Niño!, tú no puedes soportar este trabajo por mucho tiempo. Me atacaba de los nervios, la presión me subía por las nubes, llegué a tener 190 con 110, imagínate como andaba yo. A veces me venían arqueadas por culpa de los olores que emanaban de las bolsas de nailon, que en ocasiones tenían ropa acumulada, con toda seguridad, por varias semanas, tal vez meses. Desde luego, incluyendo ropa de bebito, camisitas vomitadas, baberos todavía con restos de comida incrustada. Eran olores putrefactos, *«disgusting»*, como dirían los americanos, que a veces tienen palabras que suenan lo suficientemente agresivas para precisar algo que les desagrada... porque ya he aprendido algo de inglés, por lo menos ya no me muero de sed. He aprendido a gritar y a reclamar mis derechos. Créeme, por eso estoy aquí, en esta oficina.

Definitivamente el *«laundry»* no era para mí. Yo merecía algo mucho mejor, más digno... porque no te lo he dicho; pero en mi país yo era arquitecto. Graduado. Todavía guardo como una reliquia el diploma de la Universidad de La Habana... pero en cuanto el coyote me dejó en Brownsville, pisando suelo norteamericano, comprendí que para los efectos de mi país yo podía ser un respetado profesional, aunque con mi aspecto no había muchas consideraciones, más bien reproches y burlas, pero para Estados Unidos yo era literalmente un analfabeto, como aquellos indios... —ay, perdona, porque tú eres india, pero de verdad no lo digo en tono despectivo, sino como señalando una raza—... bueno, como esa gente que fui a alfabetizar a Nicaragua... No, no te asombres, querida. Si lo piensas fríamente te da un ataque, te quieres morir, pero es la verdad. Hay que mirarlo así: si no sabes hablar, ni leer, ni escribir el idioma del lugar donde vives, eres literalmente analfabeto. Es duro, pero es cierto, y yo asumí la realidad con gran dignidad, aunque nunca con un espíritu derrotista, pues me he esforzado mucho, y sin duda alguna he progresado.

Por eso tuve que agarrar la lavandería. No tenía muchas opciones. Primero el maldito idioma. Más tarde los papeles que nunca acababan de estar en regla. Al final la vagancia, la comodidad de estar en un lugar que parecía seguro, donde todos me conocían, además cerca de mi casa. Así me fui quedando en el jodido «*laundry*».

Después de algún tiempo, bueno, bastante tiempo, me pusieron a manichar el lugar, como es natural me pagaban un poco más, y tenía también más responsabilidad, entre ellas la recaudación de las monedas que depositaban los clientes en las lavadoras y secadoras. Además gozaba de ciertas consideraciones por parte del dueño, aunque nunca me dio una semana de vacaciones, ni pagas, ni sin pagar. Sin embargo el hombre confiaba bastante en mí, quizás porque yo le robaba poco... digo en comparación con otros administradores que tuvo la lavandería, que yo los veía llevarse el dinero a las dos manos.

Ya eran otros los ilegales, los nuevos ilegales, que no dejaban de pasar por allí pidiendo empleo «por la izquierda», los que hacían mi trabajo. Yo les exigía la misma sonrisa y la misma atención al cliente, pero mis exigencias las enfocaba diferente. En vez de decirle a las empleadas. «*Atiende al respetable señor que nos honra con su visita*», como gritaba el viejo hipócrita y mezquino del dueño, lo que yo hacía era decirle a la trabajadora en voz baja: «*Atiende a ese cochino, hijo de la*

292

gran puta que acaba de entrar». Aunque no lo creas eso me ponía más cerca de los trabajadores, creaba otra comunicación, era diferente, me veían como una de ellas. Creo que ningún empleado puede hablar mal de mí... No sé, uno nunca sabe, abundan los malagradecidos y los envidiosos.

Ahora que llevo seis meses desempleado extraño el «*laundry*», ¡qué cosa, eh! En verdad he comenzado a ver más allá del calor insoportable que siempre había en aquellas máquinas, de las insufribles groserías de los clientes, de las ropas asquerosas. Después de 15 años todo se fue a la mierda... Oíste bien lo que dije, niña, trabajé 15 años en la lavandería. Un incendió devoró el lugar en un abrir y cerrar de ojos. Hay sospechas de que fue intencional, pero no han arrestado a nadie todavía. Hoy comprendo, y no te asombres, pero la lavandería fue el lugar perfecto para mí, el mejor sitio donde yo hubiera podido trabajar jamás...

Más allá de los espantos, nunca me pagaron días festivos, ni tiempo y medio por horas extras, ni hablar de seguro médico. Era la verdadera explotación del hombre por el hombre, pero ésas eran las reglas del juego que yo acepté, aun cuando tuve posibilidades de cambiar de empleo, de comenzar en otras empresas mejores, con beneficios y buena paga, preferí quedarme. ¡Ay chica, me pregunto si seré masoquista! Pero allí se abrió un mundo para mí... todo un mundo, casi mágico, lleno de sombras, movimientos y sutilezas que me estremecían como un orgasmo... ay, qué digo yo, a veces se me ocurre cada cosa que ni yo mismo me entiendo. Pero desde la mesa donde yo doblaba las ropas, conocí la intimidad de muchas gentes. No puedes imaginarte el gozo que eso proporciona. Yo estiraba las sábanas y las doblaba casi en el aire, tenía tremenda habilidad en eso. A veces mientras juntaba las dos patas de un jean, y de un tirón parejo y fuerte, le sacaba el filo, y lo colgaba de un perchero, listo para ponérselo y ensuciarlo otra vez, escuchaba anécdotas íntimas, conversaciones telefónicas entre amantes. Yo tomaba por los hombros una camisa, unía las mangas, le daba dos volteretas y la dejaba más presentable que en una tienda, alcancé una destreza que yo misma me asombraba, y casi todo lo hacía sin mirar la pieza que tenía en la mano, pues mi mirada recorría el salón, buscando descubrir rostros heridos, detalles de conflictos personales... Créeme que te digo la verdad.

Por esa puerta de cristales ahumados, porque bueno, tú no conociste el lugar, pero había una enorme puerta con un sensor electrónico que la abría para que entrara el cliente con sus bultos y cestos cargados, desfilaron infinidad de historias, de inverosímiles historias. Allí se ventilaban las intimidades de familias enteras de todo el vecindario. Imagínate, durante los largos períodos de secado, escuché interesantísimas anécdotas... de todo tipo, de sexo, de violencia, de pasión, tráfico de drogas, de todo lo que pueda pasar por tu mente. Mientras los niños correteaban por el salón, las madres chismeaban y yo en vez de regañar a los niños y de exigir a las madres que se encargaran de cuidarlos, lo que hacía era levantar el oído, explorar la intimidad ajena. Incluso me molestaba cuando alguien venía a pedirme cambio, en medio de una conversación donde se estaban definiendo los detalles más importantes.

Como es natural yo también llegué a intimar con los clientes, aunque algunos no me daban entrada, pero poco a poco me convertí en confidente de varias mujeres, que venían a desahogarse conmigo. Las aconsejaba, me les hacía útil y me contaban sus conflictos y yo elaboraba complicadas soluciones, sugería reglas de conducta que yo sería incapaz de cumplir, pero que ellas escuchaban con atención e intentaban seguir al pie de la letra. También varios hombres se me acercaron, me buscaban y entre miradas provocativas y compras de detergente y de suavizante, se fueron convirtiendo en parte de ese mundo que yo llegué a amar profundamente... A veces me da pena decirlo, pareceré una puta chismosa, pero si al principio la verdadera razón era la habladuría, más tarde comencé a sentir piedad, solidaridad, comprensión... No sé, todos resultaban víctimas de algo turbio y siniestro, que aunque nunca pude entender bien, me provocaba tristeza.

Yo llegaba en la mañana temprano a abrir la lavandería, y a veces tenía gente esperando, no por las máquinas de lavar, sino por mí. En varias oportunidades tuve que dar citas. Causa risas, pero así fue.

Un hombre guapísimo, alto, de piel morena... no negro, porque no me gustan los negros, era una piel indígena, donde resaltaban los hermosos músculos de un hombre macizo, comenzó a visitar el «laundry» todas las semanas. A veces traía un bultico pequeño, no tenía casi nada que lavar. Yo sabía que me buscaba, pero no me apresuraba, él tenía que dar el paso, para que perdiera la pena. El primer detalle de que buscaba algo era, desde luego, las frecuentes visitas, más tarde me di cuenta que vivía solo, pues siempre la ropa que echaba en las lavadoras era de hombre, así que parecía no tener ni hijos, ni mujer. Luego me la dejaba para que yo se la lavara y ahí comenzó su historia. El problema era que aquel macho que destilaba testosterona por los cuatro costados, era una pájara reprimida. Ese tipo de persona a mí me causa mucha pena, porque no son nada. Uno adquiere un poco de sicología en estos trabajos con el público; poco a poco se aprende a comunicarse con los demás. Al final, luego de varias tímidas conversaciones, hablándome de un vecino suyo que le gustaba, dejó de venir, así que me imagino que encontró el amante o lo contrario, quién sabe, después de todo cuando desaparece algún cliente uno se pregunta en qué habrá parado su historia.

Ya falta poco. Un par de números más y toca mi turno. Todo el día perdido aquí... Bueno, no perdido porque te he encontrado y has sido una gran compañía, fíjate que el tiempo se ha ido rapidísimo.... Te confieso que extraño la lavandería. Yo intenté buscar otra, pero era empezar de nuevo, y nunca sería lo mismo. Eventualmente tendré que conseguir otro empleo, pero no creo que pueda soportar un «laundry» de nuevo... Un cliente se enamoró perdidamente de mí, yo le lavaba gratis y él me traía siempre como regalo cosas de comer. Era un infeliz, en realidad muy tímido, y creyó encontrar en mí una presa fácil, sin tener que emplearse a fondo. Pero a mí no me interesaba, porque me parecía que se aproximaba... Ay, ya me llaman, vamos a ver si me extienden otros tres meses el pago por desempleo. Todavía no tengo fuerzas para continuar, para empezar de nuevo... Dame un beso, mi reina. Gracias por tu compañía, llámame cuando quieras, toma mi tarjeta, que quiero oírte, casi no has hablado nada.

Siempre me pasa lo mismo. Hablo demasiado, le cuento a los desconocidos las cosas que a ellos no les interesa. Con el entrevistador tengo que controlarme, porque si le caigo mal no me da ni cojones… Esa pobre mujer debía haber estado hastiada de mi arenga y mis mariconerías… Aunque no sé, en realidad parecía interesada, muy interesada en lo que yo hablaba. Tal vez me llame y nos hagamos buenas amigas… Ella trabajaba de costurera en una fábrica, así que allí el chisme y los chanchullos debían de estar a la orden del día, ojalá que me llame… Claro que por muy cotorra que yo sea, no soy tan imbécil como para contarle cómo fue lo del fuego que acabó con todo, ni que vivo con un cliente de la lavandería que supe conquistar gracias a las confidencias de su esposa, yo soy mejor que ella, lo atiendo como él se merece… Nada de eso podría decirle, ni que estuviera loca. No tengo remordimientos, creo que actúe bien… y que de paso maté dos pájaros de un tiro: salí del «*laundry*» y me quité de encima las manos cochinas del dueño, ya no podía soportar más su babuseo. El muy «macho» no perdía oportunidad de tocarme las nalgas en público, sobre todo delante de los clientes que él sabía que no se iban a escandalizar. Pero en privado, ese viejo lujurioso y senil, se agachaba en el baño, me bajaba los pantalones y me hacía de todo. Por último se restregaba, era lo que más le gustaba, de semen por la cara y el cuello. Como buen hijo de puta, luego me mandaba a limpiarlo todo, a pasarle un paño húmedo por la cara, a recoger mi propio semen aún espumoso y maloliente, como la ropa que durante 15 años lavé allí.

ENTREVISTA

Los hechos ocurrieron a lo largo de aquel día, con la suficiente coherencia como para dejar huellas, definir destinos y complicar la existencia. A media mañana con un hambre atroz decidí sacrificarme y hacer una cola descomunal de más de una cuadra, para comer una pizza. Esa noche iría a una fiesta y no podía darme el lujo de beber los mejunjes caseros con el estómago vacío. La cola me tomó dos horas y media, que teniendo en cuenta la hora y el calor, duplicaban el tiempo. Antes de que el portero gritara ¡cuatro! desde la puerta, indicando que había una mesa disponible, me tomaron de la mano. No me atreví a mirar de pronto, aun cuando el instinto supone esa acción, que a fuerza de ejercicios he logrado dominar. El tacto sugería una mano pequeña, suave. De pronto tiró de mí y dijo «papá». Tengo que reconocer que sentí un gran alivio. Miré al niño, le acaricié la cabeza y le dije que yo no era su papá. Casi al instante un señor sonriente atrajo al pequeño hacia él y me ofreció disculpas. Cuando todavía no habían concluido los comentarios sobre el incidente, el portero, por fin, llamó ¡cuatro!, con un tono cantado que recordaba algún antiguo y olvidado pregón callejero. Subí las escaleras rápidamente y mientras caminaba hacia la mesa los ojos se me iban hacia los platos. ¡Qué hambre!, me dije mirando a cuanto dependiente me pasaba por el lado, como clamando misericordia. La mesa no la completaron con otras personas como era usual que ocurriera, pero esporádicamente aquel desliz del portero ocurría, sobre todo cuando se le dejaba alguna propina al entrar, que no fue el caso.

Mientras comía miraba al niño que me había tomado de la mano y pensaba que ya era hora de tener un hijo, hacía tiempo que ya era hora, pero siempre posponía tomar una decisión al respecto. Las razones abundaban desde luego, y todas las consideraciones eran de peso, sin embargo había algo que sólo yo sabía, que no expresaba a nadie y que automáticamente bloqueaba en el momento de cuestionarme a mí mismo. «¿Qué esperas para casarte?», me decía mi madre. «¡Ya es hora de asentar cabeza!, ¿no te parece?», a cada rato me soltaba mi tía con ironía. Una vecina con la cual rehusé tener sexo —era demasiado fea para mi gusto; además, no tenía casi tetas—, intentó desprestigiarme por todo el vecindario diciendo que a mí no me gustaban las mujeres, pero aquello no trascendió. Para los imprudentes sin tacto que me preguntaban siempre tenía la misma respuesta: hay gentes que se casan y otras que no se casan; yo estoy en el segundo grupo, pero aquello no era muy convincente para nadie.

Aunque la evasiva me había funcionado muy bien, en realidad yo deseaba un hijo, tal vez por aquello de quién se ocupará de mí cuando esté viejo, que aunque parezca ridículo y llorón es una realidad aplastante y espantosa. Sólo los hijos se ocupan de los padres. No hay hermanos, ni tíos, ni mucho menos primos, que asuman, que carguen con un pariente viejo, sólo un hijo lo hace. Sé que me pueden desmoronar mis alegaciones con cientos de casos de hijos que abandonan a sus padres, que los envían a los siempre deprimentes asilos. Es cierto. No me caben dudas de que cientos de hermanos, sobrinos y primos se han responsabilizado con sus allegados, pero puedo poner contra todos esos argumentos demoledores, millares de otros ejemplos que demuestran lo contrario. Yo necesito un hijo ya, me dije mientras pagaba la cuenta y me marchaba de la pizzería con la barriga llena, pero de mal humor.

El resto de la tarde la pasé mezclando el incidente, o más bien la consecuencia del incidente, con buscar entre mis amigos del barrio, un «pitusa» prestado y unos zapatos también prestados para ir en la noche a la fiesta de Elena. Ya yo tenía una camisa que había comprado a unos nadadores mexicanos en la Ciudad Deportiva, durante unas competencias internacionales. Por cierto, pensé que el corazón se me iba a salir del pecho. Era la primera vez que yo hacía un negocio directamente con extranjeros y si me arrestaban cualquier cosa podía ocurrir, desde el simple decomiso de los artículos, hasta acusarme de agente de la CIA, que sí sería un problema grave. Partí de allí a toda velocidad, nervioso, quedándome con la camisa y vendiendo días después unos pantalones que no me servían de cintura.

Mientras me bañaba, no sé si también el hecho de estar en contacto directo con el sexo al restregarme influyó o no, pero tomé en unos instantes la decisión que había pospuesto durante tantos años. En realidad lo que ocurrió fue que las consideraciones que había sustentado para mantener una posición negativa, súbitamente se tornaron de menos peso, confluyeron hacia un punto medio, más calmado, más realista, definitivamente mejor. Es de destacar que los argumentos que yo mismo manejaba para respaldar una postura y defenderla, eran los mismos que empleaba para aceptar y proteger la otra con solidez. Algo muy extraño, pero válido, al menos para mí.

De un momento a otro sería un padre feliz, muy responsable, entregado de lleno a la educación —que desde luego sería brillante—, de mis hijos. No había terminado de secarme, cuando nuevos análisis comenzaron a aflorar, llevándome de inmediato a asumir una posición de rechazo. Sin embargo me molestaba la inconsistencia, esa dualidad que no me llevaba a ningún lugar. Ya yo era lo suficiente mayor como para tener posiciones claras, sin ambigüedades que sólo proyectaban la imagen de un hombre inseguro, carente de personalidad. Esto me lo decía yo mismo, nunca se lo manifestaba a nadie, pero bastaba que yo supiera de semejantes debilidades para sentirme mal. Para todos los que me conocían, yo daba la impresión de ser una persona sin grandes conflictos, incluso algunos amigos me elogiaban por mi actitud hacia el matrimonio y los hijos. Pero qué débil yo estaba. Cada vez me sentía más necesitado de… sí, es así… realizarme como padre. Lo demás es querer embellecer con palabras más rebuscadas la misma expresión.

Pensé meterme en la cama y no ir a ningún lado, en realidad desde que el niño me tomó de la mano y me dijo papá, me sentía indispuesto y abúlico, pero el calor era tan abrumador, aun habiendo oscurecido ya, que decidí irme a la fiesta. El trayecto no influyó en mi estado de ánimo, por el contrario, sólo le daba vueltas y más vueltas al dilema, como si decidir tener un hijo fuera comprar la paternidad en una esquina. La bobería en torno al asunto me molestaba, así que comencé a bloquear cualquier pensamiento relacionado con ello. Para mí era fácil hacerlo pues a través del yoga alcanzaba un estado de concentración casi ideal.

«¡Qué coba!» me decían mis amigos al verme llegar. «¡Tremendos tacos!» «Oye, ese balín es el de Albertico». Era usual llegar a un sitio y recibir comentarios acerca de la vestimenta, y enfrentarse a otros que conocían la procedencia y dueño de alguna prenda prestada. En general me satisfacía ser el centro aunque fuera por unos momentos, ya que en cuanto entraba otro invitado la atención cambiaba de inmediato. Analizándolo fríamente era un alivio, pues ser la comidilla de un lugar toda una noche es bastante desagradable, además no faltaban los envidiosos de costumbre, que se aproximaban «accidentalmente» con un cigarro y le abrían un hueco a la camisa.

Pero así es, a lo largo de aquel día ocurrieron hechos con la suficiente coherencia como para dejar huellas, definir destinos y complicar la existencia. Me desagradaba lo que me rodeaba, la superficialidad, la vulgaridad, la falta de un objetivo claro, de una manera personal de vivir. Todo esto me estaba tocando muy adentro, me penetraba demasiado. La música, la de siempre, desde luego, me parecía mala y alta, la cerveza caliente, el ponche era peor que el mejunje que yo había imaginado y los comentarios de mis amigos sonaban como inoportunas patadas en el culo. Pero me reía a carcajadas sin saber por qué.

Muchos de ellos estaban casados y tenían hijos y todos sin excepción se lamentaban de su destino, sobre todo cuando estaban borrachos. En realidad, mis amigos de infancia, mis compañeros de escuela, eran literalmente unos frustrados con familia y obligaciones impostergables. Ninguno de ellos, que también compartieron conmigo el Servicio Militar, había logrado una carrera universitaria. Muchos trabajaban en el campo, en fundiciones de metales, yo era nada menos que un sepulturero que recibía buenas propinas de viejitos por cuidar bóvedas que nunca limpié, que ni siquiera me tomé el trabajo de localizar por si volvía el pariente del difunto y me reclamaba algo.

Tanta miseria generalizada, tanta frustración me habían hecho lo que soy en realidad, un amargado, un farsante consciente de su falsedad, un ser abúlico, que asiste a fiestas sin resistir la música, que comparte con amigos cuando aborrece los tumultos, que proyecta la imagen de entender lo cotidiano de una manera, cuando en verdad sabe que no hay salvación, que no hay arreglo posible. Un hombre que añora un hijo, pero que no tiene fuerzas ni posibilidades de educarlo. Porque, para decirlo con toda claridad, yo también estoy en el grupo de los que se hundieron, al que le pidieron un sacrificio supremo para las generaciones futuras, y tras llegar el tiempo esperado, escucha el mismo pedido. Yo soy otro de los estafados, aunque a diferencia de mis amigos, estoy verdaderamente consciente del engaño. Pero como ellos, tengo miedo, de la misma manera que también tengo miedo, un miedo insoportable a tener un hijo en unas circunstancias que no han variado, que no van a cambiar.

La música se hizo más llevadera, bailé horas, sin detenerme, sudando a raudales, no había nada que me detuviera. En realidad buscaba un agotamiento total.

Bebí mucho pero no a emborracharme. Me entregué de lleno a la fiesta, pero la mano del niño agarrada a la mía volvía y volvía.

Cuando amaneció desperté junto a Elena que tan pronto me sintió se levantó de la cama y fue a la cocina para hacer café. Estaba alegre, burlona conmigo, satisfecha como nunca, pues al fin yo había accedido a tener un hijo con ella. Muchas veces conversamos sobre el tema, ella deseaba quedar embarazada, como Dios manda, decía, sin que esa expresión aclarara mucho, pero exigía que el padre desapareciera, que no le reclamara nada. Pum y ya, decía escenificando lo que necesitaba. Yo siempre me resistí a aquello, me parecía una monstruosidad.

Al enterarme de que sí estaba embarazada enfrenté la realidad, sólo le pedí que al parir me dejara ver a la criatura y que me permitiera mamar de la leche de sus tetas hinchadas. Nada se cumplió, Elena tuvo una niña, se llama Elena María, yo nunca la he visto, pues antes de que diera a luz, fui a parar a la cárcel por «tráfico ilegal de divisas», es decir, comprar dólares a un extranjero —en realidad me había hecho un experto en el peligrosísimo oficio de tratar con extranjeros—. Pasé diez años en la cárcel y ya llevo seis fuera de mi país. Nunca he visto a mi hija, ni siquiera en fotos. La madre aprovechó mi encarcelamiento para mostrarme como un delincuente que jamás se ocupó de su familia.

Un amigo de mi infancia que era carcelero en la última prisión que soporté antes de que me enviaran a los Estados Unidos en un barco, me dijo que mi hija me aborrecía...

Eso es todo. Creo que he sido bien amplio y preciso como me pidió, ¿no le parece?

Sí, gracias. Bueno, ustedes han escuchado el testimonio de Samuel. Patético, ¿verdad? Hay más, mucho más. En cuanto regresemos de estos interesantes consejos comerciales, escucharán otra impresionante historia.

No se muevan de sus televisores, en un momento regresamos con nuestro tema del día: Padres que no conocieron a sus hijos… Ya volvemos.

UN RETIRO FELIZ

Lo hubiera ayudado a sentarse en uno de los bancos del Paseo del Prado, no los de piedra, que seguramente acudirán de nuevo a la memoria, sino los de hierro fundido, pero ni siquiera lo intentó. Sabía que sería inútil. En medio de un silencio áspero aguardó hasta que acomodó su voluminoso cuerpo. Esperó también a que sacara un cigarro y lo encendiera, lo aspirara profundo y exorcizara el ambiente con una primera bocanada, espesa y maloliente, que lanzó al aire con un jadeo. Cuando terminó, miró fijo a Ernesto como diciéndole una vez más: no me protejas tanto. Al concluir la ceremonia y comprobar que estaba sentado cómodamente y bien abrigado, Ernesto dejó caer su no menos abultada figura en el banco, y sintió un tremendo alivio en la espalda, justo en el «allá atrás» que tanto había martirizado a su madre, y que ahora él arrastraba como una herencia fatal.

La brisa ya bastante fría de finales de noviembre batía fuerte sobre los árboles produciendo una verdadera lluvia que cubría de hojas el Paseo. El follaje no detenía su caída y Ernesto, cerrando los ojos, echó ligeramente hacia atrás la cabeza y arqueó los hombros, buscando mitigar el dolor que cada día se le acrecentaba más. Al abrirlos vio un compacto montón de hojas amarillentas trenzando un remolino en el aire, casi justo sobre su cabeza; miles de hojas corriendo ligeras de un lado a otro impulsadas por un viento que bien podía batir desde el distante mar, de perenne presencia; desde la cercana estación de trenes, concretamente allí, palpable; o desde cualquier otro sitio posible dictado por una memoria ya habituada a entremezclar, sin mucha distinción, ni particular interés, los sitios reales y los recuerdos. Ladeó la cabeza, observó a Emilio que ya se disponía a encender otro cigarro, mirando atentamente a una ardilla que sigilosamente se disponía a trepar por uno de los árboles de tronco corrugado que decoraban el Paseo. Pensó indicarle que de la manera que estaba sentado, apoyando el peso del cuerpo sobre la pierna derecha, se iba a acalambrar y luego armaría una tragedia al no poder caminar con firmeza; pero tampoco le dijo nada, ya podía intuir la respuesta: déjame en paz. Se apresuró a susurrarle que la ardilla cambiaría de rumbo y que subiría por otro tronco. Así ocurrió y recibió una sonrisa de aprobación que le salió natural, impulsada por el humo del cigarro y el del frío que retenía en la boca.

A Ernesto siempre le fascinó el interés de Emilio por los animales, a veces lo llamaba Humboldt por la manera en que lo veía ensimismado mirando sus movimientos, analizando los sonidos que emitían, cómo defendían su espacio vital, y la forma en que se agenciaban la comida. Recordaba los días que pasó siguiéndole la pista a un pájaro carpintero que repiqueteaba el tronco de un aguacate o alimentando la extraña paloma blanca que un amanecer apareció en el alero de la casa de Miami, y allí estuvo varios días, hasta que desapareció con el mismo misterio con que había llegado. Emilio le echaba arroz, la paloma bajaba y tan pronto terminaba de comer regresaba a la cornisa donde permanecía imperturbable hasta el próximo día. También cuidaba de los gatos con esmero, curándole las heridas, alimentándolos. Pero por los perros sentía una fascinación particular. Una vez, en La Habana, a Negrito le dio a beber clara de huevo para que vomitara, mientras gritaba desafiante en la acera de su casa, que se cagaba en la puta madre de quien lo había envenenado.

Ernesto había crecido alejado de los animales. Su padre les tenía una inexplicable aversión, los asociaba con siniestras enfermedades y delirantes tragedias. Lávate las manos con bastante jabón, decía cuando lo veía, ya no sólo tocándolos, sino apenas cerca de ellos. Molesto lo arrastraba a la casa, esperaba en la puerta del baño a que se enjabonara bien, se enjuagara las manos con abundante agua, y antes de que se las secara le echaba un chorro de alcohol para desinfectarlas. Lo mismo hacía con el lavamanos, lo rociaba con alcohol. Esa desproporcionada fobia se la transmitió a los hijos, y Ernesto, aunque intentaba romper con aquello que entendía como un absurdo, siempre mostró recelo por los animales, no le simpatizaban demasiado.

Esa suerte de temor la justificaba diciendo que no quería rodearse de más cosas que se murieran. Sin embargo, había cierta sinceridad en la expresión. Ya tuve bastante con la familia, acostumbraba a decir Ernesto. Hay un dolor, una tristeza que se hace infinita cuando un ser querido se va. No importa el tiempo trascurrido, es un sentimiento perdurable, que gravita en todos los instantes por el resto de la existencia, pero que por momentos se hace más presente y su carga lacera. Un perro es un ser querido también, así que para qué agregar más dolor a lo cotidiano, afirmaba, de alguna manera escabulléndose. Pero Emilio lo había enseñado a convivir con ellos, a conocerlos, a entenderlos. Él no podía vivir sin perros y gatos. Al final Ernesto tampoco, aunque con menos convicción.

Las caminatas eran prácticamente lo único que los sacaba del apartamento y eso, cuando el clima lo permitía. Llegaba un momento en que no podían hacer mucho. Al cine acudían sólo cuando la película era en español, doblada o en inglés, pues las subtituladas, Ernesto no las podía leer desde mucho antes que lo declararan legalmente ciego. Aunque podía distinguir imágenes con discreta precisión, su visión era muy reducida. En las noches sólo atinaba a definir bultos con sus colores, pero había perdido la posibilidad de enfrentarse a los detalles, se le diluían en confusos contornos, extraños y asimétricos, trazando curiosos ángulos geométricos, que de repente se disparaban en direcciones opuestas o convergían en inexplicables puntos, derritiéndose luego como si se tratara de un cuadro de Dalí.

Cuando le retiraron la licencia de conducir comprendió que tendrían que irse definitivamente de Miami. En Cuba se decía que sin azúcar no hay país, en Miami sin automóvil no hay ciudad, apuntaba, y cada vez que hacía ese comentario le recriminaba a Emilio el hecho de nunca haber querido aprender a manejar. En Nueva York había un eficiente sistema de transporte, pero la ciudad nunca los sedujo más allá de visitas breves y ocasionales. Tuvieron que irse a España. La Habana hubiera sido el lugar ideal, pero a pesar de los esfuerzos y las grandes sumas de dinero que se le había inyectado a la economía, no había alcanzado un nivel promedio, aceptable. El daño causado por la larga tiranía había sido tal, que la recuperación anunciada por economistas y políticos no se cumplía y las posibilidades eran cada vez más distantes, pues la corrupción sangraba al país.

Durante los meses más difíciles del invierno, permanecían varios días dentro de la casa sin apenas abrir la puerta. Era un tiempo que llenaban con la lectura matutina del periódico que compraban en un estanco a unos pasos del edificio y que Ernesto leía deslizando una lupa por la superficie del papel. Las tardes transcurrían entre maratónicas sesiones frente a la televisión, dominadas por largas jornadas hablando de las intimidades de los famosos y el glamour farandulero, que no entretenían mucho, pero que de alguna manera ayudaban a ocupar el tiempo, palabra que en realidad quería sustituir a vacío.

Tanto Ernesto como Emilio habían dado por concluida sus vidas activas. Vivían del retiro, de los recuerdos y de la rutina. La jubilación como profesores en tres distintas universidades en los Estados Unidos, les permitía sostenerse dignamente en Madrid, donde poseían un piso cómodo y bien ubicado. Durante un tiempo viajaban con frecuencia a Miami donde tenían un par de propiedades alquiladas, al igual que a La Habana, donde también habían comprado un apartamento, pero en el que nunca habían vivido propiamente dicho, pues apenas llegaban, iniciaban los preparativos para el regreso. En realidad sentían un poco de vergüenza por esa situación, pues cualquier otro lugar les era habitable, menos el suyo propio. Era algo difícil de entender, pero no se hallaban viviendo en Cuba largas temporadas. La isla se había convertido para ellos en un sitio de tránsito, y en un entorno propicio para evocar los recuerdos de la infancia y la juventud.

En el Paseo del Prado buscaban cada tarde un respiro, un poco de sol o al menos de luz, un contacto con la naturaleza y aunque lo lograban, en el fondo deseaban hallar en ese mismo lugar la muerte, rodeados de esa belleza primitiva. Muchas veces habían abordado el tema del día final, sentados en los fríos bancos madrileños. Curiosamente nunca lo hacían en la casa. Ambos habían tenido una larga vida, demasiado vivir, decía Emilio con cierta amargura, pero no había otra cosa que hacer sino esperar el curso natural de la existencia. Para ellos el suicidio o cualquier otra posible vía de acelerar el fin era un escollo infranqueable. Para ambos repiqueteaba en la memoria una formación religiosa, las palabras estridentes de los curas llamando a vivir en el temor a Dios. Y ese era el peor temor posible, sobre todo para Ernesto quien pensaba que en realidad el verdadero temor a Dios es el temor a la muerte, porque la muerte es Dios y esa relación con Dios, que por otra parte significaba vida eterna, encontraba una contradicción al verla asociada a la muerte. Además, ninguno de los dos quería ser el primero en morir, porque sabía que el otro quedaría desamparado, abandonado por seguro en un asilo para ancianos como le llaman en Cuba, un home, como le dicen en Estados Unidos, una residencia como suelen nombrar en España a ese lugar donde se va a esperar la muerte.

Al rato fue Emilio quien pidió regresar al apartamento que estaba bastante cerca, pero que para ellos representaba una enorme distancia. Un día ya no podremos venir más al parque, dijo, y Ernesto pensó que ese momento podía ser la indicación que anunciara la muerte.

Al levantarse, Ernesto sintió la punzada en la espalda, que lo obligó a apoyarse con fuerza en el bastón, y Emilio dijo que le traqueó el hombro derecho. Caminaron despacio y aunque no hablaron mucho, para evitar que el aire frío les afectara los bronquios, ambos iban pensando que aún tendrían que subir las escaleras del edificio hasta el cuarto piso. En el apartamento siguieron con la rutina, ver la televisión, beber un poco de leche caliente, tomar las pastillas para dormir y acostarse.

Emilio leyó en alta voz medio capítulo de un libro que el otro no escuchó del todo. Al amanecer la luz entró por el borde de la cortina. Ernesto que tenía que levantarse a preparar el desayuno se quedó en la cama un rato más, pero ese rato se prolongó. Emilio no respiraba como de costumbre. El resto de las horas trascurrieron veloces.

Ahora llegando a La Habana se siente cansado. Desde la ventanilla se apreciaba la costa alargada, que se iba haciendo más precisa y verde a medida que se le congestionaban los oídos. Tras cumplir todos los trámites requeridos, Ernesto pasa ahora los días en un caserón frente al otro Paseo del Prado, sentado con su lupa en uno de los sillones que se agolpan a lo largo del caluroso portal, leyendo el periódico y esperando con urgencia encontrarse de nuevo con Emilio.

EJERCICIO CON ÁRBOL Y ATARDECER

El frío comenzaba a amainar, al menos los últimos días se sentían más cálidos. Ya el sol llegaba a calentar algo y como reaccionando a un clima más benigno, la vegetación en las distantes montañas, adquiría una tonalidad diferente, llenándose de un poderoso verdor, de matices intensos que trepaban precipitadamente por las laderas, hasta adquirir explosivos colores en la cima.

Con la fauna ocurría algo similar; las ardillas, las mofetas y los mapaches comenzaban a dejarse ver. Salían de sus madrigueras debajo de las barracas a correr por el césped. En algunos casos huyendo de la gente que trataba de atraparlos, o escapando de las enormes piedras que les lanzaban.

La pujanza de la primavera servía para recordar que los días, las semanas y los meses se agolpaban pesadamente unos encima de los otros en Fort Indiantown Gap. Mario, Raúl, Tony, Lucio, Alberto, aquellos con los que simpatizaba habían logrado irse ya, dejando a los que quedaban en una suerte de desamparo y frustración crecientes. Al menos sobre eso meditaba Otto, mientras observaba una ardilla subir el tronco de un árbol a una velocidad asombrosa.

En un principio toda relación era de pura convivencia, en muchas ocasiones definida por la inseguridad y la cautela. Así pensaba, mientras seguía con la vista el camino que recorría uno de esos veloces animalitos. Después de todo las amistades hechas le habían servido a lo largo del tiempo, de útil compañía y de mutua protección. Sin embargo, casi todos habían salido del Fuerte ya, dispersándose por el país. El último de ellos, Daniel, estaba partiendo esa misma mañana.

Otto recordaba el rostro iluminado de su amigo, por el que más aprecio sentía, cuando su nombre apareció en las listas de salida. El muchacho se llenó de una expectación que no lo dejaba coordinar los actos, mientras el otro, aparentando compartir ese entusiasmo, tomaba conciencia del aislamiento en que quedaba. Daniel dio un salto mientras pronunciaba en alta voz su nombre y apellido. Casi al instante abrazó a Otto, que ya había recibido el mismo abrazo en otras ocasiones, y por la misma causa.

A la sombra de un gigantesco árbol que nadie podía identificar por su nombre, ni siquiera los que custodiaban el Fuerte, se reunía el grupo, que cada día se reducía más, a conversar en las tardes. La anterior había estado allí con Daniel, no sólo recordando, una vez más, los pormenores del viaje a través del Estrecho de la Florida y criticando la lentitud en el procesamiento de los retenidos, sino especulando sobre la vida del otro lado de la alambrada, sobre Lucio que acababa de desatar prácticamente una conmoción general, al enviar una postal desde Miami, donde se podía leer el mensaje *Welcome to the Little Havana.*

Muchas barracas ya estaban vacías y las habían cerrado. La de Otto sería la próxima en ser clausurada y él lo sabía. Lamentaba perder la espléndida visión que tenía del valle, que se extendía plano y fértil hasta detenerse abruptamente en la distancia, para luego levantarse en una sólida pared como parte de la Cordillera Azul.

La monotonía y la frustración estaban afectando mucho a Otto que dejaba pasar varios días sin bañarse, sin rasurarse y sin lavar la única muda de ropa que poseía. Sin embargo las ocasionales tardes cálidas, junto a los atardeceres destellantes, lo trasladaban a su familia, a su ciudad, desde luego perdida, y a su clima. Esa confrontación visual y estética, le aportaba por momentos energía y vigor.

Entró al baño. En un salón contiguo estaban utilizando las duchas. Se acercó al lavamanos, se enjabonó la barba de por lo menos cuatro días y comenzó a rasurarse. El trino de unos pájaros le hizo tomar conciencia de que por momentos algo se estaba renovando en el aire. De repente todo había adquirido energía, y ese ejercicio de fuerza, de expansión, estaba llegando a él.

Nunca había quedado tan bien afeitado, se pasó el dorso de la mano por las mejillas, sin encontrar cañones, ni nada que obstaculizara sentir la piel fresca, como la de un niño. Entró a las duchas. Aunque casi todas estaban chorreando agua hirviente, sólo en la última alguien se bañaba. El humo denso y el calor asfixiante que libraban los otros grifos abiertos, impedía una visión clara. Otto le iba a llamar la atención, pero se detuvo al descubrir que era Daniel, quien ya completamente enjabonado, se restregaba contra los azulejos de la pared. Otto observaba inquieto cómo se frotaba extendiendo sus manos mientras flexionaba las rodillas. La visión del joven entregándose de lleno al disfrute de su cuerpo, motivaba estímulos en Otto, que entre otras cosas tomaba clara conciencia que, desde su llegada al Fuerte, no había visto una mujer. ¿Dónde estaban? ¿Cómo e ra posible que no se hubiera dado cuenta antes? Daniel se movía aceleradamente, se contraía y convulsionaba. Mientras tanto, Otto comenzó a ducharse, cuidando de no ser descubierto por su compañero.

Una luminosidad casi tropical se había apoderado del Fuerte en los dos últimos días. La cordillera de los Apalaches reverdecía por minutos y el aire adquiría otra frescura proyectando nuevos olores. Así lo sintió Otto, sobre todo, cuando vio venir silbando al último de sus amigos en el campamento. Satisfecho Daniel se echó sobre su cama. Pero casi al instante le propuso a Otto salir a caminar. Atardecía predominando el naranja sobre las otras tonalidades. Al otro día en la mañana Daniel Cuevas dejaría solo a Otto.

El autobús se alejaba. Una V de victoria fue la única despedida que Otto estuvo dispuesto a entregar. Después de todo sabía que eran muy remotas las posibilidades de que todos aquellos amigos, hasta ese instante tan importantes, volvieran a encontrarse. Bajo el árbol de nombre desconocido, finalizaba una día más. Una bandada de pájaros sobrevoló el campamento en dirección a las montañas, que ya comenzaban a desaparecer entre la oscuridad, mientras Otto notaba que el tronco del árbol ya no era ni tan recto, ni tan alto, por el contrario advirtió cierta imperfección. Un viento helado lo obligó a caminar apresurado hacia su nueva barraca en busca de otra cobija.

A la mañana siguiente, antes de ir a consultar en la Comandancia las nuevas listas, observó desde su cama, que también permitía disfrutar de una clara visión del campo, la caprichosa inclinación que había tomado el árbol. El día pintaba gris, nublado y denso. Buscó varias veces su nombre sin resultado. Una fuerte lluvia, acompañada de un viento helado, arrancó las listas del mural, mientras una granizada estruendosa golpeaba a Otto que corrió a guarecerse en uno de los comedores. Los vidrios de las ventanas estallaron y una de las listas curiosamente quedó atrapada, extendida a todo lo largo, sobre uno de los cristales rotos.

TARDE VEINTIDÓS

Transcurría el vigésimo segundo día del segundo mes igual que siempre, tedioso, amelcochado, llenándose los minutos con los limitados hábitos adquiridos forzosamente. Unos pocos hombres caminaban lentos de un lado a otro en la desolada tarde. El más introvertido de todos permanecía sentado, ocupando tres escalones a la entrada de la barraca I—154; sin camisa, pantalones cortos y chancletas de metededo. Parecía dormitar mientras custodiaba las pocas pertenencias que secaba al sol. Los codos apoyados sobre los muslos, la cabeza descansando sobre las dos manos que anudadas servían de viga para recostarse. El cuerpo, por momentos, perdía el balance, lo recobraba, levantaba la mirada, observaba su ropa aún húmeda y volvía a sumirse en su letargo. Lejos, sobre el pasto, que lucía el más intenso verdor desde su llegada al campamento, otros dos hombres intentaban mantenerse en forma. Se les veía por horas ejercitando sus cuerpos, flexionando la cintura, torciendo los brazos, haciendo giros con los hombros, primero hacia delante, luego atrás, doblegando las caderas, tomando posturas cercanas al yoga, sudando copiosamente, jadeando.

Darío estaba acostado bocabajo en su nueva litera. La de arriba. Le gustaba sentirse aislado, eso le proporcionaba cierta seguridad y visión general de todo el salón, además, por estar junto a una ventana, alcanzaba cierto control del área exterior. Ya llevaba dos semanas compartiendo ese nuevo lugar. Desde que cerraron la I—160, trasladaron a una parte de los refugiados a la I—154 y la otra a la I—147. Por momentos miraba a Efraín que parecía dormir en la siguiente cama, a su lado, en la parte inferior. Los ojos se le abrían y cerraban de repente. La boca dibujaba extrañas muecas. Luego se relajaba, permanecía quieto un rato, hasta el próximo sobresalto que comenzaba con espasmos abdominales. Parecía rendido en la soñolencia. Poco a poco fue despertando. Hubo un silencio largo cuando se miraron por primera vez más allá del sueño. Darío lo observaba con todos los sentidos: voluminoso, con un estómago desparramado hacia los lados, ombligo profundo, los brazos hacia atrás, haciendo de almohada. Tenía que haber sido un hombre fuerte, pensó. Ya era una persona madura, de más de cincuenta años o casi llegando a los sesenta. Tenía largas cicatrices cerca de los hombros, en los antebrazos, todas iguales, unas dos a tres pulgadas de largo; desagradables verdugones que también aparecían en el lado derecho, cerca de las costillas.

—¿Por dónde me puedo ir? —fue el angustioso reclamo que vino a entorpecer la monotonía de la tarde.

Hubo una expectación general, una alerta inmediata que puso a la defensiva a las personas que descansaban en la barraca. La voz del hombre brotaba del fondo de su alma desbordando miedo. No hubo tiempo de verle el rostro, apenas una pelambre encaracolada poblando su cabeza. Fue una entrada repentina, acompañada de un reclamo, de un pedido de urgente ayuda. Un violento empujón a la puerta, que golpeó estrepitosamente contra la pared y la voz entrecortada. Después corrió a toda prisa por el ancho pasillo, haciendo crujir y retumbar la madera del piso.

—¿Por dónde, coño? ¿Por dónde? —se volvió a escuchar, pero ya la voz, con el mismo nerviosismo, se sentía lejos.

Se le vio saltar por una de las ventanas a las que le habían quitado la tela metálica, precisamente para preparar una vía de escape ante cualquier eventualidad. Luego, se adentró en la barraca vecina y desapareció.

Los hombres, atentos y cautelosos, sin moverse de sus camastros, esperaban que de un momento a otro apareciera por el mismo lugar el perseguidor, que de hecho hizo su entrada jadeando, sosteniendo con firmeza un cuchillo de carnicero en su mano derecha. Se detuvo en la puerta, expectante, furioso, mientras lanzaba una mirada rápida, llena de ira, pero también de precaución, hacia las literas, pero sobre todo a la puerta del baño, considerando, tal vez, la posibilidad de que el otro estuviera escondido por ahí y al acecho para atacarlo desprevenido. Sin pérdida de tiempo descartó el baño como posible refugio, mientras que con un giro de muñeca ocultó la hoja del cuchillo tras el antebrazo, soltó un escupitajo en el piso y se fue por donde mismo había llegado.

Se hizo un prudente silencio; un silencio que prevaleció unos minutos después del incidente. Efraín no se había movido de su posición. Permanecía acostado con los brazos bajo la nuca. Luego empezó a levantarse cierto murmullo, que en gran medida indicaba el fin del alboroto. Se podía escuchar alguna risa casual, de alguien que hacía chistes con lo acontecido. Dos semanas antes, en tiempos de El Puro nadie se hubiera atrevido a reír en alta voz de una situación semejante. Él no lo hubiera permitido. Todos recordaban el problema cuando El Rubio trató de violar a Armando. Lo salvó precisamente la intervención de El Puro: ¡Se acabó!, fue lo único que dijo desde su cama, sin levantar mucho la voz, pero con una carga que de inmediato persuadió a El Rubio, que regresó silenciosamente a su lugar y no volvió a molestar al muchacho. Todos pensaban que tras la partida del viejo presidiario algo ocurriría nuevamente, pero por suerte para Armando le llegó la salida el mismo día que a El Puro. Nunca más se volvió a hablar de lo sucedido. Eso ocurría con frecuencia y a nadie le extrañaba. Ninguno olvidaba tampoco, pero existía un oscuro código entre aquellas gentes que Darío no entendía, pero que asumía rigurosamente y respetaba al máximo.

Pasara lo que pasara entre esos dos hombres que acababan de escenificar un momento tenso, dejando en el aire una atmósfera de lógica preocupación o cuando menos de vigilancia por las próximas horas, lo peor ya había acontecido. Acuchillar a alguien en el interior de una barraca era lo más inquietante que pudiera suceder, por las subsiguientes requisas, investigaciones y fichado de los que estaban presentes; además, podía demorar la salida del campamento. También se quería evitar tumultos, pues cualquier chispa, por insignificante que fuera, podría desatar un nuevo disturbio, como el que hubo en el primer mes, con motines y quema de sábanas y almohadas. No había sido nada premeditado, sino una respuesta a la frustración y a la falta de información, aunque también hubo rivalidades por hacerse del control de las botellas de whisky y la mariguana que traían los guardias al campamento.

La llegada de una patrulla y la arrogante figura de los dos guardias en la puerta, mandaban un claro mensaje: estaban atentos e informados de que algo acontecía. Darío no se dejó ver, se echó la almohada sobre la cabeza e hizo como que dormía profundamente.

La tarde veintidós siguió su curso, pero ya no era igual. Lejos seguían haciendo ejercicios los dos hombres. Uno de ellos sostenía los pies del otro, mientras que éste alzaba el cuerpo y volvía hacia atrás repetidamente. El que secaba la indumentaria había desaparecido dejando la ropa en la improvisada tendedera. De la distancia llegaban sonidos ininteligibles. Varios hombres caminaban con prisa en dirección a las barracas que quedaban al sur. Efraín notó que Darío estaba tenso, siguiendo desde su camastro los movimientos.

—Nada pasa. Lo que iba a pasar, ya pasó —expresó en voz muy baja Efraín con absoluta seguridad en lo que decía y sin moverse.

Tras una pausa, y como intentando liquidar el tema del perseguidor y el perseguido, dijo:

—Esto que tanto tú miras, son bayonetazos. Seis en total.

Darío no supo qué decir. Hubiera querido entrar en detalles, indagar en las circunstancias, preguntar las razones precisas, averiguar por qué seis, cómo hizo para curarse las heridas. Pero en aquel ambiente nunca sabía qué era prudente o no. Por ello permaneció en silencio, escuchando las breves oraciones que Efraín a intervalos soltaba.

—El primero fue durante la UMAP, aquí, en el muslo. Yo estaba bien joven —dijo haciendo un movimiento con el codo derecho hacia arriba, pero que en realidad intentaba dirigirse hacia abajo, indicando que en ese muslo estaba la cicatriz que Darío no veía—.

Fueron muchos años de prisión. Yo era rebelde, pensaba que podía cambiar las cosas, hacer valer lo que creía.

Toda aquella atropellada oración en pasado daba cierto aire de derrota, de haber claudicado.

—¿Te diste por vencido? —preguntó Darío, sin meditar si los vocablos eran los apropiados. Hubo otro silencio.

—Todos perdimos, por eso estamos aquí. A mí me sacaron de la cárcel y me mandaron para este país sin consultarme... Seguro que tú viniste porque quisiste... Otros buscando a sus familiares... Pero todos nos fuimos. Él se quedó.

Había mucha amargura en la manera en que subrayó ese él. Se levantó de la cama. Se elevó con toda sus fuerzas. Se ajustó el pantalón que tenía desabotonado, se calzó los zapatos y pasándole la mano por la cabeza a Darío, dijo:

—Tú eres muy joven —y se fue camino hacia el baño.

Lo que quedaba por hacer esa tarde estaba bien claro para Darío. Llegaría primero a la iglesia, allí permanecería unos minutos, sentado en silencio, sin jamás doblar las rodillas sobre el reclinatorio. Luego iría al comedor, antes de dirigirse a la Comandancia a ver las nuevas listas. Normalmente las ponían todas las tardes después de las 4, con los nombres de los que partirían al siguiente día. Luego pasaría por la barraca donde se podía ver un juego de pelota por televisión, lo único entendible por la mayoría de los refugiados.

Ya de noche, después de comprobar que tampoco partiría al siguiente día, volvió a su cama. Efraín no había llegado aún. Él acostumbraba a salir por las noches, le gustaba visitar la barraca de los travestis donde siempre había espectáculos. Alguna que otra vez regresaba con algún trago encima. Ya Darío se había aburrido de las mismas diversiones, locas envueltas en sofisticados ropajes hechos con las sábanas, cantando como Annia Linares, Martha Strada, Beatriz Márquez o Mirtha Medina. Al principio era simpático, pero la repetición aburría, como pensaba deberían estar aburridos los dos hombres que continuaban, a la luz de un farol, en sus rutinas para mantener sus cuerpos en forma.

Darío sacó del cartucho donde guardaba sus apuntes, las hojas pequeñas con el membrete de la Cruz Roja, y escribió: Transcurrió el vigésimo segundo día del segundo mes igual que siempre, tedioso, amelcochado, llenándose los minutos con...

CITA DESDE LA INFANCIA

Tras varias horas de navegación desde el puerto de Mariel, todavía el barco se resistía a alcanzar la estabilidad necesaria y un ritmo sostenido. Las olas rompían impetuosas provocando bandazos que lanzaban a los refugiados unos contra otros. Los vómitos ya tenían deshidratados a los pasajeros de La Esperanza que mostraban palidez en sus rostros y un debilitamiento general. El camaronero lo mismo se situaba en la cresta de una rebelde ola provocando un abismo perturbador, que se impulsaba decidido hasta romper por el medio la imponente pared de agua, colocando la embarcación en una suerte de hueco, idóneo para inundar la cubierta y atemorizar aún más a los pasajeros.

Durante uno de los bamboleos más bruscos de toda la jornada unos hombres perdieron por completo el equilibrio al romperse el asidero donde se sujetaban. El soporte de aluminio cedió bruscamente lanzando al agua un pedazo del toldo rojo con franjas blancas que sostenían. Fue todo tan aparatoso y tanta la violencia del mar, que la lona desapareció de la vista antes de entrar en contacto con el agua. Al perder el balance, los hombres fueron arrojados en distintas direcciones. José dio un giro incontrolado en el aire. A modo defensivo para evitar salirse del barco y desaparecer al instante como el toldo, procuró sin éxito impactar un poste de los estabilizadores del camaronero, pero era tan involuntario el movimiento que no tuvo ninguna posibilidad de golpear el pilote. Algunas personas lo sujetaron lo mejor que pudieron mientras el hombre les pasaba aparatosamente por encima, dando tumbos fuera de control. Gracias a esa ayuda no cayó fuera de borda. Su cabeza pegó contra otra cabeza, se enredó con otras gentes, las pateó, hasta quedar tembloroso y aturdido bocarriba sobre otros pasajeros. Se incorporó lo mejor que pudo y logró un espacio junto a una familia, dos niñas y una mujer, que se apretaron aún más para cederle un minúsculo sitio.

La más pequeña de unos 8 años lo miraba asustada por la escena que acababa de presenciar. El hombre le sonrió lo mejor que pudo, le pasó la mano por la rubia cabeza tratando de calmarla, un pelo endurecido por el salitre y resto de vómitos que más bien parecía un casco sobre su cabeza. La niña temblorosa se aferró a su brazo con firmeza. Tienes unos ojos azules muy lindos, balbuceó el hombre, mientras intentaba transmitirle seguridad, en el mismo instante en que otra ola se abatía sobre la cubierta. La sacudida provocó una exclamación generalizada, gritos, un nuevo desplazamiento de los cuerpos que se movían descontrolados de un lado a otro en cada bandazo como si se deslizaran por una canal de caracol. La agitación del mar y de la gente alteró mucho más los ánimos, todos se miraban inquietos, la niña gritó y la madre se abalanzó sobre ella para protegerla. Tras una nueva secuencia rompiendo contra el casco, el barco logró fijar un ritmo menos impetuoso que se mantuvo por un rato, serenando el ambiente. En algún momento el agotamiento fue mayor que el miedo y el hombre dormitó un rato. Al despertar, la niña descansaba en sus piernas. Abrió los ojos y José descubrió que la belleza de esos ojos la entorpecía un evidente estrabismo en el ojo izquierdo. Te sientes mejor, le preguntó, mientras miraba a la madre y la hermana que sonreían. Es que se parece a su padre, dijo la mujer sin aportar otros detalles, y las circunstancias no eran las propicias para establecer una conversación.

Tras 14 horas de navegación se veía el destino final: Cayo Hueso. Los rostros maltrechos se animaron dando vítores. Estaban eufóricos, se distinguía la costa, mientras el mar se hacía más que sereno, un plato placentero y de un azul intenso. En el embarcadero, hombres de uniforme militar recibían los barcos y ayudaban a los refugiados a desembarcar. Justo al pisar tierra, la niña dijo como si fuera una adulta que algún día se volverían a ver. No preguntó si eso ocurriría, sino lo dio por hecho, con tanta seguridad que de no haber sido porque todos estaban desorientados, el impacto hubiera sido más fuerte. Me llamo María Isabel Sánchez Hernández. El hombre le contestó que seguro se volverían a encontrar, que se cuidara, se portara bien y que aprendiera inglés rápido. La madre quedó sorprendida, dijo algo acerca de las cosas que se les ocurren a los muchachos y tomando a cada una de sus hijas de la mano, se encaminó a toda prisa hacia una nave de paredes blancas donde le entregaban la documentación a los recién llegados y les proporcionaban alimentos y sobre todo líquido.

Hace unos días supo de ella. José se la encontró en las oficinas del ayuntamiento de Sweetwater a donde había acudido a pagar una multa de tráfico. No supo cuáles eran sus funciones, pero estaba trabajando en el lugar y daba la impresión de tener mando. Era ella. No podía ser otra. Hubiera querido llamarla, conversar con ella, incluso acariciarle el pelo. La reconoció, en parte, por el estrabismo en el ojo izquierdo. La niña, hoy una mujer elegante y rebosante de belleza, también lo identificó, pero tampoco intentó establecer contacto, lo cual hizo aún más frío y distante el encuentro. No hubo diálogo, sólo miradas curiosas desde cierta distancia y la certeza de haberse identificado.

A José le despertó tanta curiosidad que se hubiera realizado en realidad el reencuentro anunciado tres décadas atrás por la niña, que efectuó una búsqueda para comprobar que la mujer de Sweetwater era realmente María Isabel. Aunque había olvidado los apellidos, buscó por el nombre del barco en la base de datos del Mariel en El Nuevo Herald. Ahí estaba María Isabel, su madre y hermana, además, los datos de los familiares que se hicieron cargo de ellos al salir del «refugio». Para asegurar su hallazgo la buscó también en las redes sociales, y aunque le costó trabajo localizar su perfil, pues se había cambiado el apellido, Hernández, por el de Martínez, halló su muro por otras búsquedas afines. Era ella definitivamente. Las fotos de distintas etapas de su vida mostraban su evolución, al igual que su madre y hermana. Estaba casada y tenía dos hijos varones. Quedó satisfecho. No le pidió ser «amigos», pero sí le mandó un mensaje breve: Finalmente nos encontramos. Nunca recibió respuesta hasta el viernes pasado. Más de un año después de aquel simple y lacónico texto de finalmente nos encontramos: «Reciba mis saludos Sr. José, espero recibir su voto. Que Dios lo bendiga».

Semanas después comenzó la agria campaña política, con toda la carga de descrédito que conlleva aspirar a un cargo público. En la televisión la entrevistaban. Su rostro inundaba las calles de la ciudad con pasquines. Se expresaba muy bien en español, aunque se enredaba con algunas palabras o las empleaba mal. Su tono era bien agresivo contra su contrincante, pero conservaba cierta elegancia y hasta gracia en su proceder. En un debate en la radio trataron de disminuirla diciéndole que había llegado a Estados Unidos desde el Mariel. Se defendió muy bien, refiriéndose a los triunfos alcanzados por los llamados marielitos, y hasta contó la historia de un hombre de nombre José, que la protegió durante la accidentada travesía y que recientemente lo había vuelto a ver y que era un hombre exitoso. Cosas de la política, pensó José mientras la escuchaba. Se sentía satisfacción de ser mencionado por ella, pero no creía calificar en la categoría de exitoso. Sí trabajador y persistente, que había logrado hacer su familia, tener su casa y cumplir con el «sueño americano», se decía, pero eso estaba distante del éxito como tal. Alguien llamó a la radio y le dijo bizca en el aire a modo de insulto. La entrevistadora y hasta su contrincante reprocharon esas faltas de respeto. En ese momento José cambió de estación, no quería seguir escuchando. Sin embargo se lamentó de no poder votar por ella, pues no vivía en Sweetwater.

SUBASTA DEL PASADO

Resultaba tan extraordinario el lote, que los interesados en adquirir los materiales, multimillonarios acostumbrados a dar órdenes, accedieron a todas las exigencias del propietario. En realidad las demandas no eran del todo determinadas por Zaplade, tataranieto décimo primero del Sr. Uerba, sino que formaban parte de las precisas instrucciones dejadas en su testamento por el dueño del conjunto a rematar, materiales que ya se catalogaban en casi todos los rincones del planeta como excepcionales.

El Sr. Uerba depositó en varias cajas de seguridad del banco (en aquel entonces) más importante de Miami, con sucursales a todo lo largo y ancho de 96 estados de la Unión Americana, los cartapacios, perfectamente encuadernados y tratados químicamente para que lucieran siempre como el día en que se produjeron. Esto ocurrió justo cuando se creaban los dos últimos estados de la Unión, al San Antonio aceptar la secesión de los del sur, para crearse San Antonio del Sur, con su capital, Monterrey; y la Florida (abolida como parte del Tratado Fernández—Aguilera), al reestructurarse la división geográfica y quedar establecida como dos nuevos estados, Miami, con capital en Naples, y Orlando, con su centro político en Gainesville.

Las indicaciones exigían que todos los participantes en la subasta estuvieran presentes en sus Espacios diez minutos antes del inicio de la puja. De no ser así, no podrían participar, algo que molestaba mucho a los coleccionistas que acostumbraban a ser ellos los que establecieran las normas a seguir. Otra exigencia del millonario Uerba era que fueran los interesados quienes estuvieran presentes. No se permitían representantes. Según los Vozmedios, 226,235 personas abarrotaban la sala vía Espacios. El coordinador de tan abrumadora concurrencia era la temida pero aceptada Multicontrol que manejaría las ofertas en tiempo real, sin importar si el ofrecimiento lo estaban formulando en Tokio, Sidney, Papúa Nueva Guinea, Atlanta o Nueva York. Los únicos autorizados a estar frente a la pantalla del Multicontrol, eran el tataranieto décimo primero del Sr. Uerba, que a su vez era el propietario legítimo de todas las carpetas a rematar y demás artilugios, el supervisor operador de Multicontrol, el representante de la firma subastadora y el delegado asignado (en este caso no había otra opción) del gobernador del estado de Miami. Este último velaría porque los dividendos de la subasta se repartieran como exige la ley: 50% para el dueño del lote, 15% para la casa subastadora, 30% para el estado y el 5% restante para el gobernador, todo conforme a las ordenanzas estatales, condales y federales. Esta comisión personal al gobernador, se había aprobado en las urnas muchos años atrás, en elecciones generales, como una manera desesperada para combatir la corrupción administrativa. En otras partes del país, algunos políticos de menor rango también recibían dividendos de ciertas actividades públicas, venta de casas, arriendo de negocios, alquiler de automóviles, venta de carburantes, entre una larga lista de actividades. Los más beneficiados eran los senadores del estado de Minnesota, que recibían 2 centavos por cada boleto de la lotería que se vendiera. Desde luego, muchos otros senadores los envidiaban por tan jugosas utilidades. Cada dos años se hacían intensas campañas en estados rezagados en estas lides, pero ninguno había podido lograr que los votantes de sus regiones aprobaran comisiones de aquellos que tentaban su suerte en los juegos de azar. Ni siquiera los representantes federales de Indiana del Oeste, que se conformaban con medio centavo por boleto, lograron arrancarles el *sí* a los electores. Como dato colateral, cifras oficiales demostraban que los niveles de corrupción política bajaron un 42,7% desde que se comenzaron a pagar las compensaciones, popularmente conocidas como «*indulgencias políticas*».

En todo el mundo no se escuchaba de otra cosa. Por las calles, en los Vozmedios alrededor del planeta, los transeúntes eran notificados al instante de los detalles de la subasta. Se había despertado tanto interés por esos materiales que, valga apuntar otra de las exigencias del Sr. Uerba, serían mostrados por primera vez en público en el momento de la puja; es decir, los multimillonarios interesados no tendrían la oportunidad de examinar los originales como era la costumbre, aunque estaban seguros de su valor por las referencias dejadas por escrito por el Sr. Uerba, que valía la pena la espera, soportar la humillación pública de estar presentes ellos mismos en la subasta y no tener acceso anticipado a los materiales.

Las estadísticas instantáneas apuntaban que en la última hora antes de iniciarse la puja, había 7 mil millones de personas alrededor del planeta atentas al evento. Hasta en el territorio ultraterrenal de la Luna, estaban conectados y sus habitantes, llegado el momento, podrían hacer ofertas. El dato de la masividad de conectados era más que confiable, pues desde que comenzaron a popularizarse los Mirones, como se denominaba popularmente a los dispositivos de lectura, se transmitían datos al momento que empresas procesaban al instante para enviar anuncios comerciales dirigidos, de acuerdo a la edad, género, poder adquisitivo, así como al seguimiento diario de compras y observaciones de más de 2 segundos, lo que indicaba, de acuerdo a los analistas, un interés marcado, por lo observado. Ese había sido un gran logro de la Elppa, haber introducido una especie de espejuelos que cada vez que el usuario mirara hacia un sitio con algo escrito, el dispositivo lo leía automáticamente en voz alta para la persona. Los Mirones habían ayudado a reducir los accidentes de tráfico, pues aun cuando los autos eran capaces de anticiparse a un accidente, los choferes, en especial los jóvenes, disfrutaban los impactos intencionales. El estado de Quebec era el único que había prohibido desconectar los sensores de aviso de accidente. Ellos se consideraban superiores (tal vez por aquello de haber pertenecido a la antigua Canadá) al resto de los Estados Unidos. El problema con los Mirones era que las nuevas generaciones no sabían leer. Todos los jovencitos usaban los dispositivos permanentemente, por lo que no tenían necesidad de leer, el aparato lo hacía por ellos. Hubo incluso una demanda colectiva contra Elppa, pero no prosperó en las cortes. Sólo en Alberta, otro territorio que había sido parte de Canadá, se logró prohibir el uso de los Mirones en menores de 12 años. Aun así, los niveles de lectura eran alarmantemente bajos en casi todo el mundo.

En los primeros minutos de la subasta, según lo establecido en el testamento del Sr. Uerba, se transmitiría un material fílmico con imágenes de Miami de los años 2000, 2005 y 2010 (era un misterio por qué había seleccionado esos años en particular, y no otros). Su legado incluía extraños artilugios capaces de reproducir esas imágenes. La tecnología era tan diferente, que el Sr. Uerba dejó instrucciones detalladas de cómo operar los antiquísimos dispositivos. A pesar del tiempo las imágenes, aunque bidimensionales, se veían con gran nitidez. Billones de personas contemplaban a la gente y la ciudad de Miami a principio del siglo XXI y eso era asombroso. Con ese propósito se hacía la subasta, vender películas, periódicos, libros, fotos, imágenes fílmicas y manuscritos de lo que en un tiempo se conoció como eBooks y Almacenes La Nube, hasta videojuegos y otras antigüedades olvidadas. Tras la revolución tecnológica bautizada popularmente como Neoboom, quedaron de la noche al día en desuso, para ser precisos, desaparecieron (literalmente se perdieron), por razones difíciles de entender, los vínculos con la historia. Todo se había borrado, sencillamente, se perdió el contacto, y la memoria colectiva no fue capaz de retener prácticamente nada. El estruendoso colapso de los Almacenes La Nube, desvaneció (por un error irreparable), toda la información que poseían a nivel mundial (era el más poderoso monopolio del planeta). Pagaban tantas «*indulgencias políticas*», que ni los legisladores, ni las cortes, jamás se propusieron regular el manejo de la información que controlaban. Algunos decían que era el verdadero primer poder. Los Almacenes La Nube, se consideraban inexpugnable por vándalos o instituciones, pues un convenio planetario, firmado en

el próspero y rico estado de Burundi, enclave económico y político del imperio Africano que encabezaba el
Rey Kawansa de Mozambique, impedía manejos im-
propios. Nadie podía imaginar que pudiera ocurrir un
fallo administrativo en los Almacenes, pero ocurrió,
perdiéndose el contacto con el pasado. Fue algo realmente lamentable, pues todo había desapareció en la
llamada «evaporación» global.

La expectativa creada al anunciarse la subasta estaba bien justificada. Se decía que era el primer paso en
firme y real para reconectarse con el pasado. Muchos
acusaron al banco de complicidad, pues teniendo tales prodigios no los había sacado antes a la luz pública.
Los funcionarios alegaban que tenían una carta y una
cápsula del tiempo que no podían abrir hasta una fecha
específica. Al abrirlas frente a abogados, funcionarios y
desde luego, el tataranieto décimo primero, se dieron
cuenta de lo que realmente se guardaba en las bóvedas
de la institución. Se hablaba de libros de escritores que
habían quedado en el olvido al no poderse reeditar sus
obras por la desaparición de los Almacenes La Nube.
Lo mismo ocurría con fotos de personajes célebres y
que sólo se sabía de ellos de boca en boca. Se escuchó
la música de cantantes que nunca se habían escuchado, aunque sus canciones seguían tarareándose inex-
plicablemente. Poco a poco, el pasado fue regresando
al presente. Incluso se encontró un documento único,
donde se detallaba la partida desde el Vaticano de los
Nuevos Cruzados (hasta entonces una leyenda), para
la conquista de La Meca, y la marcha hacia Ulán Bator,
capital de la reformada China, donde se construyó la
nueva sede Papal tras la desaparición de Roma luego de
un terremoto colosal.

Los materiales más espectaculares fueron vendidos de inmediato. Los multimillonarios pujaron con avaricia. La subasta duró mes y medio, en jornadas de 8 horas cada viernes y sábado. Claro, lo más importante se vendió el primer día. Las ganancias prometidas tenían deslumbrados a los que recibirían sus comisiones. Al final, después de tanto tiempo de luchas por conseguir los materiales, había una condición impuesta por el Sr. Uerba. Estaba establecido que esa cláusula se anunciaría luego de venderse el último objeto. Por petición expresa del dueño legítimo de aquellos materiales, todo lo que fuera libro, foto y documento había que traspasarlo a la humanidad; imprimirlos y venderlos en ediciones no menores de 500,000 ejemplares y distribuirlos a precios razonables para que volvieran a circular como en el lejano siglo XXI. Dejó planos y datos concretos de cómo construir imprentas y los métodos de fabricar papel de amalgama de hiperflexibilidad grado 3 con poliespuma sintética. Se estableció también, que cada país a donde fuera a parar cualquiera de los materiales subastados, tenía que abrir bibliotecas físicas, en adición a las virtuales, como existían antes, para evitar que el pasado fuera borrado nuevamente por otro error tecnológico, poderes ocultos, guerras o falta de visión de futuro.

ÍNDICE

OTROS TÍTULOS DE LA COLECCIÓN «MARIEL»

1. *Dile adiós a la Virgen* (novela), de José Abreu Felipe
2. *Al norte del infierno* (novela), de Miguel Correa
3. *La travesía secreta* (novela), de Carlos Victoria
4. *Este viento de Cuaresma* (novela), de Roberto Varelo
5. *Miami en brumas* (novela), de Nicolás Abreu Felippe
6. *Curso para estafar y otras historias* (cuento), de Leandro Eduardo (Eddy) Campa
7. *Del lado de la memoria* (cuento), de Luis de la Paz
8. *Impresiones en el viento* (cuento), de Rolando Morelli
9. *La loma del Ángel* (novela), de Reinaldo Arenas
10. *Boarding Home* (novela), de Guillermo Rosales
11. *El gen de Dios* (novela), de Juan Abreu

www.ingramcontent.com/pod-product-compliance
Lightning Source LLC
Chambersburg PA
CBHW060418030726
47495CB00003B/634